为了另一种小说

——卡尔维诺小说理论研究

陈 曲 著

陕西出版

太白文艺出版社·西安

图书在版编目（CIP）数据

为了另一种小说：卡尔维诺小说理论研究 / 陈曲著
. -- 西安：太白文艺出版社，2020.2（2024.1重印）
ISBN 978-7-5513-1772-6

Ⅰ. ①为… Ⅱ. ①陈… Ⅲ. ①卡尔维诺(Calvino,
Italo 1923-1985)—小说理论—研究 Ⅳ. ①I546.074

中国版本图书馆CIP数据核字(2020)第023637号

为了另一种小说
WEILE LING YIZHONG XIAOSHUO

作　　者	陈　曲
责任编辑	白　静
封面设计	食三乡
版式设计	侯梅梅
出版发行	太白文艺出版社
经　　销	新华书店
印　　刷	天津旭丰源印刷有限公司
开　　本	880mm×1230mm　1/32
字　　数	220千字
印　　张	9
版　　次	2020年2月第1版
印　　次	2024年1月第4次印刷
书　　号	ISBN 978-7-5513-1772-6
定　　价	46.00元

前　言

　　伊塔洛·卡尔维诺(Italo Calvino，1923年10月15日-1985年9月19日)，意大利当代著名小说家。他以变动不居的小说风格，灵动且深邃的笔法深深吸引着全世界的读者。其为诺顿讲坛准备的讲稿《未来千年文学备忘录》更将其小说创作思想和盘托出，成为世人理解其创作、思想的通道。

　　卡尔维诺是一位小说家，与此同时，他还着迷于对小说这种文体本身的思考。小说承载了什么？它与时代的关系是什么？小说在这个世界的什么位置？小说的特质是什么？小说未来的发展方向又是什么？这是卡尔维诺思考的基本问题。他不是一个沉浸于自我的体验式的作家。他更愿意站在别处，或者按照他的话来说，以一种轻盈的姿态，从另一个角度去反思小说，甚至是整个世界。小说及小说理论在他看来不仅仅是一种文学表达，更是认识世界的方式。所以我们了解他的小说及小说理论，也是了解他的深层宇宙观。他将自己对世界的理解全部放置在小说及理论中。而小说与小说理论不是剥离与独立的，它们互相渗透，一体两面，折射出卡尔维诺与世界相处的全部过程。

在卡尔维诺的世界里没有一个全知全能的神去引导或解答他关于世界的所有疑惑。他为我们呈现的始终是宇宙间一个人孤独求索的图景。或许是受其父母的影响，卡尔维诺带有一种科学家的冷静特质，他非常崇拜智性。而这一特质在他的作品及理论中也扮演着十分重要的角色。如果说他早期的作品带着人的味道，有体验、感知、肉体、心理、社会的因素，那么他后来的作品慢慢地抽离了这些因素。他想要剥离这人气腾腾的生，或者说凡俗的味道。因为这种纯体验式的创作方式已经不能满足他对世界的认知，他想借助一种新的方式，化繁为简，化热为冷，化坠落为升空，化具体为抽象，化体验为认知。卡尔维诺所搭建的这种小说书写方式与传统文学的方式截然不同。

在卡尔维诺后期的作品中，我们看到更多的是纯粹与冷静。像水晶一般，干净纯粹却又包罗万象。他试图建立这样一种文学，这种文学不是建立在体验的层面、社会层面，甚至不是人的层面，他渴望与某些亘古不变的规则拥抱，与世界的本质拥抱。尽力抛开"人"的范畴，淡化自我，让物发声，走向一种更为宽广与自由的境界。

这个境界也许是卡尔维诺毕生所追求的。他在自我与客体的痛苦纠缠中，试图以小说家的身份将之圆满解决。这场灵魂之旅恰恰是解读卡尔维诺小说及其小说理论的钥匙。他从原子论汲取了灵感，把同一性与灵动性注入小说写作以及自己的世界观。在西方传统的自我与客体对峙的背景中，他借用原子论的灵动与同一性，努力淡化自我，把物从主体的重压中释放出来，让物自由发声。他试图改变主体与客体的紧张状态，将二者安放在纯然自由的状态，就如同他在《帕洛马尔》中所做的尝试一样。

当然这一系列的求索过程，卡尔维诺都是以小说的方式展开的。也正是因为这种求索，卡尔维诺才认为有必要重新梳理小说的样貌。他召唤小说新的可能，这是建立在他深层宇宙观上的对小说的重新理解，他提出了小说必备的"轻""精确""繁复""迅速""易见"五个特点。

当然卡尔维诺小说及小说理论的内容不是一两句话能够穷尽的。本书旨在向读者系统地介绍卡尔维诺的小说理论，带领大家走进卡尔维诺奇妙的小说世界。那么让我们开启这段旅程吧！

陈曲
2019年9月于北京

目 录

2

一、绪 论

（一）卡尔维诺小说理论前史

不可否认，小说是最难定义的一种文学体裁。它不是一门一成不变的艺术，而是在原有的基础上不断拓展、改变自己，不断改写定义的艺术。为了严谨地定义这棘手的小说，学者们试图从其滥觞期寻找一些有关本质性的论据。而小说的滥觞期，大多数理论家认为是18世纪，这充分考虑到了当时的社会环境、经济基础、科学发展以及人类对自身的认识，伊恩·P.瓦特坚定地认为小说是对当时政治、经济、哲学、历史、读者等变化所做出的文学反映，而笛福、理查逊、菲尔丁的小说代表了这种新的文学样式的真正兴起，并与之前的"古希腊的，或中世纪的，或十七世纪法国的那些散文虚构故事"[1]区别开来。然而很显然，小说甚至可以追溯到古希腊传奇、中世纪的罗曼司。小说的概念犹如后现代一样，难以定义。它与传统文学体裁及文学史有着深刻的联系，却又存在着割裂。而这种割裂恰恰被一些学者看成是小说的滥觞。巴赫金、米兰·昆德拉等小说家都倾

---

1 伊恩·P.瓦特：《小说的兴起》，高原、萧红钧译，生活·读书·新知三联书店，1992年版，第1页。

向于认为文艺复兴时期是严格意义上的小说的诞生时期。《巨人传》与《堂吉诃德》被认为是欧洲小说伟大的开端。在经历了文艺复兴润泽之后的几百年间，小说逐渐拥有了与戏剧、诗歌、史诗同等的，甚至更为优越的地位。小说不再是如黑格尔所说的仅仅是一种方兴未艾的艺术。与此同时，对小说的研究在之后的一百年间也逐渐形成规模。而这与早期小说基本不出现在诗学范畴中形成了鲜明的对比。第一位真正意义的小说研究者应该是英国小说家菲尔丁。菲尔丁用"散文体喜剧史诗"[1]来定义小说，试图使小说与之前的文学体裁区别开来，尝试赋予它独特性及作为一种文学体裁的高贵性。然而菲尔丁开创的小说研究很长一段时间内都是后继乏人的。即使小说在19世纪取得辉煌的成果，理论家们也鲜有问津。事实上，带有历史开创意义的小说研究作品——小说家亨利·詹姆斯的《小说的艺术》直到1934年才写成。我们会发现小说与别的文学体裁不太一样。它拥有一种传统，即小说家自己为小说辩护。当小说已经在众多文学体裁中占据了压倒性的优势后，理论家才逐渐介入。在对小说研究并不长的历史里，我们可以大致将这些研究分为两类：一是有着深厚学识背景的学者的分析

1　菲尔丁在《约瑟夫·安德鲁斯的经历》的序言中宣称自己的小说是一种全新的形式——"散文体喜剧史诗"。"一部滑稽的传奇是一部散文的喜剧史诗：它跟喜剧有所区别，正如严肃的史诗跟悲剧不同；它的情节广泛绵密；它包含的细节五花八门，介绍的人物形形色色。它跟严肃的传奇不同的地方在于结构和情节；一方面是庄重而严肃，另一方面轻松而可笑；它在人物上的区别是介绍了下层社会的角色，因而也介绍了下层社会的风习，反之，严肃的传奇给我们看到的都是最上等的人物。最后在情操和措辞方面，它采取的不是高深的，而是戏谑取笑的方式。在措辞上，我以为有时候大可以运用游戏文章；本书将有许多这一类例子，譬如交锋接仗的描述，以及某些别的地方，也不必向清雅的读者指出了，那些谐模（戏仿）或者游戏文章主要是给消闲解闷的。"

研究；二是一流小说家在自身创作经验基础上对小说的总结。前者又分为两种：一是基于广阔的视野，深厚的哲学背景，将小说分析纳入自己的哲学系统中的小说的外部研究，诸如卢卡奇（也译作卢卡契）、本雅明、巴赫金等人的研究。二是倾向于对小说书写技巧层面，或者说对小说这种文学体裁的具体研究，包括叙事、修辞、结构、时间、空间、视角、人物、情节、类型等，可称为小说的内部研究。诸如韦恩·布斯、普罗普、托马舍夫斯基、保罗·利科、热奈特、乔纳森·卡勒等人的研究。然而有关第一种小说研究，一直存在一种声音，正如米兰·昆德拉所言："对他们来说，一件艺术作品只是进行某种方法论（心理分析、符号学、社会学，等等）练习的借口。"[1]按照这种观点，小说此时或许被过度阐释，无力地接受着理论的暴力。分析过程就是一个暴力过程，理论家往往更在意小说的某个方面，或者说他用解析出来的小说的某个方面来印证自己的理论，而不是对小说本身的研究。比如卢卡奇的小说类型学，他从新康德主义向黑格尔主义的转向中，把"总体性""植入"小说研究中，虽然其理论厚度值得称道，但其对小说的多样性、生动性视而不见，甚至有些理论用严密的逻辑、极尽抽象的思维来解析一部小说，为文学发明了一大堆专有名词，让读者在读完解析之后已无任何对小说阅读的渴望。它把小说原本最灵动的、最活跃的东西无情地切割了。正如康定斯基所说："任何理论体系都缺乏创造的本质要素，缺乏对表现的内在渴求——它们是无法以理论明确表达

1　米兰·昆德拉：《小说的艺术》，董强译，上海译文出版社，2004年，第170页。

的。"[1] 然而这里并不是对理论的摒弃，理论也是具有意义的、好的小说家也喜欢运用理论激发自己的创作，有些小说家继承了小说理论研究的传统，专注于理论构建。他们拥有着创作实践经验，理论模式更加自由，个性更加突出。理论与自身创作紧密结合，不是用一种大的范式，而是更加自由地与自身创作形成互动，自由赋形，是一种个人灵魂的自由之旅，更显灵动。当然，小说理论这两大类也绝非泾渭分明。有些小说家的理论构建也同样充满了哲学的厚重，他们将自己的世界观折射其中，对各种文论了然于心，诸如亨利·詹姆斯、布洛赫、纳博科夫、穆齐尔、米兰·昆德拉等，以及本书的主角伊塔洛·卡尔维诺。

当然没有一个人的小说理论可以平地而起，即使再独特，也必然与之前的小说研究保持着这样或那样的某种关系，这种关系最终给他提供了一个可供继续研究的领域。可以这么说，在卡尔维诺之前的所有小说研究都是他独特小说观形成的阶梯，必然以直接或间接的方式影响他对小说的看法以及其理论构建。在他生命的后期，其为诺顿讲坛[2]准备的演讲稿《未来千年文学备忘录》[3]，既是他对自己小说创作的总结，也是他综合前人以及同辈的创作经验和理论对小说的一种重新认识。

1　康定斯基：《论艺术的精神》，查立译，中国社会科学出版社，1987年，第25页。

2　诺顿讲坛：于1926年启动的哈佛大学的诺顿诗论讲座，先后邀请艾略特，博尔赫斯、弗莱等文化界重要人物主讲。卡尔维诺也于1984年6月6日正式受邀于此讲坛，课程安排在1985—1986学年内。他是首次被邀请的意大利作家。但遗憾的是，由于卡尔维诺的离世，此次安排并未成行。《未来千年文学备忘录》便是卡尔维诺为了此讲坛而写的。

3　《未来千年文学备忘录》，英译 *Six Memos for the Next Millennium*，中文也译为《美国讲稿》。

　　小说的出现承载了什么？它与时代的关系是什么？它处在这个世界的什么位置？它的特质是什么？未来小说的发展方向又是什么？这是卡尔维诺思考的基本问题。卡尔维诺出生于1923年，普鲁斯特在他出生前一年、卡夫卡在他出生后一年相继离世，博尔赫斯正在开始他的诗歌创作，并将很快转向他不可一世的小说创作。罗伯-格里耶在1953年发表了让他声名鹊起的小说《橡皮》，而卡尔维诺的转型之作，真正打开其创作局面的小说《分成两半的子爵》也是在这个时期发表的。时代观念的悄然改变虽然不能用时间简单反映，但卡尔维诺感受到的也许正是他生活的年代所赋予他的新鲜感受力。虽然在此不敢乱用"后现代主义"这个概念，但的确存在一种截然将卡尔维诺与之前的小说家和理论家区别开来的东西。如果按照伊恩·P.瓦特的界定，小说兴起时期是18世纪早期的话，那么从笛福的小说开始，小说始终都存在着一股暗流——对"自我"的关注。随着笛卡尔"我思故我在"的自我概念的出现，这个概念逐渐走进了小说创作，如《鲁滨逊漂流记》以第一人称讲述故事。"自我"的概念被不断强化，如黑格尔由之而发展出了绝对精神，费希特将"我"推到了绝对化，叔本华的"唯意志论"，尼采的权力意志，弗洛伊德对自我的探索，柏格森对个体生命体验的推崇，让小说从一开始就打上了人的印记。"自我"是小说的主体。从18世纪的第一人称书信体小说到19世纪第三人称现实主义小说，无不在呈现自我（或他者的自我）。声势浩大的意识流小说，让"自我"更加深邃，包括无法定位的卡夫卡的作品也是自我的呼喊。然而对小说至关重要的"自我"在卡尔维诺的小说世界变得值得玩味。卡尔维诺试图超越"自我"。关于艺术，柏拉图在《伊安篇》[1]中强调一种天启论，即诗人是处在一种迷狂的状态下代神发声。到后来这种说法褪去了其背后神的存在，而成了强调诗人自我的灵感说、自我表现说。小说从产生起就对"自我"有着强烈的认同感，卡尔维诺却推崇一种带有客观色彩的小说写作方式，他强调的并非是作者的独创性。正如波普尔所说："如果艺术家的意图主要在于使他的作品成为独创性的或'非同寻常的'，那这样的艺术作品几乎不可能是伟大的。真正的艺术家的主要目标是使作品尽善尽美。独创性是一种神赐的恩物，它犹如天真，可不是愿意要就会有的，也不是去追求就能获得的。一味追求独创或非凡，想表现自己的个性，就必定影响艺术作品的所谓'完整性'。"[2]卡尔维诺认为小说家在创作中应该试图努力超越这个"自我"。小说家也许和科学家一样通过智性的注入，不断地持久地努力才有可能创作出完整的尽善尽美的小说。一部小说的真诚度是来自小说家持久的自我批判与智性的结果，而不仅仅在于他感情的激烈与纯正度。超越自我而非彰显自我恰恰是卡尔维诺认为真正的小说创

1　《伊安篇》是柏拉图较早的一篇对话录。它通过苏格拉底与诵诗人伊安的对话，探讨了诗人文艺才能产生的原因，即诗人是凭借专门的技艺还是凭借灵感来创作的。柏拉图通过与伊安的辩论得出诗人是凭借灵感来创作的结论，并描述了灵感产生时的状态。"伊安，让我来告诉你。你这副长于解说荷马的本领并不是一种技艺，而是一种灵感，像我已经说过的。有一种神力在驱遣你，像欧里庇得斯所说的磁石，就是一般人所谓'赫库利斯石'。磁石不仅能吸引铁环本身，而且把吸引力传给那些铁环，使它们也像磁石一样，能吸引其他铁环。有时你看到许多个铁环互相吸引着，挂成一条长锁链，这些全从一块磁石得到悬在一起的力量。诗神就像这块磁石，她首先给人灵感，得到这灵感的人们又把它递传给旁人，让旁人接上他们，悬成一条锁链。凡是高明的诗人，无论在史诗或抒情诗方面，都不是凭技艺来做成他们的优美的诗歌，而是因为他们得到灵感，有神力凭附着。"

2　卡尔·波普尔：《无尽的探索——波普尔自传》，赵月瑟译，中央编译出版社，2009年，第68页。

作的精神。同时他将这种认识融入在其深沉的宇宙观之中，以及从卢克莱修、奥维德以来的原子论的作家谱系之中。在卡尔维诺看来，文学史自始至终都是完整的。小说不是对别的文学体裁与传统的割裂，它并非一种别样的模式，而是深深存在于自古希腊、古罗马以来的文学史中。那么对卡尔维诺来说小说的独特性是什么？小说能发现什么？也许并不仅仅如米兰·昆德拉所说的模糊性与相对性，也不仅仅是一种个体化的叙事呢喃，或是一种在神恩来临之前的等待。在卡尔维诺这里，更多的是如何运用小说去感受、认知、思索整个宇宙，并用原子论去看待万事万物，在同一性与亲近性的感召之下通达万事万物。

此外卡尔维诺更关注作者的创作。他从别的小说家或诗人身上汲取养分，甚至坦言，这样的一种渠道比仅仅从文论获取的渠道效果更好。套用保尔·瓦莱里的话，所谓的文学史资料几乎没有触及创作诗歌的秘密。卡尔维诺试图在汲取自古希腊、古罗马到当代作家身上的创作奥秘后，以小说家的身份和敏锐来构建另一种小说理论。而这里要强调的是他小说家的身份，因为卡尔维诺对纯粹理论家的理论多少心怀芥蒂，他曾说："各种各样的美学理论把诗看作或是某种神降的灵感，或是某种从深处涌出的东西，或是一种纯粹的直觉，或是人的精神中不可辨识的东西，或是选择诗歌来表达的时代的呼声和世界的精神，或是依靠某种未知的光学现象投射在纸上的社会结构的反映，或是能够显示个人或集体无意识形象的一种直接心理领会，或至少也是某种直觉、沉思、信心等诸如此类的东西的象征，等等。但这众多的理论都留着一个没人知道该怎么填补的空白，一个由因到果之间的黑色地带：怎么写？通过什么途径把心灵、历史、社会、潜意识等转化成白纸上的黑字？即使是美学上的很多杰出理论也无法解决这一点。"[1]事实上，理论家们并没有很好地解决这个问题。一部小说如何产生？它承载着什么？小说家的全部灵魂是如何附着在小说之中的？小说家又是如何通过小说去思考这个世界？思考的结果又是什么？小说之于世界是什么？而这一系列的问题卡尔维诺要以小说书写最直接的经历者的身份试图去探索、询问。他不将小说框限在任何人为的范畴之内，坦然接受范式改变而引起的小说改变，或者是小说改变而引起的范式改变，拓展小说的功能，灵巧地以自己独特的方式将哲学、科学等观念带入小说中，不给小说以重压，相反赋予其极大自由，甚至试图尽可能地消解"自我"带来的局限，给小说以更为宽广、自由的空间与无限可能性。

（二）变动不居的小说大师

1985年8月，离卡尔维诺准备去诺顿讲坛还有一个月的时间，据他的妻子埃斯特·卡尔维诺回忆，他繁忙又疲惫，手头的讲稿没有进展。妻子为了帮他解忧，转移注意力，建议道："你为什么不干脆丢开演讲去把《通向圣吉瓦尼之路》写完呢？"卡尔维诺回答："因为那是我的自传，而我的传记还没有……"话没有说完，他妻子揣测他要说"还没有结束"或"那还不是我完整的自传"。然而自传最终还是没有机会写完，同年9月19日上午，卡尔维诺因为脑出血永远地离开了这个世界。一个传奇就这样从世界上消失了。

1　Italo Calvino. *The Uses of Literature.* Translated by Patrick Creagh. New York: Harcourt Brace Jovanovich，1986，p.14.

作为一位逝者，可能已经不需要引用各种时报对其死亡之哀叹及各种对其成就的溢美之词。这里仅借助卡尔维诺散落的回忆补齐他的生平。"我少年即开始写作，但那时对文学只有笼统的印象。"[1]然而其父母都是植物学家，他的父亲主持着一个农业试验中心，母亲是其助手，两位可以说是严谨的科学从业者。"这一点使我对他们敬畏有加，同时形成一种心理障碍。……我培养出一种幻想世界的敏感能力。"[2]中学毕业后，卡尔维诺做了一个"讨好家里的选择"，去都灵大学读农学。二战爆发后，卡尔维诺选择暂停学业参加抗战游击队。当时战争的种种残酷，以及整个国际局势和意大利共产党在其中发挥的重要作用等促使他加入了意大利共产党。同时他也更加明确了自己的兴趣所在，中断了农学学业，转向了文学专业。之后一直与《统一报》合作，并为此经常来到都灵。但新闻工作与卡尔维诺的想象相去甚远，其过于注重政治与时事，这迫使卡尔维诺开始寻找别的与自己写作结合更紧密的工作。1945年，在挚友的推荐下他来到了埃伊瑙迪出版社，这个出版社涉及的范围很广，不仅有文学书籍，还出版政治、经济、历史、科学方面的书，这让卡尔维诺觉得"身处多彩世界的中心"。他定居都灵，在出版社做了十五年的编辑。1947年，以游击战争的经验为题材的小说《通向蜘蛛巢的小路》（也译为《通向蜘蛛巢的小径》）出版；1949年，出版了短篇小说集《乌鸦最后来》；1952年，他尝试的新的写作方向的小说《分成两半的子爵》出版；1957年，《树上的男爵》出版。

1　伊塔洛·卡尔维诺：《巴黎隐士》，倪安宇译，时报文化出版企业股份有限公司，1998年，第271页。

2　伊塔洛·卡尔维诺：《巴黎隐士》，倪安宇译，时报文化出版企业股份有限公司，1998年，第271页。

卡尔维诺此时也更加明确自己作为小说家的方向，并捋清了一些关系。"我对编辑工作仍感兴趣，但参与方式较为独立自主。"[1]1959年，出版了《我们的祖先》三部曲的最后一部《不存在的骑士》。《我们的祖先》三部曲奠定了卡尔维诺在意大利文坛的地位，也让人看到了一种不一样的小说创作方式。

　　1959年，卡尔维诺因福特基金会的赞助去了美国，逗留了半年之久。他接触到了一些更为多元和自由的东西。他在美国一次接受采访中坦言，美国文学给了他很深的滋养，同时他也看到了美国文学微妙的改变——一种新的道路、新的经验。这一切与卡尔维诺自身十分契合，这是他一直寻觅的东西。"我更加坚定了我长久以来的信念：重要的是由实际层面多样发展，由劳动生产结果、执行上技术形式、经验、认识、道德，透过实务工作厘清的价值看到的一个文明的全面性。一言以蔽之，我的理想一直是参与建设符合现代意大利需要的一个文化环境，让文学储备革新力量并保有最深刻的理性。"[2]1965年，出版了《宇宙奇趣》，紧接着又出版了《时间零》（现在更多学者倾向于将其译为《零时间》）。这让人们看到了一个卓尔不群的小说家。卡尔维诺的个人风格也越来越清晰，他的眼界开阔了，开始关注宇宙。这既是一个升华的过程，也是一个抽离的过程。卡尔维诺的兴趣在转变，他开始试探小说能否跟得上自己的兴趣，以及小说自身的边界在哪里。卡尔维诺不单纯是一位小说家，又或者说他自始至终都是

　　1　伊塔洛·卡尔维诺：《巴黎隐士》，倪安宇译，时报文化出版企业有限公司，1998年，第278—279页。
　　2　伊塔洛·卡尔维诺：《巴黎隐士》，倪安宇译，时报文化出版企业股份有限公司，1998年，第279页。

一位小说家，只是他想重新定义小说，不是从理论上，而是在实践中。1967年，卡尔维诺移居巴黎，当时的巴黎是欧洲文化重镇，有最前卫的对小说的理解与书写，各种文论和各种文化运动。卡尔维诺在这里结识了众多当时最为著名的大师。一些新的对小说的理解在卡尔维诺心中蔓延开来："严格要求自己的所作所为在当代文化背景中有其革新意义，最好从未尝试过，呈现文学表达的可能发展。"[1]于是创作了一系列极具个性与实验气质的作品：《命运交叉的城堡》（1969年）、《看不见的城市》（1972年）、《寒冬夜行人》（1979年）。这三部作品被很多人认为是卡尔维诺的代表作。它们与当代文论联系紧密，甚至有学者认为这是理论的一种文学实践。然而卡尔维诺的这三部小说创作与文论的关系绝非那么简单，"我希望，但我不是。我与理念之间的关系较为复杂且有争议性，我思考的每一件事必有正、反面，而且每一次都得建构起一个十分复杂的蓝图。这是为什么我甚至隔上好几年也写不出一本书，在陷入危机的计划旁边兜圈子"[2]。小说书写与文论永远不可能是一对一的对应关系。文论对卡尔维诺这时期的小说创作来说是一种激发物，一种灵感，一个契机，一个火花，借着这个火花，他看到的是沉睡的小说多样书写的可能。就比如一个人带着火把进入洞穴，但卡尔维诺的关注点自始至终都不是火把。

1983年，卡尔维诺生前出版的最后一部小说《帕洛马尔》问世。这无疑是卡尔维诺小说创作的巅峰。这是一部试图

1　伊塔洛·卡尔维诺：《巴黎隐士》，倪安宇译，时报文化出版企业股份有限公司，1998年，第279页。

2　伊塔洛·卡尔维诺：《巴黎隐士》，倪安宇译，时报文化出版企业股份有限公司，1998年，第281页。

将观察、思考、诘问、自然、世界、宇宙、人作为小说主题的小说，一部试图包含一切的小说，一部试图找到终极答案的小说。它是卡尔维诺对小说边界的一个探索。他说："60岁的我已经看清楚作家的任务就是做他能力所及之事：对文学创作者而言就是描述、呈现、虚构。多年来，我已不再设定写作方针，鼓吹一种或另一种文学有何意义，……我花了一些时间才了解意图并不重要，那得以实现的才重要。于是这份文学工作变成研究自己、理解我是谁的工作。"[1]此时的卡尔维诺对小说的理解更为通透。他不再为书写预设模式，而是更为自由、灵动并深沉。

在生命的最后阶段，卡尔维诺正在创作《美洲豹阳光下》，可惜未能完成。他离世后，其遗作陆续出版：1990年出版了《通向圣吉瓦尼之路》，1993年出版了《在你说"喂"之前》[2]，1994年出版了《巴黎隐士》。

除此之外，卡尔维诺后期的三部作品：《为什么读经典》《文学的作用》《未来千年文学备忘录》集中反映了其对于小说的独特理解。

卡尔维诺曾说："我是天秤座，所以性格中的安稳与急躁得以调和。"[3]1984年12月2日，卡尔维诺在接受《纽约时报书评周刊》采访时说："我愿意是默库肖。（默库肖为莎士比亚《罗密欧与朱丽叶》剧中罗密欧之友，挺身维护罗密欧的名

1　伊塔洛·卡尔维诺：《巴黎隐士》，倪安宇译，时报文化出版企业股份有限公司，1998年，第281页。

2　国内一些读者曾根据英译本（*Numbers in The Dark*）翻译出其中的部分内容，名字为《黑暗中的数字》。而译林出版社于2015年出版了由刘月樵翻译的此书，译为《在你说"喂"之前》。

3　Italo Calvino. *The Uses of Literature*. Translated by Patrick Creagh. New York: Harcourt Brace Jovanovich, 1986, p.339.

誉，死于剑下）他的德性中，我最钦慕的是在暴力世界中他的轻盈、梦幻般的想象力——麦柏女王的诗人——及智慧，仿佛是盲目互相仇视的卡普列和蒙塔古家族之间的理性之声。或许只为风范，以生命为价，坚守古老骑士规则，同时又是不折不扣的现代人，多疑、幽默，一个清楚何为梦、何为事实并坦然接受的堂吉诃德。"[1]这也是卡尔维诺对自己的定位与总结。他一生穿行在真实与梦幻之间，小说是他搭建的轻盈、梦幻及智慧的福地。他既传统又现代，既理性又梦幻，既直面现实又是位堂吉诃德。

（三）卡尔维诺在中国

卡尔维诺进入中国可以追溯到20世纪50年代。《世界文学》杂志刊登了他的小说。1956年，老一代的作家、翻译家严大椿翻译了一本名为《把大炮带回家去的兵士》的小说集，这是一本意大利短篇小说合集，全书围绕着战争与和平、苦难与斗争的主题，收录了六篇短篇小说，其中包含了卡尔维诺的两篇。而这两篇小说还属于卡尔维诺早期的作品。那时的卡尔维诺的创作才起步不久，所以当时的读者也不可能全方位地了解他，更不要谈相关的研究工作。而这之后，中国经历了"大跃进"和"文化大革命"，整个文坛基本处于停滞状态，译介工作也全面停滞。卡尔维诺与中国读者在初次的接触后，消失了二十多年。直到1980年，旅居美国、对当代小说接触颇多的学者董鼎山在《读书》第12期刊登的作品《所谓"后现代派"

1　伊塔洛·卡尔维诺：《巴黎隐士》，倪安宇译，时报文化出版企业股份有限公司，1998年，第284页。

小说》中提及了卡尔维诺，他着力向中国读者介绍后现代小说，并借助美国作家约翰·巴斯之口，向读者推荐了两位小说家的作品，一部是马尔克斯的《百年孤独》，一部便是卡尔维诺的《宇宙奇趣》。紧接着，他又在1981年《读书》第2期中发表了《卡尔维诺的"幻想"小说》，从区分幻想小说、神怪小说与科学小说入手，畅谈了卡尔维诺的几部重要小说，并给予了极高的评价。与此同时，外语教学与研究出版社出版了卡尔维诺的《意大利民间故事选》，上海译文出版社出版了《一个分成两半的子爵》。卡尔维诺渐渐进入了中国读者的视线之中。我国著名学者吕同六先生将卡尔维诺的访谈录《向"迷宫"挑战的作家》进行翻译并发表在1982年第4期《外国文学季刊》中，让中国读者以最近的距离接触到了卡尔维诺以及其思想的核心部分。在这之后，直到80年代末，关于卡尔维诺零星的译介与研究才逐渐多了起来：1983年的《当代意大利短篇小说集》（上海译文出版社）中收录了《寒冬夜行人》的一小部分；1984年的《白天的猫头鹰——意大利当代中篇小说选》（北京出版社）收录了《阿根廷蚂蚁》；1989年卡尔维诺的《我们的祖先》收录在中国工人出版社出版的《世界著名文学奖获得者文库（意大利）》中。然而卡尔维诺的小说对当时的中国来说也许来得太早，中国还没有做好接受他的准备。他的作品虽个别的被翻译过来，但接受度还是欠缺的，不仅是普通读者，也包括一些学者，他们还没有完全从小说固有的形态中跳出来，没有真正发现卡尔维诺小说的精髓。90年代，卡尔维诺的小说以单行本的形式出现：花城出版社出版的《隐形的城市》（陈实译，1991年）、《帕洛马尔》（萧天佑译，1992年）、《寒冬夜行人》（萧天佑译，1993年），以及辽宁教育出版社出版的《未来千年文学备忘录》（杨德友译，1997

年）。与此同时，中国第一批深受卡尔维诺影响的小说家王小波、残雪、周大新等人极力宣传其小说的独特魅力。可以说，这是卡尔维诺第一次真正意义上在中国找到了知音。这些人以小说家特有的敏锐感受到了卡尔维诺小说的特质，并推崇其独特的小说理论，最终将这种新的小说观念融入自己的小说创作中去。然而我们不得不承认在当时的中国，卡尔维诺仍然是寂寞的，他只得到了少数精英读者的关注，而有关他的译介还只停留在个别篇章。直到2001年，译林出版社才比较完整地推出了卡尔维诺的作品：《意大利童话》《通向蜘蛛巢的小路》《烟云》《阿根廷蚂蚁》《我们的祖先》《命运交叉的城堡》《看不见的城市》《宇宙奇趣》《寒冬夜行人》《帕洛马尔》《美国讲稿》。之后几年又相继出版了《为什么读经典》《巴黎隐士》《疯狂的奥兰多》。这次成规模的、全方位的对卡尔维诺的译介，使得他的作品能够整体性地出现在国人面前，让读者能对之有一个较全面的了解。卡尔维诺也从90年代的沉寂状态慢慢走向了大众的视野，对其研究也多了起来。国内对卡尔维诺的研究大概分为以下几个方面：

一、以后现代理论去诠释卡尔维诺的小说作品。这一部分在我国算是对卡尔维诺研究的重点。研究者往往将关注点放在卡尔维诺中后期的作品中，并试图运用西方的后现代理论对其进行解读。二、从卡尔维诺的小说理论入手，部分或总体去分析其作品特质。三、从主题切入，对卡尔维诺小说做主题研究。四、将卡尔维诺的作品及小说理论拿来与中国的作品和理论进行比较，同时研究卡尔维诺对中国作家的影响。

可以说中国对于卡尔维诺的研究真正起步应该从20世纪90年代末算起，到现在不过二十多年时间。从上面数据大概可以看出2000年后，国内关于卡尔维诺的研究逐渐增多，内容上也多样化了。卡尔维诺在中国的影响力以及接受度已经大大超过了80年代以及90年代，他从一个仅仅被中国少数精英学者以及作家群体接受的小众作家慢慢走向了大众。有关卡尔维诺的研究也在逐渐规模化，然而其不足也是显而易见的。一、如卡尔维诺这样一位具有世界级影响力的作家，国内至今没有关于其研究的专著问世。这跟与他类似的，具有同样世界影响力的作家如加西尔·马尔克斯、豪尔赫·路易斯·博尔赫斯、米兰·昆德拉等作家在国内的重视程度相比，差距是显而易见的。国内至今还没有给卡尔维诺的重要性一个明确的肯定。二、研究深度不够。在已发表的研究性文章中，我们会发现，这些论文都只是从某一个角度切入，探讨卡尔维诺小说中的一个切面。大多学者更愿意运用后现代理论去解析卡尔维诺的作品，而没有更为精微地从卡尔维诺自身的小说创作轨迹去理出他之所以这样书写的深层原因。将后现代理论强行加在卡尔维诺的小说之上，以先入为主的结论寻找与之相符的小说书写细节与轨迹，这个路径也许本身就存在问题。三、卡尔维诺小说及其小说理论中核心的东西是人与宇宙的关系的探讨，所以不可避免地会涉及卡尔维诺本人的宇宙观，要将这些与他的小说书写、写作技巧以及小说理论结合来看。只有这样才能发现他的写作技巧并不是简单的一种技巧，小说理论也不仅仅在谈小说本身，而有着更深的蕴意。小说在卡尔维诺的笔下变成了思之所在。而在国内研究中，很少有人关注卡尔维诺的深层宇宙观以及他企图要在小说中解决的核心问题。如果不从这个角度去探究他的小说，那么对其小说的研究只能停留在技巧层面的探讨，也不会特别精深，甚至会走向一个解读误区，因为他的小说书写技巧全部是建立在其独特的深层宇宙观之上的。对卡尔维诺小说之思的探讨是研究他的关键环节，其小说中一些核心线索与主题可从西方哲学史中寻到源头。我们甚至可以说卡尔维诺的作品是卡尔维诺作为小说哲学家对西方哲学史的有益的补充与延伸。而这一点是研究卡尔维诺的关键所在，然而这也是以往研究中最为薄弱的环节。四、缺乏一种全面的、综合的研究。目前对卡尔维诺的研究还停留在零散化、碎片化的阶段，面对这样一个变动不居的小说家，我们很难从其中某一部作品中去窥见其全貌，反而有可能因此一叶障目，看不清真实的卡尔维诺。如果把卡尔维诺仅仅定位为新现实主义作家、寓言作家、后现代作家等，是对他的一种误读，是以偏概全的草率做法。即便仅仅是研究他的某部作品，我们也必须把它放置在整个创作轨迹中去辨识。而有的研究者在研究他的某部作品时，往往切断了其与卡尔维诺的整个创作过程的联系，不能给作品一个最恰如其分的定位，这样就容易推导出与卡尔维诺理念不符甚至相反的结论。我们研究卡尔维诺的全貌，要以一种开阔的眼界，把他的作品放在其整个创作轨迹中，放在整个欧洲小说史的背景中，而不是把他简单粗暴地放在某个时期、某个领域、某个主义、某个流派中，这样才有可能给卡尔维诺一个较为准确的定位。五、卡尔维诺最好的文本除了他的小说，还包括他对小说理解的作品，尤其是《未来千年文学备忘录》，这是他珍贵遗产中最有价值的一部分。可惜的是，至今还没有全面地对其小说理论进行研究的专著。有学者从其小说理论中的一个切面入手进行研究，然而就像在第四点提到的，卡尔维诺的小说理论不仅仅是一种小说技巧的探讨，它是建立在其深层宇宙观之上的。他的小说理论就如同他的小说，始终贯穿着一个核心的人与宇宙关系的主题。他的小说理论与小说是一体两面，互为表里，互相印证，互相补充的。以往的研究在这方面恰恰是有所欠缺的。

　　那么该如何去较为准确地把握这样一个复杂而多变的小说家，笔者认为最为有效的方法便是从他的小说理论入手。小说理论是看清卡尔维诺小说创作的最为快速且准确的通道。它贯穿了卡尔维诺小说创作始终，并与其小说创作互相影响、互相启发。卡尔维诺有关小说创作的最为核心的见解集中体现在其为诺顿讲坛准备的讲稿《未来千年文学备忘录》中，他在备忘录里谈及了五个小说特质——"轻""迅速""精确""易见""繁复"，[1]整个讲稿便是围绕着这五个小说特质展开的。卡尔维诺提出的这五个小说特质其实从两个层面去看更明晰些：第一个层面是他对小说本身的关注。五个小说特质可以理解成他为小说规划的蓝图。小说的书写完全可以向他提供的这几个方面去靠拢。这是作为世界上最优秀的小说家对自己精湛小说技艺的总结。当然他在这里也并没有将别的或者与其相反的小说技巧否定掉。他不拘泥于陈规，不断拓展小说的边界，尝试小说的种种可能性，不断挖掘小说丰富的功能与层面。第二个层面即他的小说理论是他深层宇宙观的再现，以及他对于人生的种种问题的思考。从追寻意义的思考，到在主客问题上的艰难跋涉，再到最后的一种圆熟通脱。他的小说理论无形中与西方哲学走上了一条重合的道路。而这种重合在笔者看来是具有一定的必然性。人类面对无垠的宇宙，这是很多文学及哲学作品的核心主题。卡尔维诺通过个体的思索，最终也无法回避，遭遇了这个主题。而他的小说创作和他的小说理

　　1　有关卡尔维诺提出的这五个小说特质，国内有不同的翻译版本。我在参考了1997年辽宁教育出版社出版的杨德友翻译的《未来千年文学备忘录》，2001年译林出版社出版的萧天佑翻译的《美国讲稿》的基础上，结合了英文译本 *Six Memos for the Next Millennium*，最终确定了这五个小说特质的中文翻译。

论其实也可以看作他对这一终极问题赋予答案的努力。卡尔维诺的小说以及小说理论的书写都带有明显的互文特质，而作为读者与研究者，在探讨他的作品时，不管愿不愿意都必须参与到这种具有互文特质的文本中来。就如同艾柯在《玫瑰的名字》中借助其中的人物诉说自己在阅读的时候感觉书本之间在互相诉说。读者会在阅读一本书时联想到、看到另外一本书的样子，最终都汇成了一本书。卡尔维诺也梦想着去书写一本无所不包的唯一的书。而本书的核心部分是通过对卡尔维诺思路的重新梳理，试图分析出卡尔维诺独特的写作路径以及独特的解决方式。这也许是研究卡尔维诺最为重要的部分。刚才已经强调卡尔维诺是通过小说书写立世的，小说与问题是一体的，不能两分。所以这些问题的讨论必须以讨论小说书写为出发点。而本书也是以这些深层问题所引发的小说家何为的问题为落脚点，试图从卡尔维诺小说理论中寻找小说应该前进的方向，这也是研究卡尔维诺的最终原因。卡尔维诺非常乐观，他的乐观感染了我。他说他对文学是有信心的，这话说得肯定且坦然。他有着类似于中国儒者明知不可为而为之的执着，又通脱、达观。在他的这种精神感召下，我想借助大师的眼界去看一看文学的未来和小说呈现的姿态。卡尔维诺的《未来千年文学备忘录》就是放眼未来的。学者们将它放在已有的小说中去评说，不正是违背了卡尔维诺的初衷？而他提出的"轻""迅速""易见""精确""繁复"五个小说的特质都蕴藏着未来的向度，这是对现有生活的一种反作用力，一种背离。然而这并不是一种逃离，这是一种试图对沉重现实的拯救，最终指向具有无限可能性的未来。卡尔维诺应该属于当代世界级的大作家，国内对其研究的最大缺陷在于至今依然没有相关的专著出现。研究者们大都局限在卡尔维诺的小说细节研究，这恰恰是研究卡尔维诺的大忌。卡尔维诺以穷尽小说无限的可能性著称。如果将研究一味无限细化，就根本无从对其做一个准确的定位。他的小说是具有生长性的，这种特性在别的作家身上也可能存在，但在卡尔维诺身上却是一个标志性的特质。他的作品包括小说理论必须拉通来看，才有可能窥见全貌。或许研究某些作家可以研究其一部书（因为这一部书里就已经充分展现其特质），然而这种方法用在卡尔维诺这里不行。所以这就导致了研究者极容易进入从细节处或单独从某一篇卡尔维诺的小说去解读的误区。而本书正是从整体入手去把握卡尔维诺的小说理论。而以上谈及的这些是笔者打算着手进行有关卡尔维诺小说理论研究的一个初步缘由。小说这一文学体裁从其产生到发展，经历了无数的嬗变，它相较人类社会的意义到底如何？它相较其他文学体裁最为突出的特点又是什么？它的未来样貌应该如何？带着这些问题，我想借助卡尔维诺的小说理论以及作品看看他给出的答案，并将之放置在西方小说发展的背景中去考察，从而试图对以上问题理出些头绪。

二、"轻":原子论与亲近性

(一)"轻"提出的现实背景

第二次世界大战期间,德军占领意大利北部,正在大学念书的卡尔维诺加入了当地的抗战游击队。战争结束后,1945年卡尔维诺正式进入文学圈。而当时整个意大利正兴起了一场文学运动——新现实主义[1]。新现实主义可以追溯到20世纪20年代,而这股浪潮一直受到法西斯的打压,直到二战结束才重新焕发生机。战后新现实主义的兴起是意大利最为引人瞩目的文化事件。抵抗运动为知识分子的书写提供了素材,并将他们的注意力引向了当时的政治及社会问题,同时又为知识分子提供了摆脱孤立的道路。身处在这个浪潮和独特历史环境中的作者都不约而同地选择了书写这种方式,正如卡尔维诺自己所说:"在那个时代,意大利的文学爆发首先是生理行为、存在主义行为、集体行为,其次才是艺术行为。……从谁也不能避免的经验——战争,内战中产生出来的东西确定了作者和读者间互相沟通的迫切性:大家面对面,彼此平等,都有许多故事要讲述,每人都有自己的故事,每人的生活都有异常、起伏、冒

---

1 新现实主义是意大利的一场文学和电影运动,在第二次世界大战后尤为繁荣。它努力以写实手法描绘那些最终导致这场战争的事件,以及那些在战争期间和战争后产生的社会问题。

险，都急于表达。一开始，再生的言论自由对人们来说就是渴望讲述……日常生活的单调乏味好像是属于另一个年代，而我们却在缤纷的故事王国中穿行。那时谁开始写作，谁就要面对众多不知姓名的口述者讲述的同一题材。"[1]可见这似乎是一种时代的选择。卡尔维诺在二战期间参加过游击队，并加入了在反法西斯运动中扮演重要角色的意大利共产党。战后，在整个新现实主义浪潮的包围下，他开始创作小说。意大利新现实主义浪潮在20世纪50年代初遭遇危机，其原因是复杂的，关键原因是意大利共产党在战后十年间的表现。它越来越干涉文艺的自由表达，尽管依然在倡导新现实主义，但现实的内容已经明显带有政治的倾向性。卡尔维诺将这一时期的文学称为"指令文学"。这让卡尔维诺感觉到了现实的沉重与不透明。

此时意大利的现实仿佛充满了惰性与沉重感。文学该如何面对这样的现实？卡尔维诺的第一篇以游击战争为题材的作品《通向蜘蛛巢的小路》虽然被外界认为是一部新现实主义小说，但我们已经隐隐看到了他小说的独特之处以及与当时"指令文学"之间存在的间隙。"指令文学"已经渐渐背离了新现实主义的初衷，现实的沉重、不透明已经渗透到文学中来，更明确地说是渗透到"指令文学"中。这样的形势让卡尔维诺开始拨开长久萦绕在自己内心的迷惑找到了清晰的方向。他认为小说不能单纯地为一个权威、一个政府、一个国家服务。很明显这是卡尔维诺开始逃离当时意大利的整体文学的一种倾向。

那么文学该怎样才能躲开现实的沉重与惰性？卡尔维诺开始清楚地看到小说不是任何时期的文献说明，不是对事物或者社会精心的描绘，更不是对某种理念的捍卫。小说家并非任何

1　伊塔洛·卡尔维诺：《通向蜘蛛巢的小径》，王焕宝、王恺冰译，译林出版社，2006年，第3页。

一种学说的仆人。即便是在没有被政治侵扰之前的新现实主义
也无法满足卡尔维诺对文学的想象。新现实主义所遵循的理论
似乎还没有充分理解文学既作为社会又作为美学现象的特质，
它有着理想化与抽象化倾向，没有克服知识分子的人道主义与
理想主义色彩，这样就导致新现实主义文学充满了人为设定的
好的意图。这样文学便又在另一种意义上成了单色调的呈现，
开始变得僵硬，失去了生气。而这一切都促成了卡尔维诺选择
在自己的小说中开始从另一种视角，以另一种姿态去感受、描
写、认知这个世界。于是在《分成两半的子爵》中，梅达尔子
爵变成了善与恶的两半。《树上的男爵》中的柯西莫在拒绝吃
蜗牛爬上了树后，再也没有下来。《不存在的骑士》中的阿季
卢尔福自始至终都是甲胄中没有肉体存在的骑士。卡尔维诺在
1978年接受《国家晚报》的采访时说："月亮是在一定距离之
外观察地球的一个很好的观测站。如何参与，但保持超然的适
当距离正是《树上的男爵》的问题。"[1]卡尔维诺已经明显从
"指令文学"以及新现实主义文学中走了出来，开始了他的奇
幻文学之旅。文学应该是另一种逻辑、另一种姿态的，"文学
应该是那种能够给予失语者以声音，给予无名者以称谓，尤其
是那种被政治语言拒绝接纳，或是试图拒绝接纳的……文学应
该若耳朵，它可以听到政治语言所允许听到的语言之外的意
义；它又像眼睛，可以看到政治所允许看到的光谱之外的颜
色"[2]。文学应该是轻的，摆脱沉重的政治负担、顽固不变的
规则，用另一种逻辑关照世界。

1　伊塔洛·卡尔维诺：《巴黎隐士》，倪安宇译，时报文化出版
企业股份有限公司，1998年，第231页。

2　Italo Calvino. *The Use of Literature*. Translated by Patrick Creagh.
New York: Harcourt Brace Jovanovich，1986，p.97.

（二）"轻"的提出

卡尔维诺真正完整提出"轻"的概念还是在《未来千年文学备忘录》中。"轻"中充满了好几条线索，按他的划分：一条以月亮、贾科莫·莱奥帕尔迪[1]、牛顿、万有引力、漂浮物等为代表，在这条线索中，卡尔维诺着意去寻找"轻"的象征物。例如他谈到了给人静谧、轻盈感觉的月亮。与此类似的还有斯威夫特构想出来的"勒皮他"飞岛、《一千零一夜》中的飞毯、飞马。有些文学家，如莱奥帕尔迪可以把语言变得如月亮般轻盈。第二条以原子论，圭多·卡瓦尔坎蒂[2]的爱情观，文艺复兴的魅力，昔拉诺[3]等为代表，在这条线索中，原子论是最为核心的内容。因为他们发现这个世界是由原子构成的，所以具有同一性、流动性，因而在他们的作品中，一切也变得轻盈起来。比如卡尔维诺认为莎士比亚就是一位原子论的追随者，法国作家昔拉诺也是。昔拉诺曾在《月球旅行记》中说："你们会奇怪，这种杂乱无章混合在一起的物质怎么能非常偶然地组合成人，而构成人需要多种物质。你们不知道这种混合物质在构成人时，因为少了或多了一些需要的或不需要的成分，曾上亿次地没有组合成人而组合成石头，组合成铅、珊瑚、花儿、彗星。在如此众多的不断变化和运动者的物质之

1　贾科莫·莱奥帕尔迪，19世纪意大利杰出的浪漫主义诗人。他的诗语言洗练朴素，格律自由多变，描绘心理活动细致，开意大利现代自由体抒情诗的先河。
2　圭多·卡瓦尔坎蒂，意大利诗人，"温柔的新体"诗派的主要代表人之一。
3　昔拉诺，法国幻想小说家，作品有《月球旅行记》《太阳旅行记》等。

间，偶然地组合成了少数我们所见的动物、植物和矿物，怎么能不令人奇怪呢。犹如掷了上百次色子才掷出一个对双来，这怎么能不让人惊奇呢。从这个简单的动作中不可能不掷出个什么来。掷出来后，那个只考虑为什么掷不出来的人，总会感到惊奇。"[1]而这一切都因为万事万物是由原子构成的，它们具有了同一性。正是因为这种同一性，让这个世界变得轻盈而流动，所以昔拉诺幽默地说："人，亲爱的兄弟，我怎么得罪你了，该当砍头？……我长在地上，开花结籽，向你伸出双臂，把我的子孙——菜籽奉献给你。为了报答我对你的恩惠，你却来砍我的头！"[2]人与白菜变成了兄弟，人差一点成不了人，而成了白菜，世界差一点就成不了世界。第三条线索以卢克莱修、雷蒙·卢克[3]、皮科·德拉·米兰多拉[4]、伽利略、莱布尼茨等为代表，这一脉是"把文字比喻成现实世界的尘埃物质"，认为字母如同运动的原子一样，通过它们的排列组合以达到无穷。卡尔维诺在谈到伽利略时说："当伽利略谈到字母时，他的意思是一个足以代表宇宙万物的综合体系。……已被赋予意义的物体的组合，无法表现所有现实；要表现所有现实，就必须求助于一个由极小元素例如基本颜料或字母构成的组合系统。"[5]以有限的数量去掌握无限的世界，以极微小的

1　伊塔洛·卡尔维诺：《美国讲稿》，萧天佑译，见《卡尔维诺文集》，译林出版社，2001年，第337页。

2　伊塔洛·卡尔维诺：《美国讲稿》，萧天佑译，见《卡尔维诺文集》，译林出版社，2001年，第338页。

3　雷蒙·卢克，西班牙神学家、作家。他声称在一次异象中看到整个宇宙反映了上帝的各种属性，便提出把一切知识都简化为原始道理。根据他的解释，任何现实事物都体现神的某一方面。他试图以神学、哲学和自然科学为同源学科进行讲授。

4　皮科·德拉·米兰多拉，意大利神学家。

5　伊塔洛·卡尔维诺：《为什么读经典》，黄灿然、李桂蜜译，译林出版社，2006年，第98页。

元素把握宏大的现实，这是一种抽离，一种抽象，而不是沉重、刻板地模仿世界，所以文学的本质也是这种词语的排列组合，以有限反观无限，以轻盈把握沉重。第四条线索即文学不仅仅是一种书写，还具有生存功能，它是对现实生活的超越，对沉重的超越，给人们以快乐、幸福和轻松。通过轻对抗沉重是"轻"的最终目的。卡尔维诺说："对威胁部落生存的灾难——干旱、疾病和其他不幸，萨满教徒的办法是，减轻自己的体重，飞到另一个世界去，依靠另一种知觉去寻找战胜灾难的力量。在距离我们更远的时代和文明中，农村妇女承受着更加沉重的生活负担，那里便有女巫骑在扫帚上或骑在更轻的麦秸、麦穗上夜晚出来飞行。"[1]文学就是那些让人们从沉重中抽离出来的力量，卡尔维诺将之比成"女巫骑着的扫帚"[2]。

而在这些有关"轻"的线索中，隐含了一个共同的明确的想法：在越来越沉重世界里，这种特性会反映在作家的作品中。如何挣脱这个困境，卡尔维诺引出了一则神话：珀尔修斯砍下了蛇发女妖美杜莎的脑袋。他是如何避开美杜莎那残酷的目光呢（凡是被美杜莎看过的事物都会变成石头）？他借用铜盾反射看到了她的形象，最终割下了她的头颅。然而他没有将美杜莎的头颅丢弃，而是背在肩上。美杜莎流出的血液变成了一匹飞马，成为珀尔修斯的坐骑。

珀尔修斯这时已不再是简单的神话英雄了，在卡尔维诺的眼里，他就是作家的化身。美杜莎是日益沉重的现实，珀尔修斯借助飞行鞋、风、反光，将美杜莎制服，避免自己在她目

1　伊塔洛·卡尔维诺：《美国讲稿》，萧天佑译，见《卡尔维诺文集》，译林出版社，2001年，第343页。

2　伊塔洛·卡尔维诺：《美国讲稿》，萧天佑译，见《卡尔维诺文集》，译林出版社，2001年，第343页。

光注视下被石化。然而不去直视现实，并不代表逃避，珀尔修斯最终把美杜莎的头颅背在肩上与之共存，这是作者找到的一种与世界更好的相处方式。换一种思维，用另一种角度去看世界。看似轻，实则重。"轻"包含着精确与果断，卡尔维诺为了达到这种"轻"，于是减轻词语的重量，着迷于叙述细微的不可感知的因素，或者描写高度抽象的思维或心理过程，倾心于具有象征意义的"轻"的形象。卡夫卡的《小桶骑士》中便包含了卡尔维诺有关轻的想象。他说卡夫卡可能是想传达在寒冷的冬夜出来寻找煤炭的感受，原文为："就像骑士的流浪，就像驼队穿越沙漠的旅行，就像骑着空桶魔幻般地飞行。这个空桶是贫困、愿望和追求的象征，它使你离开了互助与自私的地面，把你提升到你那谦卑的请求再也不可能得到满足的程度。……让我们坐上我们的小桶，飞向2000年……"[1]

（三）"轻"的深层思想谱系

1. 卢克莱修[2]的《物性论》、原子论、偏斜运动

卡尔维诺的"轻"的小说特质如何实现呢？或者说它是否存在深层的理论依据呢？卡尔维诺在卢克莱修与奥维德那里

---

1 伊塔洛·卡尔维诺：《美国讲稿》，萧天佑译，见《卡尔维诺文集》，译林出版社，2001年，第345页。

2 卢克莱修，古罗马哲学家。他继承了古代原子学说，阐述并发展了伊壁鸠鲁的哲学观点。他认为物质的存在是永恒的，提出了"无物能由无中生，无物能归于无"的唯物主义观点。他反对神创论，认为宇宙是无限的，有其自然发展的过程，人们只要懂得了自然现象发生的真正原因，宗教偏见便可消失。他承认世界的可知性，认为感觉是事物流射出来的影像作用于人的感官的结果，是一切认识的基础和来源，驳斥了怀疑论。他认为幸福在于摆脱对神和死亡的恐惧，得到精神的安宁和恬静。著有哲学长诗《物性论》。

找到了线索。他声称自己是卢克莱修坚定的追随者。因为卢克莱修让他看到了不一样的世界，以及对世界的另一种认识。卢克莱修是古罗马诗人、哲学家，是伊壁鸠鲁唯一著名的弟子。卢克莱修从伊壁鸠鲁那里完整地继承了原子论，并以诗的形式将之记载下来。卢克莱修的原子论给卡尔维诺诸多启发。那么原子论是如何支持了卡尔维诺的"轻"呢？

　　原子论来源于古希腊，是古希腊哲学中最接近科学的一支。这是人们对世界最基本的事物的探讨。最早，哲学家泰勒斯说万物是由水做成的，虽说这让很多人或多或少觉得有些荒诞，但人们却能看到他寻找世界本原的努力，他认为万事万物都是由水构成的，水是最原始的质素。此后另一位哲学家阿那克西曼德认为万物是由一种原质构成的，但原质不是任何别的物质，比如水、火。他说："万物所由之而生的东西，万物消灭后复归于它，这是命运规定了的，因为万物按照时间的秩序，为他们彼此间的不正义而相互补偿。"[1]而阿那克西美尼却坚定地称世界的基质是气，灵魂也是由气构成的。毕达哥拉斯设想世界是原子的，物质是原子按照各种各样的形式排列组合而形成。虽然这种说法是想印证他所说的"万物都是数"的论断，但我们还是看到了一些关于原子的设想。与此同时赫拉克利特也对原质做过设想，认为它是火。在他之后的恩培多克勒在总结前人的基础上，大胆设想世界是由土、气、水、火四种元素构成的，每一种都是永恒的，它们按比例混合形成了多种多样复杂的物质世界。古希腊哲学有关原质的追寻比较系统地被原子论者——留基波和德谟克利特最终阐述。由于留基波

　　1　罗素：《西方哲学史》上卷，何兆武、李约瑟译，商务印书馆，2003年，第52页。

的生平难以考证，甚至伊壁鸠鲁坚定地声称没有这个人的存在，所以暂且把二者的观点合并来讨论。他们都认为万物是由原子构成的，原子永远处于运动状态，同时原子是无法分割，且无法毁灭的。这种运动起初应该是杂乱无章的，由于冲撞，形成涡旋，最终形成各种物质。

事实上伊壁鸠鲁是德谟克利特的追随者，他同样是一位唯物论者。他理解的世界仅仅是一个机械过程，不似柏拉图等给世界背后赋予一个目的。他认为世界是由原子和虚空组成，灵魂也是由原子构成的，人死后，灵魂便不在了，但构成灵魂的原子还存在着。他认为原子是有重量的，并在一种绝对意义上向下坠落。同时，原子受到类似自由意志的作用，而从自己向下运动的轨道上偏斜，形成了与别的原子的冲撞。而这种偏斜运动是不可预料的，这是一种不确定性的偏斜。这种偏斜为宇宙引入了偶然性与自由。与此同时，伊壁鸠鲁也赋予其人的自由性，因为人与灵魂都是由原子构成的，而原子的偏斜运动，保证了人的能动与自主和对必然性的反抗。伊壁鸠鲁引入了原子的偏斜运动理论，因为这种偏斜实现了原子的冲撞，最终原子才能够相遇，形成事物。原子不仅仅是一种始基的存在，也是这个世界最为原始力量的来源。

卢克莱修则把伊壁鸠鲁奉为神灵般的人物，他曾在《物性论》中为伊壁鸠鲁塑造了超凡伟大的形象。卢克莱修的理论被认为达到古代自然主义的顶峰。他在《物性论》中为我们展现了一个宏大的世界：在这个世界里，一切都可以还原成原子，众生是平等的。在这个流动的世界中，万象更新，没有永远存在的物质，一切都在变动当中。唯有恒定的原子运动不息。卢克莱修在《物性论》中也探讨了原子的偏斜运动。"当原初物体自己的重量把它们通过虚空垂直地向下拉的时候，在极不确定的时刻和极不准确的地点，它们会从它们的轨道稍稍偏斜——但是可以说向外略略改变方向。因为若非它们惯于这样的稍为偏斜，它们就会像雨点一样地经过无底的虚空各自下落，那时候，在原初的物体之间，就永远不能有冲突，也不会有撞击；这样自然就永远不会创造出什么东西[1]。"偏斜运动的时刻是无法计算的，它发生于偶然。也正是因为这种偏斜运动的发生，使得原子运动的路线发生了变换，才有可能与别的原子发生冲撞，而这种冲撞最终使世界得以形成。如果没有偏斜，没有冲撞，那么多彩的世界将会错失在原子纷纷下坠的过程中，一切都不会产生。庆幸的是原子在自己轨道的偏斜，最终让物质出现了，让生命出现了。人是原子偏斜或者说原子运动的杰作。然而人也同样不是永恒的，包括灵魂，它会再次分解为原子，再次参与到万物的循环当中。原子论保证了万物的统一，使万物具有了同一性。与此同时，卢克莱修允许原子的偏斜运动。因为原子在原轨道上的偏斜，才使得一切变得流动起来。它使得世界有了无数的组合，有了无限的可能性。它不是完全按照一个逻辑，还可以偏离原有，那么这个世界不再是铁板一块，它是可以流动的，可以改变的，甚至是可以颠覆的。在绝对意义上下坠是原子的轨迹，然而这轨迹不是一成不变、不可更改的，原子在原有的轨迹上突然的偏斜使得整个世界成为可能，也使得世界变得灵动。这才是真正让卡尔维诺着迷的。卡尔维诺说卢克莱修《物性论》的世界"是由性质、特征和形式构成的。各种东西、植物、动物和人，之所以相互存在差别，是因为它们的性

1　卢克莱修：《物性论》，方书春译，商务印书馆，1981年，第74—75页。

质、特征和形式存在差异。但是，东西、植物、动物和人，仅仅是一种共同实质的脆弱的外壳。如果受到激情的冲击，这个共同的实质便可能产生差异悬殊的变化"[1]。世界万物都只是原子偏离而产生的脆弱的形式，实质上都是原子，而激情的冲击便是偏斜。这种偏斜在卡尔维诺看来就是轻逸的表现，其逸出原有，逸出因果，逸出权威，逸出规律，逸出地球，这就是卡尔维诺"轻"的逻辑。如果世界只有原子，而不存在原子的偏斜运动，同样是可怕的。卡尔维诺就是想在日益变得沉重和不透明的世界，撬出一道裂隙，如原子的偏斜运动一样，瓦解沉重的世界，给世界无限丰富而轻盈的可能性。

2. 奥维德[2]的《变形记》、亲近性、平等性

同样被卡尔维诺所推崇的奥维德，以及他的《变形记》也给"轻"这一概念提供了某种支持。奥维德的《变形记》中充斥着各种变形，人因某种外力而变成了各种动物或植物。黑格尔对其的解读是："从精神的伦理方面来看，变形对自然是抱否定态度的，它们把动物和其他无机物看成由人沦落而成的形象。"[3]那么按照黑格尔的意思，奥维德的变形世界是一个等级森严的世界，人变为动物、植物就是对人的一种惩罚。变形即一种降格，一种惩罚。其中暗含了人对区别于人的动物界或其他自然存在的否定，以及人能动地把自己从自然界区分开来的努力。然而让我们再细看奥维德到

1　伊塔洛·卡尔维诺：《美国讲稿》，萧天佑译，见《卡尔维诺文集》，译林出版社，2001年，第324页。

2　奥维德，古罗马诗人，与贺拉斯和维吉尔齐名。他是古罗马最具影响力的诗人之一，代表作有《变形记》《爱的艺术》《爱情三论》。

3　黑格尔：《美学》（第二卷），朱光潜译，商务印书馆，1997年，第183页。

底在《变形记》中说了什么，他说："万物的形状没有一成不变的。大自然最爱翻新，最爱改变旧形，创造新形。请你们相信我，宇宙间一切都是不灭的，只有形状的改变，形状的翻新。所谓'生'就是和旧的状态不同的状态开始了；所谓'死'就是旧的状态停止了。"[1]同时他还是毕达哥拉斯的追随者。而毕达哥拉斯曾说："首先，灵魂是个不朽的东西，它可以转变成别种生物；其次，凡是存在的事物，都要在某种循环里再生，没有什么东西是绝对新的；一切生来具有生命的东西都应该认为是亲属。"[2]毕达哥拉斯相信灵魂不灭以及转世，他曾向动物说法。我们会发现上文中奥维德的话与毕达哥拉斯的观点十分相似。奥维德显然深受毕达哥拉斯思想的影响。而这些思想也是古希腊最古老的信仰：生命不灭，万物亲近。就像卡西尔所说："他们的生命观是综合的，不是分析的。生命没有被划分为类和亚类：它被看成是一个不中断的连续整体，容不得任何泾渭分明的区别。各不同领域间的界限并不是不可逾越的栅栏，而是流动不定的。在不同的生命领域之间绝没有特别的差异，没有什么东西具有一种限定不变的静止形态：由于一种突如其来的变形，一切事物都可以转化为一切事物。如果神话世界有什么典型特点和突出特征的话，如果它有什么支配它的法则的话，那就是这种变形的法则。"[3]生命具有连续性，生命各个时段的状态无法截然区分，没有什么会永恒静止，事物处

1　奥维德：《变形记》，杨周翰译，人民文学出版社，1984年，第210—211页。

2　罗素：《西方哲学史》（上卷），何兆武、李约瑟译，商务印书馆，2003年，第59页。

3　恩斯特·卡西尔：《人论》，甘阳译，上海译文出版社，1985年，第107页。

于永远的相互转化之中，各种物种、各种形态的变化，甚至死也被认为是生的一种变形，它们之间没有清楚的界限，而是流动混合在一起的。可见，古希腊人无比坚信万物的亲近性，这种亲近性可以使得一切事物具有关联性、同一性，而不是孤立地存在。正是因为这种亲近性，万物不但可以相互渗透、变形，而且也可以因为这种亲近性来抵御生死变化。这是人类对生死的最初思考。而赫拉克利特的说法也印证了这种观点："一切死的就是不死的，一切不死的是有死的：后者死则前者生，前者死则后者生……一切产生于一，而一产生一切。"[1]同样，巴门尼德也将一切归于"一"，是不可分割的"一"。这里甚至不存在赫拉克利特的矛盾的统一。一切都是"一"，一切都是统一的，也正因为如此，世间的一切才具有了同一性。而这种同一性是万物亲近性的根基，是万物变形的根基。罗马时期的绘画、装饰图案更能表现奥维德的精神：植物、动物和人的形象奇异地组合变化，这些形体相互转换。巴赫金是这样解释的："运动不再是现成的、稳定的世界上植物和动物的现成的形式的运动，而变成了存在本身的内在运动，这种运动表现了在存在的永远非现成性中一种形式向另一种形式的转化。……可以感觉到艺术想象力的异常自由和轻灵。"[2]这些图案表明世界是流动而非稳定的，事物永远处于一种从此时的形态向另外一种形态变化的运动之中，一切都是流动而轻盈的。"卡尔维诺运用变形恢复了我们试图用心理图式抹去的事物真实活跃的

---

1 罗素：《西方哲学史》上卷，何兆武、李约瑟译，商务印书馆，2003年，第69页。

2 巴赫金：《拉伯雷研究》，见《巴赫金全集》，李兆林等译，河北教育出版社，1998年，第38页。

本质。"[1]而这种变形及亲近性又在某种意义上保证了万物的平等性。也正是在这个角度上，卡尔维诺这样解释《变形记》中的世界："在这个宇宙里，空间塞满了许多不断变换大小和本质的形体，时间之流则充满了不断增生的故事及系列故事。地上的形体和故事重复天上的形体和故事，不过两者以双重螺旋的方式互相纠缠。神与人之间的亲近性——人与神息息相关……亲近性存在于现存世界一切形象与形体之间，不管拟人化与否。动物群、植物群，矿物界与苍穹在它们共同的物质里包含了形体的、心理的与道德的特性，这些通常被视为人类的特质。"[2]卡尔维诺在《变形记》中看到的正是这种宇宙的亲近性、平等性。卡尔维诺恰恰走在黑格尔解读的反面，黑格尔眼中的《变形记》是人类对自然界的否定以及变形是对人的惩罚，而卡尔维诺眼中的《变形记》，"一切都可以变换新的形式，……认识世界就是分解世界，……一切形式都平等地存在，反对在权力和价值上有大小贵贱之分"[3]。而这也是奥维德《变形记》最终吸引卡尔维诺之所在。亲近性、平等性来源于万物同一的思想，而万物同一，可以在原子论中最终得到解释。原子论与亲近性相遇了。作为原子论坚定的追随者卡尔维诺受到奥维德的影响并不让人感觉惊讶，奥维德描绘的世界中诗意的一贯性以及所有事物的连续性与流动性最终也给卡尔维诺的"轻"提供了启示。因为这个世界统一于气韵流动，所以它的本质不应该

1　Kathryn Hume. *Calvino's Fictions: Cogito and Cosmos*. Oxford: Clavendon Press, 1992, pp.36-37.

2　伊塔洛·卡尔维诺：《为什么读经典》，黄灿然、李桂蜜译，译林出版社，2006年，第28页。

3　伊塔洛·卡尔维诺：《美国讲稿》，萧天佑译，见《卡尔维诺文集》，译林出版社，2001年，第324页。

是沉重的，而应该是轻盈的，卡尔维诺有理由认为作为这个世上的一种存在——小说，本身也应该是"轻"的（无论是作为存在物的层面，还是反映世界的层面）。小说的核心精神应该是无限向度，是自由，是如同原子偏斜运动一样。

有关原子论这条线索的思考，卡尔维诺并没有到此结束。卡尔维诺试图在科学中继续为"轻"寻找支持。没错，卡尔维诺身上有着浓重的科学气质，对这一点在下文中还会谈到。原子论并不是一种纯粹思维中的想象。1803年英国化学家道尔顿在古希腊原子论的基础上，根据科学实验提出了原子论学说，把这种概念从哲学设想范畴纳入了科学体系中。随着科学的进一步发展，对微粒子的探索越来越微观，就像海森伯在其著作《物理与哲学——现代科学中的革命》第四章"量子论和原子科学的渊源"中提到的，现代物理学中质子、中子、电子、介子那样的基本单位可以与德谟克利特的原子相比较。古希腊有关原子论的思维模式在当代科学中有着重要作用，这也使得卡尔维诺成为一个坚定的原子论者。同时卡尔维诺还看到了信息科学，"重量轻的软件只能通过重量重的硬件来施展力量，但发号施令者乃是软件。……第二次工业革命的形象与第一次工业革命的形象不一样，不是轧钢机或铸件这类沉重的东西，而是以电子脉冲形式在电路上流动的信息单位。铁质的机器将会永远存在，但它们必须服从那些没有重量的信息单位"[1]。科学的证据让卡尔维诺深信这个世界统一、流动、轻盈的本质，这也给"轻"这种小说特质强而有力的支持。

卡尔维诺在原子论、亲近性以及当代科学中找到了

1　伊塔洛·卡尔维诺：《美国讲稿》，萧天佑译，见《卡尔维诺文集》，译林出版社，2001年，第323页。

"轻"的基础。世界是由原子构成的，因而具有了天然的亲近性。世界是流动的而不是凝固的。与此同时，原子的偶然性偏斜保证了世界无限丰富的可能性，而亲近性又保证了万物平等，这不仅使"轻"成为可能，也使"轻"成为他整个小说理论的基础，并最终走向主体的消隐，让物发声。

（四）"轻"的精神向度

"轻"是卡尔维诺小说的根，是他小说理论的核心，也是理解他小说的关键。卡尔维诺在哲学和科学中为"轻"找到了理论支持。"轻"不是卡尔维诺的随意想象，而是源自他的深层宇宙观和对世界独特的认知。"轻"首先是对这个世界的认知，然后才是一种小说的特质。或者说正因为卡尔维诺的世界观，所以才将"轻"理所当然地推崇为小说的首要特质。在上文中卡尔维诺提出了几个问题。第一，可能性的问题，即对幻想的关注；第二，以无限小反观无限大的问题；第三，对沉重与苦难的反作用力的问题。而这三点其实也是"轻"的不同层次。三者拥有一个共同的主题：用另一种维度去观察世界。而前两个问题在"易见"以及"精确"中会继续深化，本节将联系与"轻"密切相关的这三个问题着重探讨"轻"最为重要的精神向度。

1.赫拉克勒斯的十字路口

在希腊神话中有这样的一个场景：有一天，当英雄赫拉克勒斯坐在树下时，两个美丽动人的女人朝他走来。赫拉克勒斯隐隐预感到自己马上要进行人生路口的一个重要抉择。其中一个自称幸福女神的抢先一步说，只要赫拉克勒斯愿意跟她走，那么她将会让他生活得无比幸福与快乐，他能享受到人生的轻松、惬意，从此不会在沉重的人世受半点苦。而后一位美德女神说，一切欢乐都是建立在自己的辛勤与努力之上，不存在一劳永逸的幸福。如果赫拉克勒斯选择了自己，那么她将会让他品尝到厚重的生活所带来的幸福，这种幸福让人充实、安稳且具有神的光辉。[1]轻与重的选择就这样走到人们的面前，赫拉克勒斯就是处在人世间的我们，该如何选择，走哪条道路呢？苏格拉底在教导色诺芬时，已经在暗示色诺芬必须选择作为沉重之美的美德女神。尽管色诺芬想问苏格拉底为什么不能将人生之路走得安逸些，但最终选择了沉默。

智者劝告人们选择美德，选择沉重。人们绕开了幸福女神，然而心中却不免怀揣着和色诺芬一样的疑问。为什么执迷于享乐就不可取，只有压抑了，走在寻求意义之途才是可取的？在这里幸福女神明显代表了享乐。意义不在其考虑范畴，她甚至有对神挑衅的意味。既然享乐和美好都是幸福，那么为什么不能选择享乐呢？至于那"质地"的区别，身处在尘世中的我们似乎也顾不了那么多。美德女神是什么？她是对神的信仰，对道德的尊奉。在意义的寻求之路上结果可能也是幸福，然而它来得比肉体的享乐要慢得多。至于其中质感的差别，也只有在对神的信仰中才能找得到答案。所以对真正听从幸福女神召唤的人来说，也许觉得没有必要去体味不同的幸福。然而不论是幸福女神的轻还是美德女神的重，都只不过是人们在精神领域对世界的一种反馈。那么这种精神领域的反馈对于真实世界来说，本身就是一种轻。因为它存在选择的可能

1　古斯塔夫·施瓦布：《希腊神话故事》，赵燮生、艾英译，花城出版社，2014年，第128-130页。

性，存在不同的维度，然而现实没有。现实只能存在于一种维度之中，没有选择的机会。

尼采说这世界永劫回归，因为永劫回归，从而保证了意义，保证了这个丰盈大地的沉重。如果一切只是一次，那么就可以一笔勾销，没有任何意义，这世界便是轻飘的，最终会碰到虚无。雅斯贝尔斯说："尼采的永恒轮回的思想带来了对生活的至高肯定态度，如果这一思想并未泯灭，对尼采来说，它具有解放人、救赎人的特点。"[1]为了试图克服虚无，保证人的价值，人在此在所做的每一个举动都被赋予了一种前所未有的厚重。卡尔维诺亦面对这样的世界，正如前面谈到的，社会的沉重、政治的钳制，让生活在其中的生命个体被禁锢在一种维度之中。这一维度是既定好的，不允许有另外一种可能的发生，它将所有的可能封死。这里不存在意外，没有梦的突然降临。人在这种维度中所做的每一个举动都被赋予了一种前所未有的沉重。它不是出自个体的自由意志，而是来自不知名的外界强力的重压。对当时的卡尔维诺来说，这种外部的强力也许来自政治。但卡尔维诺认为，不仅仅是政治，只要任何企图钳制思想自由的意图，无论它是以何种方式、何种面目出现，都是沉重的化身，都是小说要超越的对象，哪怕它是神，是道德。所以当赫拉克勒斯站在人生十字路口对幸福女神或美德女神做出选择时，是无比沉重的。这种沉重不是因为世界本身，而是归因于人本身。本来精神世界可以是轻盈而具有多重选择与多重维度的，然而不知什么原因，人们逐渐地将自己的精神世界封死在一种

1　雅斯贝尔斯：《尼采其人其说》，鲁路译，社会科学文献出版社，2001年，第385页。

维度之中。三千年前的赫拉克勒斯在两种选择中变得没有选择；色诺芬在还没有来得及发问时，苏格拉底已经暗示了他所必须要进行的正确选择；而三千年后，在神退去的世界里，在面临与赫拉克勒斯同样的人生十字路口时，我们的选择照样沉重无比。我们的精神向度里布满了沉重的、不允许选择的选择，而这样抉择逐渐也使得我们生活的世界越来越沉重、黏稠、不透明，这就是卡尔维诺所面临的世界。

　　然而正如上文所说，卡尔维诺发现世界的本质其实是"轻"的。世界之所以越来越沉重，是因为人们的精神向度出了问题。如果再将赫拉克勒斯的选择套上沉重的负担，那么这个世界将会彻底石化。于是卡尔维诺试图拯救，拯救将要石化的世界、石化的精神。而这种拯救开始于将世界"轻"的特质与小说的联姻。小说首先应该是一个轻的所在，是无限丰富可能性的所在。所以小说不应该是这个世界的死板的刻录（或者说这只能是小说存在的无限维度中的一种），而应该换一种方式去面对这个世界，就像穿上飞行鞋的珀尔修斯那样。卡尔维诺提出"轻"的小说，其认为整个文学都不应是简单的对这个世界的反映。卡尔维诺说："当我觉得人类的王国不可避免地要变得沉重时，我总想我是否应该像珀尔修斯那样飞向另一个世界。我不是说要逃避到幻想与非理性的世界中去，而是说我应该改变方法，从另一个角度去观察这个世界，以另外一个逻辑、另外一种认识与检验的方法去看待这个世界。我所寻求的各种轻的形象，不应该像梦幻那样在现在与未来的现实生活中必然消失。"[1]世界变得黏稠、不清晰、坚硬，人们的思想变

_____

　　1　伊塔洛·卡尔维诺：《美国讲稿》，萧天佑译，见《卡尔维诺文集》，译林出版社，2001年，第322页。

得呆板、不再灵动时，作家应该通过另外一种方式去跟这个世界打交道。他要保持自身不被这个正在凝固的世界所吞噬，选择别样的角度、别样的方式方法，或者干脆是一个别样的世界。然而这并不是作者对这个世界的抛弃，世界永远作为一种重负背在作者的背上。卡尔维诺提出"轻"的小说特质绝不是对沉重或道德的回避。从某种意义上说，正是因为太深刻体味人间的苦难，才决定以这种方式去拯救世界。"我觉得，在遭受痛苦与希望减轻痛苦这二者之间的联系，是人类学上一个永远不会改变的常数。文学不停寻找的正是人类学上的这种常数。"[1]小说是什么？小说不是沉重，或者给这个世界再继续增添沉重，小说是怀揣着人类的梦想，为沉重生活中的人们带来轻松与升华的途径。然而卡尔维诺早期的经历告诉他小说如果跟时代走得太近，太顺应所谓的"进步"，或者太"先锋"，反而会遭遇尴尬：小说虽然还在这个世界，但是真正意义的小说却已经死亡。偏离简单的现实，死一样的静止、纪实，偏离统一的真理、观念，给小说插上轻盈的翅膀，带领人们走向无限丰富的精神世界，这才是卡尔维诺认为小说所应该追求的，也是"轻"的核心精神。这种精神里面包含了一种轻松，一种对苦难与沉重的反作用力。而这种精神显然与幽默暗合，或者说"轻"的精神向度里本身就包含了幽默。

2. "轻"中的幽默向度

"幽默"这个来源于拉丁语的名词，最开始是没有任何美学意义的。它的原意是"潮湿"，并引申出"液体""流

1　伊塔洛·卡尔维诺：《美国讲稿》，萧天佑译，见《卡尔维诺文集》，译林出版社，2001年，第343页。

体"之义，后逐渐被运用在医学和心理学中。文艺复兴时期的本·琼生第一次将"幽默"引入文学和美学中来。这个时期的"幽默"还仅仅局限于一种言行举止的方式。随着西方理性主义的确立，幽默精神被定义为一种建立在理性认知基础上的对历史和世界的洞悉。它带有理性的特质和怀疑的精神。然而这个时代的幽默依然与"轻"中所带有的幽默不尽一致。卡尔维诺说："幽默把自我、世界以及自我与世界的各种关系，都放在被怀疑的位置上。"[1]卡尔维诺所谈的这种幽默，是世界的裂隙，因为它存在的世界不再是绝对的、封闭的，而是可以被解构、被颠覆的，因而也是轻盈的。同时幽默也是一种化解，"悲伤减轻之后成为忧愁，滑稽失去自身的重量则变成幽默"[2]。而这种幽默精神应该去哪里寻找？米兰·昆德拉是这样回答的："'荷马和维吉尔都不知道幽默，亚里士多德好像对它有预感。但是幽默，只是到了塞万提斯才具有了形式。'幽默，……是现代精神的伟大发明。具有根本意义的思想，幽默不是人远古以来的实践；它是一个发明，与小说的诞生相关联。因而幽默，它不是笑、嘲讽、讥讽，而是一个特殊种类的可笑，……'使所有被它接触到的变为模棱两可'。"[3]幽默精神不是从一开始就具有的，幽默精神是与现代精神一起出现的。现代精神出现的背景是上帝的隐退。"世界的非神化是现代社会的一大特殊现象。非神化并不意味着无神论，它指的是这样一种情景：个人，有思想的自我，代

1　伊塔洛·卡尔维诺：《美国讲稿》，萧天佑译，见《卡尔维诺文集》，译林出版社，2001年，第335页。

2　卡尔维诺：《美国讲稿》，萧天佑译，见《卡尔维诺文集》，译林出版社，2001年，第335页。

3　米兰·昆德拉：《被背叛的遗嘱》，余中先译，上海译文出版社，2011年，第5页。

替了作为万物之本的上帝；人可以继续保持他的信仰，去教堂跪拜，在窗前祷告，然而他的虔诚从此将只属于他的主观世界。"[1] "众神就这样终于离去。留下的空白被神话的历史与心理学的探险所填补。"[2]众神的离去，使得笑的精神得以喘息，因为神与幽默是不能兼容的。而小说也恰恰诞生在这个时期，它与幽默诞生的背景相同，也就是说幽默精神从小说诞生起便与之相随，它是小说本体性的东西，而不仅仅是一种修辞。正如菲尔丁在《约瑟夫·安德鲁斯的经历》的序言中宣称，小说跟以往文学体裁最不一样的特质是它不是采用一种高深的方式，而是用戏谑玩笑的方式。那么在小说中所呈现的这种幽默到底是什么？小说的幽默是一种彻底的反叛，对世界相对性的揭示。不给任何事物以绝对式的判断，拒绝整齐划一、严肃呆板的面孔。它如闪电，是那个不灵动、石化世界的裂隙。小说与幽默就这样联姻了。而这也是卡尔维诺认为幽默该有的意义。正因为幽默拥有这样的特质，所以它是"轻"的，而非沉重的。幽默与绝对性、权威性、严肃性、沉重性天然为敌。存在的稳定性和完成性的倾向，形象的单一性和单调的严肃性向来都是幽默无法忍受的。正如巴赫金所说："幽默是双重性的、包罗万象的，并不否定严肃性，而是对它加以净化和补充。清除教条主义、片面性、僵化、狂热、绝对、恐惧或恐吓成分、说教、天真和幻想、拙劣的单面性和单义性、愚蠢的疯狂。幽默不让严肃性僵化，幽默不让它与存在的未完成

1　米兰·昆德拉：《被背叛的遗嘱》，余中先译，上海译文出版社，2011年，第8—9页。

2　米兰·昆德拉：《被背叛的遗嘱》，余中先译，上海译文出版社，2011年，第9页。

的完整性失去联系。它使这种双重性的完整性得以恢复。"[1]

卡尔维诺是在这个意义上运用幽默，在这个意义上用幽默去展现"轻"。他说："笑声往往超出了文字所为我们表达的意义，它是对所谓严肃性的反叛，然而却能得到与庄严相同的效果。"[2]他理解的笑与幽默中蕴含了对沉重的观照，对绝对性的反感，它是一种偏离，一种逻辑，一种相对性，一种流动，而卡尔维诺提出的小说"轻"的特质的初衷也在于此。卡尔维诺对昔拉诺的世界很向往：人与万千事物只差一个偶然，一切都在差一点中成就了外形又失去了外形。因为这差一点，人成为人，世界成为世界，也因为这差一点，一切都失去了稳固性。在一个"轻"的世界里，充满了变动与可能，自由与包罗万象。幽默就是使世界灵动与轻的方式，或者说它是小说必须运用的手法，只有在这种幽默的浸润中，小说才有可能轻。幽默是轻的一种生发，一种扩展。

与此同时，在卡尔维诺看来，幽默的本身还包含着一种抽离和一种反讽。幽默应该始终建立在超然的态度之上。太贴近事物反而会影响对事物的认知，小说也一样。在早期的创作中，由于意大利共产党的"指令文学"不允许文学游离于它所强调的重要的生活方面，不允许小说家以任何幽默或戏谑的方式去书写其认为的严肃的事件，不允许小说存在另一种逻辑、另一种向度，于是卡尔维诺开始反思小说到底应该写什么。他发现在"指令文学"的逻辑里，小说看起来还在制造，然而真正的小说已经死亡。他开始以一种建立在超

1　巴赫金：《巴赫金全集》（第六卷），李兆林、夏忠宪等译，河北教育出版社，1998年，第140页。

2　Italo Calvino. *The Uses of Literature*. Translated by Patrick Creagh. New York: Harcourt Brace Jovanovich，1986，p.67.

然之上的幽默态度书写小说，于是《分成两半的子爵》诞生了。梅达尔多子爵刚去了战场，就被土耳其的大炮炸成了两半。然而这并不是一个悲剧的结束，而是一场喜剧的开始。梅达尔多子爵以善与恶两半残缺的身体活着回到了家乡，并展开了一系列善与恶的较量，并最终因决斗，将两半身体的伤口重新划开，借助大夫特里劳尼的力量又恢复为完整的那个子爵。整篇小说充满了笑声，然而笑声并非高兴，而是因作者绝妙的想象以及站在另一个角度对世界的反映。因为是另一种角度，所以与真实的世界存在距离感，也因为这种距离感，有了一种抽离，也因为这种抽离，更显得潇洒与通脱。这里没有面目死板的政治，没有氛围严肃的道德审判。它是小说在这个荒诞世界中的笑声。只有抽离才能发笑，才有幽默与轻。而卡尔维诺在这条路上走得更远，他在之后的《宇宙奇趣》中，完全将人、情感、社会等传统小说中最重要的因素淡化，以一种抽离的态度，从宇宙的宏观角度去思考。人不再是他小说中的唯一主角，他用幽默的笔法开始探讨宇宙的来源。作者让我们坐在月亮上、云朵上，不是看人们的悲欢离合，而是看宇宙有趣的进化。也许在卡尔维诺看来，只有当你坐在月亮上时，你才能真正懂得幽默，懂得世界轻的本质。在最后一部小说《帕洛马尔》中，卡尔维诺将世界抽离得只剩下流动的思想。同时，又以独有的幽默对这些思想进行反讽，这种反讽正是幽默的另一种表现。反讽是建立在相对性之上的，它是一种模棱两可的态度，一种对多种可能性的展现，同时也是一种道德悬置。反讽既有笑的成分，也有理性的成分，它是幽默的一种延伸。反讽不是讽刺，卡尔维诺说："讽刺由两种成分构成，一种是道德说教，另一种是讥讽嘲笑。我希望这两种都和我没什么关系，因为我不赞同它们的某些方面。道德说教的人总觉得自己比他人优秀；乐于嘲讽他人的人往往都认为自己很聪明。抑或是，认为发生在自身的事情比发生在别人身上的事情要来得容易。其实，讽刺就是拒绝质疑和拒绝探索的态度。在另一方面，它包含矛盾的心态，这是一种吸引与排斥的混合，刺激、激发着每一位讽刺作家对其讽刺目标的情感。如果这种混合的矛盾心态给予了讽刺深层丰富的心理维度，那么它并没有使讽刺成为更为灵活的诗学工具。讽刺作家被排斥妨碍，使得他拒绝了世界给予他本来也想得到的知识的机会，因而他也就不得不失去了了解这个同样具有吸引力的世界的机会。"[1]可见卡尔维诺真正欣赏的是一种带有模糊性的、复杂性、多样性的反讽，而不是排他性的、拒绝性的讽刺与嘲笑，所以他欣赏阿里奥斯托[2]的反讽。而反讽就是另一种幽默，它们互相延展，相互渗透。卡尔维诺接着说："这种幽默用一种传统世界所不甚熟悉的基本规则深化了文学的反讽。并且在我指出对这个世界一种潜在的美好感觉的忧郁倾向时，甚至还没有提到任何一个真正幽默作家的最根本的特质：在他的反讽中反思他自己。"[3]卡尔维诺善于把反讽嵌入他的小说，使得小说具有开放性，他不是仅仅停留在一个层面去叙述，也试图通过小说反思自身。比如在《帕洛马尔》中，帕洛马尔先生试图借助现象学去观察海浪，在经过

1　Italo Calvino. *The Uses of Literature*. Translated by Patrick Creagh. New York: Harcourt Brace Jovanovich，1986，pp.62-63.

2　阿里奥斯托，是意大利文艺复兴时期的著名诗人。他的代表长诗《疯狂的罗兰》将充满神话色彩的骑士冒险故事同现实生活编织在一起，使叙事与抒情、悲剧因素和喜剧因素、严肃与诙谐融为一体，对欧洲的叙事长诗产生了深远影响。

3　Italo Calvino. *The Uses of Literature*. Translated by Patrick Creagh. New York: Harcourt Brace Jovanovich，1986，p.63.

一连串的努力（观察—论证—思索—结论）之后，文中结尾说：“铁杵磨成针，功到自然成。可惜帕洛马尔先生失去了耐心，他沿着海滩离去了，神经比来时更加紧张，思索比来时更加混乱。”[1]卡尔维诺没有明显否定现象学，也没有完全认同，而是留下思考的空间。只是这最后的神来之笔，让读者在笑声中沉思。他将一个封闭性的理论化解为一种小说的叩问，小说世界不再同凝滞的世界一样，而变得轻盈起来。在“论缄口不语”一节中，帕洛马尔反思自己的沉默不语，“最后，帕洛马尔先生在心里得出结论说：‘每当我缄口不语之时，我不仅要想想我要说的或不要说的那句话，而且要想想由于我说或不说那句话从而引起我或其他人要说的话。’得出这个结论后，他还是决定缄口不语，保持沉默”[2]。结论与最后的行为又构成了反讽，形成一种幽默又模糊的氛围。在“学会死”一章中，帕洛马尔试图学习世界没有他的样子。于是他开始思考死亡，学习死亡，感受死亡。“帕洛马尔心想：‘如果时间也有尽头，那么时间也可以一刻一刻地加以描述，而每一刻时间被描述时却无限膨胀，变得漫无边际。’他决定开始着手描述自己一生中的每个时刻，只要不描述完这些时刻，他便不再去想死亡。恰恰在这个时刻他死亡了。”[3]这是一个让人含泪的幽默与反讽。帕洛马尔先生终于在一系列思索、论证、结论、推翻、重新思索中走完了一生。读者在他死亡的那刻，感受到的依然是一个

1　伊塔洛·卡尔维诺：《帕洛马尔》，萧天佑译，见《卡尔维诺文集》，译林出版社，2001年，第236页。

2　伊塔洛·卡尔维诺：《帕洛马尔》，萧天佑译，见《卡尔维诺文集》，译林出版社，2001年，第295页。

3　伊塔洛·卡尔维诺：《帕洛马尔》，萧天佑译，见《卡尔维诺文集》，译林出版社，2001年，第308页。

多义的、模糊的、复杂的世界。这个世界是生成性的，而不是封死的：它在不断接纳，而不是拒绝。同时卡尔维诺也通过《帕洛马尔》这部小说对自己的认识方法与模式重新进行了思索，一种带有幽默与反讽式的思索。他做到了"一个真正幽默作家的最根本的特质：在他的反讽中反思他自己"[1]。一切都变得轻盈起来，这里没有封闭与单一，幽默带来的是一种轻松感，一种对沉重的释放与化解。而"轻"的内在特质又会指向对游戏精神的推崇。

3."轻"中的游戏精神

"游戏说"是由康德首先提出的，他认为整个审美过程都与自由密切相关，游戏就是自由。同时康德也承认"自由的游戏"中不仅包含了精神的放松，同时也包含了肉体的放松。美感是一种超功利的存在，能给人们带来轻松与愉悦。这正如卡尔维诺论述"轻"时所说，"文学是一种生存功能，是寻找轻松，是对生活重负的一种反作用力"[2]。游戏精神中包含两个维度——自由和轻松。席勒进一步补充了游戏说。他说人类有两种先天冲动，感性冲动和理性冲动，这两种对立的天性只有在"游戏冲动"下才能够达到统一。感性冲动的对象是感性现实，理性冲动的对象是理性的形式，而只有"游戏冲动"的对象才是具有感性与理性直接统一特点的"活的形象"。同时，他也承认"游戏"里包含了自由。在席勒的理解里，游戏还有一种"过剩"的意味。精力过剩

1　Italo Calvino. *The Uses of Literature*. Translated by Patrick Creagh. New York: Harcourt Brace Jovanovich, 1986, p.63.

2　伊塔洛·卡尔维诺：《美国讲稿》，萧天佑译，见《卡尔维诺文集》，译林出版社，2001年，第343页。

而引发游戏，"只有当人是完全意义的人，他才游戏；只有当人游戏时，他才完全是人"[1]。也就是说游戏是人类特有的，理性与想象高度结合的时候是处于审美游戏的状态，可实现对美的观照。而这种"游戏"恰恰为文学的产生提供了解释。伽达默尔更为系统地阐述了游戏本身的无目的性、自动性、自律性和同一性。游戏是以人的有限性和精神的超越性为基础。文学是建立在游戏基础之上的人的一种必须的精神存在，或者说文学本身就是一种游戏方式。

　　游戏精神中的两种维度——自由与轻松，也是文学的向度，也是卡尔维诺小说特质"轻"的向度。鲁迅曾这样说道："至于小说，我以为倒是起于休息的。人在劳动时，既用歌吟以自娱，借它忘却劳苦了，则到休息时，亦必要寻一种事情以消遣闲暇。这种事情，就是彼此谈论故事，而这谈论故事，正就是小说的起源。"[2]这里鲁迅将小说的起源归因为寻求一种轻松感。这同样是小说从诞生起便深刻存在的特质。此外，卡尔维诺也推崇文学轻松的功用以及有趣的特质。"要是一个人不能稍微乐在其中，就写不出什么好东西……要是翻不出新花样我就觉得不好玩。"[3]"我们很难找到一个人真正只喜欢所谓的严肃文学。"[4]小说家以游戏的精神进入写作状态，用游戏精神超越现实世界的沉重，在所谓道德悬置的小说世界，营造不同于现实的轻，以轻超越重，

　　1　席勒：《审美教育书简》，冯志、范大灿译，北京大学出版社，1985年，第80页。

　　2　鲁迅：《鲁迅全集》（9），人民文学出版社，2005年，第312—313页。

　　3　伊塔洛·卡尔维诺：《巴黎隐士》，倪安宇译，时报文化出版企业股份有限公司，1998年，第286页。

　　4　Italo Calvino. *The Uses of Literature*. Translated by Patrick Creagh. New York: Harcourt Brace Jovanovich, 1986, p.95.

用升腾的力量、笑的姿态、游戏的态度背负世界，超越现实。游戏是"轻"的另外一种延展，是许多小说家的追求。博尔赫斯就明确把小说书写看作是一种骗局。他在小说中大胆地篡改、臆造，运用极致的想象与各种叙述进行实验，从中取乐。如果把小说仅仅看成道德的说教，或是某个真理的传达通道是可怕的，它违背了小说最核心的东西，那就是自由。米兰·昆德拉提出了关于小说的"游戏的召唤"观点："劳伦斯·斯特恩的《项狄传》和德尼·狄德罗的《宿命论者雅克》今天在我看来是十八世纪最伟大的两部小说作品，两部像庞大的游戏一样被构思出来的小说。这是历史上，之前与之后，在轻灵方面无人能及的两座高峰。后来的小说出于真实性的要求，被现实主义的背景和严格的时间顺序所束缚。小说放弃了在这两部杰作中蕴藏的可能性，这些可能性原本是可以创立出一种跟人们已知的小说演变不同的道路的（是的，我们完全可以想象欧洲小说经历另外一种历史……）。"[1]这是斯特恩和狄德罗所开创的小说的另一种可能性。游戏的精神可以建立在多重维度之上，如果一直按照19世纪批判现实主义的标准将小说束缚在所谓的现实的维度之中，那无疑会束缚小说的多种可能的发展之路，并最终将小说僵死在一些规则之中。当小说无法展开自由的想象，那么等待它的只有一个结局。所以在这个意义上，米兰·昆德拉认为《项狄传》和《宿命论者雅克》是轻灵的高峰。游戏精神并不意味着不严肃、戏谑、没有担当，它有着深宏的精神向度，其背后释放着生命本质性的力量。它在尊重并

1　米兰·昆德拉：《小说的艺术》，董强译，上海译文出版社，2004年，第20页。

熟谙小说这门艺术的前提下，通过"轻"化解沉重。如果不能理解这种笑声，这种游戏的快乐，那么读者永远也走不进小说的核心地带，走不进卡尔维诺的小说。而这种精神与解构主义的某些观点重合，小说家们的文本游戏不是一种对解构主义的追随，而是小说发展历史的一个插曲。他试图给小说一个轻盈的空间，所以我们也只有在这个角度才能够理解卡尔维诺琳琅满目的小说文体实验。这不仅是作者一个人的游戏，同时也力邀读者参与到这种游戏之中。比如《寒冬夜行人》就是一部如同《宿命论者雅克》一样的轻逸之作，读者初读的印象便是好玩。卡尔维诺借助第二人称"你"，把读者拉进了小说之中。读者不再是安然地置身小说之外，而是成了小说中的一个人物。比如开篇："你即将开始阅读伊塔洛·卡尔维诺的新小说《寒冬夜行人》了，请你先放轻松一下，然后再集中注意力。把一切无关的想法都从你的头脑中驱逐出去，让周围的一切变成看不见听不着的东西，不再干扰你。门最好关起来。那边老开着电视机，立即告诉他们：'不，我不要看电视！'如果他们没听见，你再大点声音：'我在看书！请不要打扰我！'也许那边噪音太大，他们没听见你的话，你再大点声音，怒吼道：'我要开始看伊塔洛·卡尔维诺的新小说！'哦，你要是不愿意说，也可以不说；但愿他们不来干扰你。"[1]这就类似于一场游戏，尽管这不同于读者以往的阅读体验，但绝对不会不想进行阅读，也不会如罗兰·巴特（也译作罗兰·巴尔特）所说的可写文本那样，要求读者花十二分的气力去重新书写小说。恰

1　伊塔洛·卡尔维诺：《寒冬夜行人》，萧天佑译，见《卡尔维诺文集》，译林出版社，2001年，第7页。

恰相反，一切充满了诱人的气息，它让读者跃跃欲试于这种
类似于游戏式的欢悦当中。读者首先感受到的应该是小说散
发出来的轻松的、审美的东西。这不能仅仅理解成一种语言
或文字的游戏，或所谓的文本的狂欢，而应该是小说某种内
在的特质，这种特质是小说这门艺术一开始便拥有的。再比
如卡尔维诺的另一部小说《命运交叉的城堡》，通过有限的
两副塔罗牌，进行无穷无尽的排列组合，试图解读、制造出
无数的故事，这种书写方式本身就是一种游戏。小说从诞生
以来所经历的各种各样的书写方式其实都可以理解为游戏的
方式与规则的变换。卡尔维诺只是秉承着小说一直以来的游
戏精神，进行着自己的创造。这种游戏并不带有解构主义所
说的解构的成分，对意义的放弃，与"真实"格格不入，对
文本本身欢愉的执着，也仅仅停留在形式主义层面。这绝不
是要将小说区分成两种：如玻璃般纯净，直接呈现现实，导
入现实；或沉浸在修辞当中、文本当中。小说书写本身就指
向文字的欢乐，这种特质存在于所有小说中。当然任何一门
艺术，都有它乐在其中的况味，小说也不例外。正如毛姆所
总结的，艺术的目的就是愉悦，小说同样如此。这种愉悦不
仅是肉体的，更是头脑的，因为后者更为持久和强烈。游戏
精神并不先锋，它是小说一种古老的特质。也正是因为游戏
精神的这种向度——自由、不封闭、开放、轻松、好玩、颠
覆、灵动，才能超越沉重。所以卡尔维诺迷恋于轻的意象：
月亮、飞岛、飞毯、卡瓦尔坎蒂轻盈的一跃，以及卡夫卡
《小桶骑士》里那个骑着空空的小桶在寒冷的夜晚出来找煤
的骑士，等等。

　　与此同时"轻"也是小说其他特质的根基。它是卡尔
维诺小说理论的核心精神，滋养着"迅速""易见""精

确""繁复"。但我们必须明确的是，当卡尔维诺提出"轻"时，并没有否定掉它的反面。他说："我支持轻，并不是我忽视重。"[1]他承认但丁就不是一位"轻"的作家，尽管如果但丁愿意，他的才华足以让他成为最好的书写"轻"的作家。当然我想强调的是，在这里卡尔维诺提到的"轻"已经不是指其精神层面，而是指在"轻"指导下书写层面的应用。他说出了"轻"的三方面的含义：一是剔除附着在词语上的过度沉重的东西；二是对心理或思维最细腻的把握，区分其中的微妙的差别，或者一种对事物抽离的、浓缩的写作手法；三是具有"轻"特质的各种事物。很显然，如果恰恰相反，也能成为最好的文学，比如但丁的《神曲》。卡尔维诺的"轻"绝不是一个封闭的体系，它允许逸出他所说之外，甚至完全相对的存在；或者说"轻"是没有理论边界的。

1　卡尔维诺：《美国讲稿》，萧天佑译，见《卡尔维诺文集》，译林出版社，2001年，第318页。

三、"迅速"：短篇、浓缩与"零时间"

（一）"迅速"的提出

卡尔维诺在《美国讲稿》中阐述"迅速"的这一节中首先为我们讲述了一个传说：

查理大帝年迈时爱上了一位德国姑娘。宫里的高级官员看到这位皇帝沉溺于爱情之中，忘怀了帝王的尊严且不问国事，都感到十分担忧。那位姑娘突然死去时，官员们才松了口气。但时隔不久，他们又发现，查理大帝对这个年轻女子的爱恋并未随她而去。查理大帝将她的尸体进行防腐处理，然后抬回自己房间，整天守护着尸体寸步不离。对皇帝这种恋尸症，图平大主教感到惶恐不安，怀疑有什么魔法在尸体上起作用，想对尸体进行检验。结果他发现死者舌下藏着一枚宝石戒指。图平一取出戒指，查理大帝便迅速下令掩埋尸体，并把满腔情思倾泻到大主教身上。为摆脱这令人尴尬的局面，图平把戒指扔进了康斯坦茨湖。于是，查理大帝爱上了这个湖，再也不愿离开那里。[1]

卡尔维诺说，这个故事吸引他的是其中的节奏。虽然这

1　伊塔洛·卡尔维诺：《美国讲稿》，萧天佑译，见《卡尔维诺文集》，译林出版社，2001年，第346页。

个故事有其他很多版本，但他仍然偏爱巴尔贝·多尔维利[1]这个带有速度感的版本。因为卡尔维诺认为这个故事的最大魅力在于其中的每一个情节不再漫长，而成了一个个点，情节就是每一个点的连接线，我们感受到的是故事的快速转换，是叙述的节奏。这也是卡尔维诺喜爱民间故事的原因。然而与此同时，卡尔维诺也强调思维的速度。卡尔维诺表示，跟离题与插叙相比，他更加喜欢直线式叙述。直线式叙述不会在任何一个细节上停留，而是直刺事物的核心与本质。在最短的时间内，用最短的线段叙述自己最想要叙述的东西。他把自己的叙述比作离弦的弓箭。为了能够追上大脑闪电般的思想，写作是紧张而专注的。卡尔维诺认为短篇最能让两者达到一个完美的平衡，而长篇很难长时间保持这种紧张的状态。他特别推崇短篇小说大师博尔赫斯，认为他发明了一种"乘方与开方文学"，一种"潜在文学"[2]。最后卡尔维诺找来两个古希腊神话中的神——墨丘利与武尔坎进行说明。前者代表交流、多变、敏捷，后者代表集中与技艺。而作者应该做的是努力变成墨丘利与武尔坎的合体，这样才能用精准的文字抓住迅捷的思想。

（二）"迅速"引发的短篇小说新美学意义谱系追溯

在"迅速"的最后，卡尔维诺为我们讲了一个中国故事：

庄子的才干之一是绘画。国王要他画一只螃蟹。庄子回

1　巴尔贝·多尔维利，法国作家兼评论家。
2　潜在文学：卡尔维诺提出的这个概念很有可能来自法国文学团体OULIPO（潜在文学的创造实验工厂）的主张。

答说，为此他需要五年的时间、一幢房子和十二个仆人。五年过去了，他还未动笔。他又对国王说："我还需要五年时间。"国王应允。十年过去了，庄子拿起笔一挥而就，画了一只完美无缺、前所未见的螃蟹。[1]

　　庄子为画一只世界上前所未见、完美无缺的螃蟹，等待了十年的时间。而他在这十年间并没有提笔，只是等待。等到提笔去画的时候，他的节奏是一挥而就。卡尔维诺最后讲的这个故事其实刚好切中"迅速"的主旨。卡尔维诺欣赏节奏，欣赏迅速，不仅仅是对这种快速叙事形式的欣赏，更是对叙事背后闪电般的思想的欣赏。卡尔维诺之所以提倡小说的"迅速"，最终目的是让文字能够追上思想的速度，或者说在文字中始终保持一种紧张的状态，没有丝毫的松懈与拖沓。这也是为什么卡尔维诺更偏爱短篇小说的原因。他认为短篇小说的篇幅可以保证写作与思维之间达到最完美的平衡。

　　众所周知，西方史诗的传统和罗曼司很发达，为长篇小说的发展提供了良好的先天条件，短篇小说一直都不是西方传统的主要文学样式。真正意义上的短篇小说滥觞于文艺复兴时期，在这之前也许有短篇小说的雏形，但都还很粗糙。罗吉·福勒主编的《现代西方文学评论术语词典》将短篇小说的外延无限扩大，包括了民间传说、古代寓言，甚至神话等。[2] 这样的一个定义似乎太过宽泛，有待商榷。真正意义上

　　1　伊塔洛·卡尔维诺：《寒冬夜行人》，萧天佑译，见《卡尔维诺文集》，译林出版社，2001年，第366页。

　　2　《现代西方文学评论术语词典》是这样定义短篇小说的："短篇小说很可能是最古老的文学样式，它既包括寓言、民间故事和神话故事，也包括高度发展了的、具有复杂结构的德国的民间故事书，如《十日谈》和塞万提斯的《训诫故事》。"

的短篇小说的开创者，并对现在还有着重大影响的，当属意大利作家乔万尼·薄伽丘。他的代表作《十日谈》中的故事虽然被勾连在一个整体的篇幅里，但是它们分别独立成章，有着自己的发展脉络。我们完全可以认为这些故事是具有独立意义的短篇小说。这样的小说模式也影响了之后乔叟的《坎特伯雷故事集》以及塞万提斯的《惩恶扬善故事集》。薄伽丘搭建起了短篇小说的一个基本框架。首先，它的故事必须是紧凑的，不允许拖沓、插叙、离题。其次，它是现世的，描绘现实中的人与事。然而我们都知道，《十日谈》毕竟是连缀的故事，并非独立的故事集，故事之间是有着天然联系的。虽然我们看到《十日谈》有着短篇小说的雏形，并对之后的短篇小说发展有着至关重要的影响，同时也在更大意义上催生了西方近代长篇小说，但是我们不得不承认，其搭建的短篇小说的框架致使欧洲短篇小说在一段时间内陷入了停滞状态，并使得有些学者是以长篇小说的反面来定义短篇小说的。他们认为长篇小说由于其史诗传统更具形而上的精神，往往会体现出对更高存在的追寻，而短篇小说以人物和行动再现日常生活为主。短篇小说的复杂性来源于现实生活，是非精神性的，不观照彼岸世界，是现世的、此岸的，它更多的是沉浸在叙事层面，手法多囿于描述，缺乏诗性气质。

　　而在卡尔维诺看来，真正解决短篇小说困境的是作家兼作曲家、德国浪漫主义重要的人物霍夫曼[1]和多少受其影响的美国作家爱伦·坡。他们让短篇小说多种可能性。他们极

　　1　霍夫曼，德国作家，其杰出的著作具有怪异的风格，为德国浪漫主义运动的重要人物。

大地拓展了短篇小说的领域，让它不仅仅是囿于现实世界，他们将其带到了包罗万象的层面，使其突破了原有的形式界限，将诗性、智性、精神性纳入其中。爱伦·坡认为小说真正的长度应该以阅读时间为半个小时到一两个小时为宜，读者可以一口气读完，作家可以将所有注意力集中在写作上，充分写下自己脑海中最闪光的东西。技术娴熟的艺术家应该是精心策划、巧妙编排，力图使故事中的每一件事、每一细节，甚至是一字一句都为预想的效果服务。这显然是对长篇小说的挑战。这将以往短篇小说的劣势转变成了它的优势。这些都不同程度地启发了卡尔维诺。

短篇小说也许并没有得到很好的继承，这仿佛是对米兰·昆德拉所说的等待着"下半时"的回应。以契诃夫和莫泊桑为代表的现实主义短篇小说作家在迎来了巨大的声誉背后似乎是对短篇小说"上半时"的遗忘。他们醉心于现实的描述，他们将全部的精力放在对一个场景的描述上，更精心地去描述或再现世界的某一个细节、某一个层面。而卡夫卡的出现彻底改变了长篇小说与短篇小说的悬殊局面。尽管他也写长篇小说，然而其短篇小说里已经呈现了他全部的精华。评论家在评论卡夫卡时，不再强调他是一位短篇小说家，而是将他定位为小说家。他赋予短篇小说的丰富含义已经让评论家无暇顾及短篇小说的形式。正如陈思和在评价鲁迅的小说时所说："故事的情节淡化，精神审美现象突出的时候，小说过程会呈现时间的无序状态，网状的交错编织显然不是指情节过于扑朔迷离，而是指另外一种万象并存的小说审美形态，也就是鲁迅所说的'才开头，就完了'的真正美学内涵。短篇小说与其他小说文类的区别不仅仅在于字数篇幅的多少，更不在于内涵容量的大小。"[1]卡夫卡开启了现代短篇小说的新形态：不再关注人的外部世界，而是聚焦于人物的内在；不再刻意强调故事的完整性，往往截取生活的一个切面；重视小说的每一个词与句子；试图越过现实的边界，将丰盈的精神意象注入其中；以最简练的方式呈现最丰富的内容。

然而在精神上更靠近霍夫曼、爱伦·坡，给卡尔维诺更多精神指引的还属博尔赫斯。博尔赫斯的短篇小说与卡夫卡的短篇小说截然不同，他与爱伦·坡更加清晰地感觉到小说作为短篇的优势。他从不写长篇，他认为长篇不适合他的游戏心态。博尔赫斯以游戏的心态书写小说，他将巨大的容量压缩到几页之中。卡尔维诺说他的小说具有浓厚的古典气质。与卡夫卡不同，博尔赫斯强调小说的完整性、严谨性，如爱伦·坡强调短篇小说中智性的因素。卡尔维诺称文学体裁近期最大的发明是由博尔赫斯完成的，他使得短篇小说在最短时间内爆发出无限的可能性。内容与形式的彻底革新，改写了学者对短篇小说的定义，使其成为一种文学体裁的典范，一种被卡尔维诺称为"简洁写作的诗学"[2]。博尔赫斯的小说中内容的密度与表达的自由、灵动完美地结合在一起。卡尔维诺认为这是与时代最贴近的一种表达。正如米兰·昆德拉所说的："一种彻底简洁的新艺术（可以包容现代世界存在的复杂性，而不失去结构上的清晰性）。"[3]20世纪的小说家们开始一起呼吁一种省略的、精简的、却又意义无限大的艺术。而此刻博尔赫斯的出

1　陈思和：《关于中国现代短篇小说》，见《20世纪中国短篇小说选集》，钱乃荣主编，上海大学出版社，1999年，第6页。

2　伊塔洛·卡尔维诺：《为什么读经典》，黄灿然译，译林出版社，2006年，第278页。

3　米兰·昆德拉：《小说的艺术》，董强译，上海译文出版社，2004年，第84页。

现，成了典范。在博尔赫斯极具开创性的工作之下，短篇似乎成了时代的选择，而它的优势也与这个时代契合。这也能解释卡尔维诺为何推崇短篇小说。卡尔维诺中后期的作品基本上都是以短篇小说连缀的形式呈现，每一个章节缩短甚至压缩在一页当中。正如卡尔维诺说："这里我只想告诉你们一句话，我希望的是写许多有关宇宙的传说与故事，篇幅只有短诗那么长，在未来更加繁忙的时代文学应该像诗歌或思想那样高度浓缩。"[1]这也引发了卡尔维诺所提出的小说"迅速"特质的核心——浓缩、省略。

（三）"迅速"的核心要旨：浓缩、省略

省略永远只是形式，省略的最终目的是浓缩。短篇小说从某种意义上可以看成是对长篇的省略，然而省略不是删减，不是目的，而是一种浓缩，并试图直刺核心。速度的节奏感让人沉浸其中，然而快速的节奏不过是想追上跳跃的思想。就像米兰·昆德拉在谈到尼采的哲学表达时说的，当思想来临时，"从外面、从高处或低处，好像一些事件或一些感情冲动朝他而来"[2]。因为思想来得如此迅猛，所以尼采奉劝哲学家们应该将思想来到头脑时的真实样子保留，而不应该运用所谓的哲学惯有的方式方法来引领思想的路径，否则会歪曲和掩盖了思想来临的真实样貌，尼采抨击其是一种极端的教条主义。然而与此相反，传统的哲学家们习惯性地按照传统的框架

1　伊塔洛·卡尔维诺：《美国讲稿》，萧天佑译，见《卡尔维诺文集》，译林出版社，2001年，第363页。
2　米兰·昆德拉：《被背叛的遗嘱》，余中先译，上海译文出版社，2003年，第155页。

编织一个严密的网。他们一环一环地推理、论证，滚烫的思想在严密的编织中失去了温度与来时的模样。米兰·昆德拉把这称为"鹰与蜘蛛的合作"。高悬上空的鹰必须屈就于蜘蛛勤劳的编织。所以尼采在哲学界发起了反抗。他在严密的体系中打开了一个缺口，让哲学从壁障中，从体系中走出来，直接呈现思想最鲜活的样子，让哲学与诗相连，用诗意的开放性语言传递思想的鲜活。尼采在哲学上的努力给了小说书写很多启示。小说家们开始试图抛开19世纪的经典模式，不再把精力浪费在背景的描绘和整个故事完整性的搭建中。安德烈·布勒东在《超现实主义宣言》里说，小说是下等艺术，它不关注生命中重要的时刻，而把大多数精力放在了纯粹信息的描绘上。而我们不能否认的是，19世纪经典现实主义小说的确刻意营造一个背景，为的是呈现一种真实感。为了这种真实感，人物的真实感，小说家必须花费大量的精力去描绘细节：人物生活的社会环境，他的出身、人际交往圈，他的名字、性格以及穿着，房子的布置摆设等。小说家们在努力营造一种细节的真实。当人物出场时，围绕在他身边的可以凸显他真实的细节一并带出，一个都不能少。夫人帽子上精致的花边，伯爵身上佩戴的考究的怀表，以及微笑引发的一丝小小的鱼尾纹。只有当一切环境背景布置妥当，人物才进入这个预先已经设置好的情境中来。这样势必会造成一种薄弱，思想的薄弱、强度的薄弱、内容的薄弱。正如布勒东所抨击的，这里没有生命的价值。而作者和读者却要花费大量的时间去消磨这样一个中间阶段。于是有了布勒东引用的《罪与罚》中主人公房间冗长的描述："年轻人走进一间小屋，墙壁上糊着黄色的糊墙纸；窗台上点缀着天竺葵，窗上装着细纱布做的窗帘；落日余晖直愣愣地洒照在这一切上面……房里没有任何特别的地方。家具用黄颜色的木头打成，都很陈旧了。一张沙发，靠背宽阔而朝后翻仰；沙发前面放着一张椭圆形的桌子；一张梳妆台和一面镜子，镶嵌在镜框里；沿墙搁着几把椅子，墙上挂着两三幅不值钱的木刻画，画着几位德国小姐，手里提着鸟笼儿——这就是整个房间的布置。"[1]布勒东说："我不重视我一生中无价值的时刻；而任何人，如果把他自认为无价值的时刻视为精华，那是不足取得。这一段关于房间的描写，请允许我跳过去，同许多其他段落一样。"[2]《罪与罚》中对主人公房间的描述（就像摄影机拍摄下来的画面，暗示了19世纪现实主义小说对逼真性的追求）也受到了抨击。人们在阅读时，不得不经过这漫长的铺垫，速度被无限放慢。而事实上人们似乎更想略过这些背景看到最核心的部分，或者说唯有小说才能呈现的东西。事实上，即便是19世纪的优秀的小说家，在讲述事件时，上述的尴尬也难以避免。因为事件之间是有时间间隔的，借用毛姆的话说："作者为了作品的平衡，需要尽力填补这些间隔所造成的空白。这些段落被称为'桥'。大多数作家在过桥时听天由命、各显才能，但在这个过程中，他们往往会让人感觉乏味。"[3]于是小说家们开始改变。而改变的方向与卡尔维诺十分契合——对浓缩的追求，如飞驰的弓箭直刺艺术的核心，对类似于桥的过渡性内容进行省略，从开始到最后，都只关注真正有兴趣的部分，强度不减。正如卡尔维诺

1　安德烈·布勒东：《第一次超现实主义宣言》（节选），丁世中译，见《20世纪世界小说理论经典》（上卷），华夏出版社，1995年，第118页。

2　安德烈·布勒东：《第一次超现实主义宣言》（节选），丁世中译，见《20世纪世界小说理论经典》（上卷），华夏出版社，1995年，第119页。

3　萨默塞特·毛姆：《巨匠与杰作》，李锋译，南京大学出版社，2008年，第15页。

在《宇宙奇趣》《时间零》《看不见的城市》《帕洛马尔》等作品中表现的那样，一种高强度的浓缩，体量的大幅度缩减。可见卡尔维诺想去掉小说中的废料，将一切与小说无关的东西去除，留下最精华的部分。几乎所有他创作的小说中，人物不再是那个为了真实而有名有姓，有着这样那样的社会关系、情感依托的传统式人物，小说也不再为人物的行动设置出一个解释其行动合理性的背景。甚至为了表达最想表达的，没有人，没有所谓的主人公，有的只是卡尔维诺在小说中最想要表达的东西。他不会为了这样一个表达而在他周围编织一些理所当然的铺垫，如搭建一个过渡的、类似桥的东西，或营造一个完整的体系，看似符合某种小说范式。他将这些全部省去，正如在《看不见的城市》中，我们已经看不到人物、故事。我们从一开始就接受了卡尔维诺所想要传达给我们的重要的东西。一种通过小说的思索，一种离开了小说，不能够通过其他形式而得到的思索。马可·波罗与可汗作为人物出现，不再是传统的带着身份密码、社会信息的人物，而是简略到一个符号。这是对巴尔扎克"小说应该与人的社会身份相匹敌"的反抗。这并不是说小说中没有人物，或人物死了，而是以某种方式让人物不掉进感伤主义或人道主义，抑或是政治之中。在《宇宙奇趣》里，人物完全没有形象，我们甚至不知道它是一个什么样的存在，只知道它有一个类似于名字的符号QFWFQ，就像卡夫卡小说中的人物K。谁是K并不重要，K的长相、社会背景、情感、穿着，这些都不重要，重要的是他为我们呈现了什么。卡尔维诺在进行着他的浓缩艺术，QFWFQ也许本来就不是一个人物。在他的小说里，可以不存在人物，他只关注他想要在小说中表达的内容。他做着从山底到山顶的运动，至于怎么上山，交给读者，这是一种智力游戏。人物已经被省略成符号，故事浓缩成了一个空间、一个横截面、一个片段。故事不再是线性的、从前往后的时间上的绵延——分为开头、高潮、发展、结局，而是关注其中最为精彩，或者最具启示意义、认识意义的那一刻。这使得小说没有一个部分、一个章节、一个段落或者一句话可以省略，它紧凑、充盈。诸如《看不见的城市》中，没有一个段落是为了过渡而存在的。章节短时，只有半页，多时，也不过一页半左右。也就是说在半页或一页中就得描述一个城市。这里容不得半点废料，字字斟酌，句句在意，犹如浓缩的诗歌。所以这里没有冗长的故事讲述，没有前景后景的搭建，没有过渡的缓冲，只有如离弦的箭般直刺事物的内核。可汗与马可直接登场，开始命中要害的对话。这里有故事的因子，却不存在故事的结构。故事被打散在各章节里，甚至略去了故事的骨骼，留下的是智性之美，是小说而不是故事散发的审美气息。故事与小说彻底分野。所以在小说里，也不存在所谓的开端、发展、高潮、结尾。它在意的是空间中平行的每一部分。就像《看不见的城市》，每一节都是重点，我们不能区分哪一章比哪一章更重要或不重要，哪一章是哪一章的过渡。卡尔维诺试图将一种诗歌美学纳入小说创作中，试图用最简单的语言囊括最多的意象。浓缩包含了从有限到无限的过渡，迅速的核心美学便是浓缩，一种简洁却能包蕴无限的速度。其实近现代主张简洁艺术的小说家都跟卡尔维诺一样，在寻找一种化繁为简的方法，以及以简包蕴繁的方法。这使得大结构彻底派不上用场。短篇小说是一种浓缩、直刺内核的艺术，不需要为了结构而搭建类似"桥"的东西。多角度快速进入，并用最简洁的方式去呈现最繁复的要旨。

（四）"迅速"与"零时间"的探讨

卡尔维诺曾经在《零时间》这部小说中提出过一个"零时间"的概念。吕同六先生最早把这个概念介绍到国内。前期学者们更倾向于把"零时间"理解成一个寓意丰富的时间概念，所以将之翻译成"时间零"。但笔者认为卡尔维诺更在意的不是其时间性，而是其丰盈的空间性，所以本文更倾向于"零时间"这个翻译，后文也将以这个翻译为准。而这一概念与卡尔维诺提倡的"迅速"有着深刻的内在联系。小说是这样开始的：

我感觉我已经不是第一次陷入这样的情境了：刚刚放出箭的弓在我向前伸的左手中，我的右手向后收着，箭F悬在空中，在它自身轨迹的三分之一处，那边一点，狮子L也悬在空中，也在它轨迹的三分之一处，张着血盆大口伸出利爪作势向我扑跃而来。一秒之后我就会知道，箭的轨迹和狮子的轨迹会不会正好在某个t_x秒，在某一个箭F和狮子L都经过的X点正好相交，也就是说将有一刻，这头狮子被箭射中，黑色的喉咙中兽血喷涌而出，怒吼一声从空中跌落，或者它毫发无损，跃向我，用双爪将我扑倒，撕裂我肩膀和胸膛的肌肉，它只需简单地活动下狮口的颌骨就可以从第一节椎骨把我的脑袋从脖子上咬下来。[1]

这是卡尔维诺《零时间》的第一段，之后的故事并非像

1　伊塔洛·卡尔维诺：《零时间》，见《宇宙奇趣全集》，张密、杜颖、翟恒译，译林出版社，2012年，第199页。

我们想象的那样按照先后顺序发展，我们期待着各种可能性的尘埃落定。卡尔维诺在这一悬而未决处停住，开始了他的思索。他将这一时刻暂停，从而引发了他关于一连串时间的思索。他将这个悬而未决的时刻称为T0，之前的时间为T-1，T-2，T-3……之后的时间为T1，T2，T3……卡尔维诺在给时间安上了标识后，同时也给"我"按照时间安上标识。在T0里的我是Q0，那么之前的我是Q-1，Q-2，Q-3……之后的我是Q1，Q2，Q3……以此类推，狮子是……L-3，L-2，L-1，L0，L1，L2，L3……箭是……F-3，F-2，F-1，F0，F1，F2，F3……卡尔维诺试图借助这样的标识来认真研究这一秒的问题。当箭射向狮子，狮子在自己的路径跃起三分之一，我原地等待，这个T0秒并不是我们想象的仅仅存在这三样事物，仅仅存在这样一种紧张的关系，这一秒有着无比丰富的外延。"包括了我右边，这条漆黑的河，和河里的河马；包括我的左边，这片泛白的草原，和草原上的斑马；包括地平线上稀稀落落布着的几个红色猴面包树，和栖在树上的犀鸟。每一个要素都以各自的位置为记号：河马I（a）0、I（b）0、I（c）0、斑马Z（a）0、Z（b）0、Z（c）0和犀鸟B（a）0、B（b）0、B（c）0，包括农庄、贸易市集、地下埋着的长势不同的种子，无尽的沙漠以及每一颗被风吹起的沙粒的位置G（a）0，G（b）0……G（n）0，包括夜间的城市，有人关上窗，有人开着窗，包括日间的城市，有时红灯，有时黄灯、绿灯，包括生产率曲线、价格指标、股票指数，包括传染病的传播以及每一个病毒的位置，包括局部战争中每一颗扫射的子弹P（a）0、P（b）0……P（z）0、P（zz）0、P（zzz）0……悬在它们的轨迹中不知是否将击中用树叶遮掩的敌人N（a）0、N（b）0、N（c）0……以及飞机等待投掷的、或刚刚投掷的一串还悬在它们下方的炸弹，国际形势ISO下不确定的全球大战不知道会在哪一个Isx变成确定，还包括可能彻底改变我们的宇宙形态的新星爆炸……"[1]在卡尔维诺的描述中，我们看到了一个无比丰盈的宇宙，只在这一秒钟。我们会发现，让卡尔维诺着迷的T0这一秒，不是因为它在时间上的定格，不是因为它悬而未决，而是因为它有着无比丰富的包蕴性，有着广阔的外延，有着广袤的空间性。卡尔维诺没将眼界局限在故事的发展中，以及狮子、箭、我、悬而未决的这一秒，而是扩展到了整个宇宙。这是一个极具空间化的世界，万物在一个平面上无限展开，可以说T0的外延就是无限。而以往我们在研究"零时间"时，往往将关注点放在了时间零本身，认为它的魅力在于悬而未决，而卡尔维诺真正想要表达的是它的无限空间中的无限外延。他说："没错，每一秒是闭合的，与其他时刻互不交通，正如胶片上每格画面之间的关系，但是要去定义每一秒的内容，只用Q0、L0和F0点是不够的，这些点只能把这个情景缩成一个猎杀的画面，构成戏剧性，但是在延伸上不够大。我们需要考虑同一时刻，即同在T0秒整个宇宙所包含的点和总和。那最好就把'每格画面'这个概念拿掉，因为它只能混淆我们的思路。"[2]定格会让我们将关注点放在戏剧性的场景之上，以及由这个场景所引发的对故事发展的强烈期待。卡尔维诺的T0恰恰是对时间的排除，对之后或之前故事的忽略，是在这一刻当中，无限扩展。这也就与我们上文所说的浓缩精神相契合。为了速度，需要删减，删减不是为了那个单一的时

1　伊塔洛·卡尔维诺：《零时间》，见《宇宙奇趣全集》，张密、杜颖、翟恒译，译林出版社，2012年，第202页。

2　伊塔洛·卡尔维诺：《零时间》，见《宇宙奇趣全集》，张密、杜颖、翟恒译，译林出版社，2012年，第204页。

刻，是为了浓缩，而浓缩是为了在极小的一个片段里呈现无限宽广的外延。这个极小的片段就是零时间，在这个零时间里，不存在传统故事里的开端、发展、高潮、结局。我们更不能把零时间理解成高潮。高潮是故事前期发展的一个累积的紧张回顾，也充满了对之后发展的期待，它完全是线性的，焦点是故事本身。而零时间在时间上是闭合的，它把关注点放在此在，或者故事本身。就像"我"与箭、狮子的故事，凝结在T0里的"我"、箭、狮子，只是T0无限外延中的一个极小的部分，在这之前之后都不重要。"我"不是由之前的"我"或之后的"我"决定的，而是由跟"我"处于同一时刻的箭、狮子、沙子、斑马、子弹等决定的。此刻"我"跟万物的关系，比"我"跟之前的"我"或者之后的"我"的关系更为亲密。所以零时间是一个包蕴丰富的宇宙的浓缩。它是空间上的无限延展，而不是时间上的延续。零时间意味着要删减时间前后的延续性，因为这种延续性正是传统小说中类似于"桥"的过渡的东西。卡尔维诺所希望的正是对这种"桥"的删减，最终达到小说一开始就进入核心的效果。然而这个核心并不是传统的、紧张的、悬而未决的那个时刻，卡尔维诺将这个时间性的概念转化为空间性的概念，在时间的转瞬中赋予了其无比丰盈而广袤的空间内容。于是就出现了一个和谐的悖论：时间与空间的反比关系。时间越短促甚至到零的状态，空间越丰盈且包蕴无限，即时间上的静止，空间上的蔓延。同时零时间也不是时间静止的简单状态，而是小说家紧紧抓住时间的努力，是小说家企图跟上迅捷思想的努力。卡尔维诺曾举了托马斯·德·昆西[1]在《英国邮车》中的片段："（德·昆西乘坐

---

1 托马斯·德·昆西，英国散文家和评论家。

的）邮车正以每小时十三海里的速度在马路右侧飞驰。……高速行驶的邮车很坚实，没有多大危险，而相反方向驶来的第一辆该着倒霉的车辆，将面临巨大的危险啊！诺，马路的尽头这时恰好有辆轻便马车出现了，里面坐着一对年轻夫妇，前进速度每小时一海里。'他们必死无疑，他们距离死亡的距离也就是一分半钟了。'德·昆西惊叫起来，'我走了第一步；第二步归那年轻人走；第三步就看上帝的了。'……人的一眨眼、一转念，或天使的扇动一下翅膀，这些东西之中什么能够在一问一答这样短暂的时间内迅速使两辆马车避免相撞呢？当我们那辆邮车风驰电掣般驶向那企图躲避的轻型马车时，那一瞬间就连光线也来不及按自己的轨迹进行。"[1]卡尔维诺说德·昆西对这几秒钟的描写前无古人后无来者。卡尔维诺关注的不是两辆马车的速度，而是车辆速度与思想速度的关系。而这也是卡尔维诺"迅速"中最为深层的所指，即用语言力图追上思想的速度。卡尔维诺认为：不需要任何过渡便能立即论证者有上帝的思想。人的思想尽管无法赶上上帝，然而人是上帝的造物，必然也是迅捷的，卡尔维诺期望的是小说家能够运用语言快速地追上迅捷的思想。那么将这种美学推到极致就是时间无限压缩至零，以及线性故事停滞在一瞬间。卡尔维诺将其放置在他的晶体模式的小说中，以及繁复的实现方式中，最终形成了以无限小包蕴无限大的小说模式。而这也是卡尔维诺认为短篇小说最终所应该达到的状态，这也解释了他推崇的，由危地马拉作家奥古斯都·蒙特罗索写的最短的小说"当我感到绝望时，那条恐龙依然待在那里"的全部深意。

1　伊塔洛·卡尔维诺：《美国讲稿》，萧天佑译，见《卡尔维诺文集》，译林出版社，2001年，第353—354页。

（五）思维与写作的平衡

卡尔维诺提倡小说的速度，是为了跟上思想的速度。在卡尔维诺看来，人的思想虽然不能像上帝的思想一样不需要任何过渡便能立即论证，但是同样可以如"飞驰的箭"一样快速。为了追上这飞驰的思想，小说必须是简洁的。所以卡尔维诺在这个意义上说："我就把写作看作是紧张地跟随大脑那闪电般的动作，在相距遥远的时间与地点之间捕捉并建立联系。……我深信写散文（小说）与写诗文并无两样，不管写什么都应该找到那唯一的、既富于含义又简明扼要的、令人难以忘怀的表达方式。写长篇时很难保持这种紧张的工作状态。"[1]可见，更精准地捕捉大脑的闪电般的动作意味着作者更巨大的对文字的努力，删减是非常好的实现方式。而这二者的关系，卡尔维诺形象地称之为墨丘利与武尔坎。

墨丘利（赫尔墨斯）[2]，是卡尔维诺非常崇敬的古希腊古罗马神话中的信使、交流之神。他头戴插有翅膀的帽子，脚踩飞行鞋，行动敏捷轻盈。他联系众神以及人，为朱庇特传递消息，完成朱庇特给他的各种任务。"在普遍规律与个别情况之间，在自然力量与文化形式之间，在非生物与生物之间建立起联系。"[3]卡尔维诺认为这个形象最适合做文学的庇护神。由

1　伊塔洛·卡尔维诺：《美国讲稿》，萧天佑译，见《卡尔维诺文集》，译林出版社，2001年，第360页。

2　赫尔墨斯在希腊神话中最初是众神的使者、畜牧业和牧人的庇护神，后来又成了梦神、音乐之神、旅游与贸易之神等等。墨丘利原来是罗马神话中的贸易之神、艺术之神。他们本来是两个神，但希腊神话传入罗马后，罗马人将二者混同，墨丘利遂成为赫尔墨斯在拉丁语中的名字。

3　伊塔洛·卡尔维诺：《美国讲稿》，萧天佑译，见《卡尔维诺文集》，译林出版社，2001年，第363页。

于卡尔维诺是原子论的坚定追随者，他认为文学就是搭建在万事万物之上的桥梁，文学应该是轻且流动的，在万物中流动。这跟墨丘利十分相似，同时墨丘利的迅捷与轻盈，又像闪电般的思想。而与墨丘利相反的武尔坎[1]，不但不能飞，走路还一瘸一拐，他是火神和匠神。他虽然又丑又瘸，但却朴实、温和，为众神铸造各种武器、工具和艺术品。他铸造技艺高超，做事专注，这个形象正像作者之于写作。作者安德雷·维莱尔在《我们使用形象的历史》中认为，匠神武尔坎与信神墨丘利代表了两种相反相成的生命作用。前者代表专注、代表聚焦，让我们对一个事物集中注意力；后者代表流动与和谐，可以使我们与万事万物和谐共处。这给了卡尔维诺以启示："墨丘利与武尔坎既相互对立又相互补充，我才开始理解以前只是隐隐约约意识到的问题，亦即我是个什么样的人，想做个什么样的人，我怎么写作，应该怎么写作。武尔坎代表的集中与技艺是描写墨丘利的冒险与象征的必要条件；而墨丘利代表的多变性与敏捷，则是武尔坎无休无止的劳作变成有意义的物品的必要条件，亦即他把不规则的岩石变成各种神仙的象征物，变成竖琴、三叉戟、长矛、王冠等。作家在创作时应考虑各种时间，考虑墨丘利的时间与武尔坎的时间，考虑经过耐心而仔细修改而得到的话语的时间，瞬时想到便最后确定不能更改的话语的时间，还有为了让各种感情与思想凝结、成熟、定形而不知不觉耗费的时间，等等。"[2]墨丘利与武尔坎既相互对立又相互补充，这便是思维与写作的平衡。

卡尔维诺认为小说的迅捷是浓缩的结晶，更加关注对语

1　武尔坎为古罗马神话中的火神和锻冶之神。

2　伊塔洛·卡尔维诺：《美国讲稿》，萧天佑译，见《卡尔维诺文集》，译林出版社，2001年，第365—366页。

词的使用，对书写的控制。这种对书写的控制与一般作家的书写状态是相反的。他强调的是在理性参与下的对书写的前前后后、各方面智性的把控。写作是"锻造"的结果，不可能仅仅是无意识的后果。可能也正是因为这点，他推崇爱伦·坡、瓦莱里、博尔赫斯等。对短篇小说有着关键影响的爱伦·坡与卡尔维诺一样，被各种微妙的科学方法所吸引，他以缜密的逻辑对文学进行着精准的类似数学般的演绎，他自称是数学家，在《创作哲学》[1]中推导作品。他或许是在用这种激烈的方式来证明文学必须依靠理性、"锻造"与斟酌才能实现。他所追求的文学的独创性是建立在缜密、耐心、巧妙的糅合之上的。很明显，爱伦·坡表达了与卡尔维诺同样的文学的理念。文学是一个在理性参与下的深思熟虑的过程。这与之前的一些文艺思潮观点背道而驰。小说创作一定是艰辛的计算、构思与"锻造"。而这样的缜密"锻造"，也必然要求作品相对短小，最好有一气呵成之感。卡尔维诺多次提到的对他影响至深的瓦莱里也强调着相似的观点。瓦莱里反复表明自己是在完全有意识和完全清醒的状态下写作，精工细雕，而不是全凭灵感的不能自控的状态。正如瓦莱里在《关于马拉美的信》中说"艰深作者"是马拉美提出来的概念，旨在表达思想进入艺术的艰难，"我曾经试图想象其作者的思想所走过的路程和所做的工作。我心里想，这个人对每个词语都做过一番思考，对每种形式都掂量和列举过。……它们似乎在一道思想的围墙内被详尽地思考过，在那里，任何东西若没有在预感、音韵的安排、完美的修辞及其相互呼应的世界中长时间地生活过，就不会获准离开；在那个准备的世界里，一切都相互碰撞，但就在

1　《创作哲学》，爱伦·坡就其《乌鸦》一诗的创作谈。

那里，偶然在等待时机、确定方向并最后在一个模子上结晶下来"[1]。卡尔维诺欣赏的便是这样一种写作方式，而也只有这种写作方式才能使"浓缩"成为可能。在《命运交叉的城堡》的最后部分中，我们也清楚地看到了卡尔维诺在书写小说时几经周折。他将写《命运交叉的城堡》时的思路清晰地呈现在读者面前，如同解析一道数学题，这跟爱伦·坡的《创作的哲学》极为相似。他打开了一角，让读者看清一部小说的内核。看似简短的，如同短篇小说连缀的小说是如何通过繁复的思索、考量之后呈现给读者的。

让我们再次回到这节开篇庄子与那只螃蟹的故事。庄子为画螃蟹等待了十年，这十年，是在头脑中"锻造"与构思的十年，而十年后的一气呵成将之完美定格。看似洒脱的运笔，是建立在十年的苦功之上，而十年并不代表缓慢的拖延，最终是为了迅速而灵动地用笔捕捉住世界上这个十全十美的螃蟹。没有十年的艰辛构思，十年后瞬间的落笔，就不可能与这只螃蟹相遇，二者缺一不可。这也正是墨丘利与武尔坎的完美合作。

与此同时，我们注意到卡尔维诺在强调小说的迅速之美时并未否定其反面。就如他所说："我赞扬快并不去否定慢。"他依然推崇劳伦斯·斯特恩利用离题而创作的小说《项狄传》以及其效法者狄德罗。"离题"是小说"慢"的一种艺术，它从一个话题跳向另一个话题，或者放下然后又捡起某个话题。它似乎不着急给一个话题或故事作结，它从故事中分出枝丫，偏离主干；或者说这里根本就不存在所谓的

1　保罗·瓦莱里：《文艺杂谈》，段映红译，百花文艺出版社，2002年，第202页。

主干，离题中的故事与一开始所讲的故事具有同等重要的作用。离题更专注于空间上的蔓延，而不是时间上的推进。与其说这是一种"慢"的方式，不如说是一种生命广度的延展。其将线性故事压缩，使之膨大，对结局不断延迟，在整个结构上向四面八方拓展，试图网罗事物的多种可能性。从这个角度上看，"离题"似乎与卡尔维诺的"零时间"相暗合，但离题并不代表拖沓，修辞与思想同样得敏捷、灵活、多变与流畅。卡尔维诺其实并没有给"迅速"划定界限，这也许就是小说家的智慧。

（六）"迅速"的实践

可以说"迅速"是"轻"在形式上的完美展现。卡尔维诺希望文学能够像墨丘利一样，脚踩飞行鞋，敏捷地在万事万物之间流动。卡尔维诺将短篇化为思想的浓缩，在快速的思想与语言的表达中呈现这个世界。分别创作于1965年、1967年的姊妹篇《宇宙奇趣》和《零时间》真正意义上开启了卡尔维诺速度美学实验。卡尔维诺开始专注于短篇，或者更精确地说是短篇连缀的小说书写方式，比如一部分作品中包含了三十多个小篇章，每一个篇章的完成时间相对独立，之后卡尔维诺在某个主题下将之归类。但我们基本上还是可以将之看成短篇小说合集。卡尔维诺试图在每一个短篇中探讨一个巨大的科学论证或猜想。比如在《天亮的时候》前面有一段科学论述："G.P.库帕解释说，由于一种不定形的星云似的流体的收缩，太阳系的星球开始在茫茫黑夜中凝固。一切都又冷又暗，最后是太阳，它也开始收缩，直到缩成现在的大小。在这个收缩凝固的过程中，温度升啊升啊，提高了数千度，于是便向茫茫太空发出了辐射。"整个小说便在这样一种科学论说中展开了。每一篇都试图展现一个宇宙模式。而这一切要压缩在很小的篇幅里。卡尔维诺在这些短篇中，思想是大幅度跳跃的，寥寥数笔便勾勒出一个宏大的场景。在这里不允许用笔的拖沓，一开始就要切中核心。比如《天亮的时候》紧接着的那段科学假设，开头便是："'那时候真是一片漆黑啊！'老QFWFQ应和着库帕的说法，'我当时还是个小孩子，刚刚记事。……'"[1]可见，在这里很难找到传统意义上的故事的缓慢搭建过程。我们看不到所谓的背景与环境的描述，第一句话便直切要害。至于主人公QFWFQ，我们已经很难用传统的人物来评价他了，甚至他也不再起着传统人物在叙述中至关重要的作用，被简略成了一个符号，除了这个符号，什么都没有。这里不存在故事，有点类似于随笔散文，更为自由灵活地专注着作家所要表达的内容，不用将精力耗费在其他方面。卡尔维诺没有为了使之更具有合理性而为这个符号搭建重重无意义的外衣。他在寻求思想与语言平衡的更好方式。这里面存在着一些类似于故事的场景，场景与场景的快速切换，中间省去大量废料，使读者的关注点自始至终停留在思想的内核中。而就这一点，做得最完美的作品还属卡尔维诺生前出版的最后一部小说《帕洛马尔》。卡尔维诺称这篇类似于札记的小说是高度的浓缩。从形式上它完全是短篇小说连缀，一共二十七篇，二十七篇中只有一个人物——帕洛马尔。帕洛马尔是一个已经将身份、情感、心理完全抽去，只剩下思想的人物。生活、情感层面已经不再是卡尔维诺专注的重心，他更在意的是

1　伊塔洛·卡尔维诺：《宇宙奇趣》，张密译，见《卡尔维诺文集》，译林出版社，2001年，第287页。

在一个宏大的宇宙背景下，人对世界的观察与思考。帕洛马尔在小说中是一个意识，而不只是一个人物。因为如果要设置一个人物，或者说传统意义的丰满人物，卡尔维诺就不得不给帕洛马尔周围营造和搭建一个人物所应该具备的东西，像19世纪批判现实主义那样让每个人物都能手握一个户口本。就像米兰·昆德拉在《有关小说艺术的谈话》中所说："两个世纪的心理分析现实主义已经立下了若干条不可逾越的规则：其一，应该给人物提供尽可能多的信息：关于他的外表，他说话的方式，行动的方式；其二，应该让人了解人物的过去，因为正是在那里可以找到他现在行为的动机；其三，人物应当有完全的独立性，也就是说作者和他自己的看法应当隐去而不影响读者，读者希望向幻想让步并把虚构作为现实。"[1]而卡尔维诺想要的恰恰不是人物的真实感，而是想呈现思维与世界的关系。那么除了这个核心，剩下的一切都可以省略。每个篇章直接进入主题，不允许有丝毫逸出主题的部分。比如《帕洛马尔》的开篇，"海水荡漾，轻轻拍打着沙滩。帕洛马尔先生伫立岸边观浪"[2]。这个开篇看似很突兀，没有背景描写，细节描写，以不给读者缓冲的速度直接进入了小说的主题——对浪的观察。紧接着便是一系列观察的描述以及对浪的思索，读者不得不集中全部的注意力紧跟小说的速度。这里容不得精神松弛，每句话、每个字都带有强度，而这种强度从开始一直持续到结尾。在这两页纸文字中，卡尔维诺带我们思考这样一个问题：自我是否能够为世界赋形？他从现象学切入，经过实践与

1　米兰·昆德拉：《小说的艺术》，董强译，译文出版社，2004年，第43页。

2　卡尔维诺：《帕洛马尔》，萧天佑译，见《卡尔维诺文集》，译林出版社，2001年，第275页。

思索，以小说式的幽默将之扬弃。速度之快与内容之饱满，以及用语之精确宛如多重折光的晶体。正如《帕洛马尔》开篇的那句话为整个小说定下了基调，整部小说二十七个相对独立的章节，没有故事，在空间中展开，快速而精准地将问题呈现，并多角度对问题进行重新思索，二十七个章节如二十七支离弦的箭，直刺事物的核心。

四、"易见"：幻想与可能性

（一）"易见"的提出

在"易见"这个小说特质里，卡尔维诺主要讨论的主题是幻想。他首先从但丁《神曲·炼狱篇》中找来第十七歌：

> 想象啊，有时候你从我们这里夺去了
> 我们的魂魄，就是有一千只号角
> 在周围吹动，我们也什么都感（觉）不到，
> 若感官不把东西献给你，谁来推动你？
> 一种在天体中成行的光明推动你，
> 或者出于自愿，或者由神意指定。[1]

卡尔维诺说但丁是要确定他的幻想中视觉形象那一部分，亦即在幻想的文字部分之前就存在或同时存在的视觉部分。这里讨论的核心是幻想、形象与语言三者之间的关系。卡尔维诺将幻想的过程分为两种：一种是运用语言勾勒出一个具象的形象；另一种是将具象形象转化成书写的语言。于是便出现了一个问题，既然幻想与这二者之间有着莫大的关系，那么

1　但丁：《神曲》，朱维基译，上海译文出版社，2011年，第342页。

视觉形象与文字表达孰先孰后呢？卡尔维诺认为视觉形象先于文字表达。紧接着还有另一个问题，这些形象是从哪里"落入"幻想中的呢？卡尔维诺的回答是这些过程即便不是始于天上，也超出了我们的意愿与控制，成了超越个体经验的东西。在面对这样一个难题时，卡尔维诺转而去回顾前人对幻想的看法。

有关幻想，卡尔维诺提供了前人的两种看法：一种认为幻想是人类与宇宙的灵魂相互沟通的一种方式方法，它很有可能起源于法国拿破仑时期，并与幻术有着极为密切的关系。另一种则倾向于认为幻想其实就是人类认识世界的一种方式、一种工具，它可以运用在科学中，与其他的认识方法无异。科学家也同样无法脱离幻想这种认知方式，在很多科学猜想与预设中都会借助于它。卡尔维诺在综合前两种观点之后认为幻想即一种可能性，它包容一切，为一切提供无限丰富的动力，它是过去、现在与未来的所有存在与不存在的合集。

然而卡尔维诺之所以将"易见"列为小说要具有的一大特质，是因为在当前这个到处充斥着零散形象的世界里，我们已经很难让一个幻想的形象脱颖而出。更精确地说，我们已经不会幻想了，我们失去了幻想的能力。于是卡尔维诺开始帮助我们寻找有助于文学幻想的因素，比如对世界的细致观察，对情感中一些细微感觉的提炼，对传统文明沉淀下来的遗产的重新挖掘等。然而问题紧随而来，随着预制形象的越来越多，以幻想为基础的文学还有可能存在吗？卡尔维诺提出了两种解决方案：一是把过去的形象运用到新的上下文中，改变它原来的含义。二是消除一切，从零开始。于是在我们面前呈现了三个世界，第一个世界是小说家在脑海中所构造的世界，这个世界深远宏大，具有无限可能性，很难有人完全用文字将之呈现；第二个世界是我们生活的这个世界；第三个世界是用语言表达的世界。然而不管怎样，作为小说家，一切现实与幻想都只能通过文字获得自己的形式。

（二）"易见"的核心精神：幻想的无限向度

1.卡尔维诺理解的"幻想"

卡尔维诺想在"易见"里表达的内容很多，但有一点异常清晰，那便是文学中幻想的重要性。然而幻想到底如何定义？卡尔维诺借助让·斯塔若宾斯基[1]的文章《幻想王国》梳理了有关幻想的两种定义：认识工具和宇宙灵魂沟通的方式。卡尔维诺更倾向于将幻想比喻成一个海湾，如布鲁诺所描述的，幻想是一个包蕴了无穷可能性之所在，那里没有边界、没有限制。[2] 幻想在卡尔维诺看来是其他各门学科的基础，它是一种带有本原性的无比丰富的世界。只要人身处其中，与这个世界发生关系，那么幻想必然已经在发生着作用。卡尔维诺在1970年8月关于幻想文学会议上的报告《边界的定义：幻想》大体这样来阐述幻想："当代法国文学语言中的'幻想'一词往往被用于恐怖故事中，要求读者相信他正在读的，要做好受控于一种生理激情（如恐惧、负罪感、痛苦等）的准备，还要像在现实生活中一样，寻求合理的解释。而在意大利文学语言中，'幻想'一词没有这种使读者陷于文本

1　让·斯塔若宾斯基，1920年生于日内瓦，瑞士著名的文艺批评家和理论家、观念史家，著有《让-雅克·卢梭：透明与障碍》《活的眼》《批评的关系》《自由的创造与理性的象征》等。

2　伊塔洛·卡尔维诺：《帕洛马尔》，萧天佑译，见《卡尔维诺文集》，译林出版社，2001年，第392页。

的要求，正相反，它暗示着一种断裂，一种超然，一种基于文本的另类逻辑的接受，这种幻想是在常识逻辑和主流文学成规之外展开的。"[1]这样我们便可以看清楚卡尔维诺有关幻想的理解。幻想是这样一个所在，它是为文学提供不同可能性的动力，文学因为这个动力可以发展它的所有可能性。卡尔维诺对幻想所感兴趣的点是它不同于寻常世界的另一种逻辑，这种逻辑如一道闪电，劈入现实世界，读者无须按照现实的逻辑去追问，它就是如此，无须解释或者寻找一个原因。卡尔维诺欣赏的意大利传统中的幻想，是让读者体验到另一种逻辑的魅力，是一种与常规的断裂，而不是追问为什么。它不借助任何现实世界的维度，重新开辟新的空间与维度，读者不能用现实的维度去衡量它。小说家是虚空中的建造者。他借助的是这样的幻想，它可以是对现实的模拟，也可以是背离现实的任何一种预设，是反现实、反常规、反预设的。这里没有任何成规，而是无限可能的所在。读者在进入小说时，应借助幻想进入无限的空间。

2.幻想精神之于欧洲小说的坎坷之路

幻想是小说诞生那天便拥有的特质。欧洲小说从庞大的固埃巨人式的欢笑和堂吉诃德非现实的漫游开始。欧洲小说一开始就将自己定位在非现实的层面，诠释着另一种逻辑。然而以笛福、理查生、菲尔丁等人的作品为代表的英国18世纪小说，渐渐地褪去小说的另一种逻辑的层面，更加接近真实世界。伊恩·P.瓦特认为小说的特质就在于写了"不久前发生的

1　Italo Calvino. *The Uses of Literature*. Translated by Patrick Creagh. New York: Harourt Brace Jovanovich，1986，p.78.

事实"，其重视个人的经历，重视个人所处的现实环境的描写，追求一种逼真性，尽量让自己变成生活的一个摹本，至少是形式现实主义。伊恩·P.瓦特在《小说的兴起》中评论，笛卡尔的伟大之处在于他的方法，以及他怀疑一切的坚决信念；他的《方法论》和《沉思录》对现代思潮影响深远，他在其中主张追求真理纯粹是个人行为，在逻辑上完全与过去的思潮传统无关，而且越是不依赖传统，越容易获得真理。小说是最能反映以上这种个人主义及崭新趋势的文学形式。[1]笛卡尔所推崇的理性主义在打碎了上帝之城后又建立了一个严谨的理性之城。这两座城池的相似点，即一切都是既定好的，规定好的，这里不允许有意外发生，没有模糊地带的存在。在这种精神的统摄下，以现实主义为特质的小说渐渐在18世纪形成。小说的另一种逻辑，以及建立在另一种逻辑之上的想象力开始沉睡。而在这之后的19世纪，法国作家乔治·杜亚美是这样说的："在十九世纪的大部分时间里，长篇小说是离开其他文学体裁而独立发展的。如果不算虽然是时间不长但却是无可争辩的浪漫主义影响的话，那么上一世纪的长篇小说的历史——首先就是现实主义的历史。"[2]小说在极其辉煌的同时，也开始慢慢走进了某种成规，这种成规让幻想无处生发。它像一个紧闭的牢笼，锁住了另外的逻辑与可能性。正像巴尔扎克声称自己要变成法国历史的"书记"，要观察、体验、严格摹写现实那样。小说渐渐只有一条路可以遵循，那就是现实主义。所谓事出有因，为了现实，小说必须为行动找一个合情合理的解

1　伊恩·P.瓦特：《小说的兴起》，高原、萧红钧译，生活·读书·新知三联书店，1992年，第5—6页。

2　王忠琪等译：《法国作家论文学》，生活·读书·新知三联书店，1984年，第109页。

释。故事必须真实，强调逼真的效果和细节的刻画；人物必须有可靠的来历、背景；事件必须是在一个相互联系的因果链条当中，一切都得符合这个严密的必然规律。小说中的人物只有一条道路可走，其他的路是封闭的，或者根本就不存在。那广袤的、无数的可能性，无数可能的层面在这里都被遗忘了。而左拉将其推向极致，将现实主义转变为自然主义，这源于一种对科学解释和确定性的崇拜。左拉说巴尔扎克的想象力惹恼了他。他推崇的是一种绝对意义上的精准、客观的文学。一切都是可以用科学的眼光或社会的角度加以理解的，并且可以追溯出其原因。左拉将幻想从小说中删除，把小说理解为一种公式，通过这个公式可以完美地寻找原因并预测未来。于是小说必须服从于一些规范，譬如它的完整性，它所谓的科学性、真实性。小说没有了自由，或者丧失了一些自由，它只能在被允许的规范中书写。然而正如恩斯特·卡西尔所说："人不再生活在一个单纯的物理宇宙之中，而是生活在一个符号宇宙之中。语言、神话、艺术和宗教则是这个符号宇宙的各个部分……人不再能直接地面对实在，他不可能仿佛是面对面地直观实在了……在某种意义上说，人是在不断地与自身打交道而不是在应付事物本身。他是如此地使自己被包围在语言的形式、艺术的想象、神话的符号以及宗教的仪式之中，以致除非凭借这些人为媒介物的中介，他就不可能看见或认识任何东西。"[1] 人无法完全精准客观地呈现现实。人生存在一个被各种思想、观念、符号、意识所包裹的世界。人以为自己在面对世界，其实不过是在面对自己的产物，如果能够去除这些产

1　恩斯特·卡西尔：《人论》，甘阳译，西苑出版社，2003年，第44—45页。

物，那么他会发现自己无从认知这个世界。现实主义作家坚持严肃地观察现实世界，最忠诚地对现实进行描摹，这本身就是一种不易发觉的主观性。这种看似客观的态度，其实是主观主义的最大表现。客观与逼真在现实主义的严肃观察中早已遁形，剩下的不过是把自己包裹在由自己织出来的严密的织物中。这早已不再是那个单纯的现实主义作家所孜孜不倦寻求的宇宙了。小说不再是它所预设的对真实的反映，相反成了事实的分离者、编造者、虚构者。它试图建立连续性、理性的大厦，却最终掩盖了真实，成了无法自圆其说、弥散着解构与虚无的存在。

而事实上，19世纪现实主义小说本身就已经出现了对自身的解构成分。它所追寻的两大原则"事出有因"与"偶然的细节真实"本身就是互相矛盾的，它无法完成自身的统一。而这些现实主义小说所创造的成规让我们与现实分离，从某种意义上讲，成规创造了"现实"。回过头来看这种"现实"，这种通过成规创造出来的现实本身就是一个巨大的谎言。就像罗伯-格里耶所认为的，事物既不是有意义的，也不是荒诞的，它存在，仅此而已。而现实主义一定要通过各种成规与手段为事物强加上一颗"事物的浪漫之心"。用心理学的、社会学的、功能上的、形而上学的等各种体系来解读世界。罗伯-格里耶把这称为"窗玻璃前的栅栏"。一切都应该在这个栅栏里发生，一切都应该在因果律的强大感召面前解决。可以说，19世纪现实主义小说是建立在一种神话之上的。从表面上看似乎是一种对世界的客观描写，然而最终滑向了人对世界的主观性的强暴。这不仅是一种对事物的伤害，同时也是对小说本身的伤害。它让小说变成了一系列成规之下的产物，这里不允许意外发生，一切都是既定和安排好了的，它必须把自己伪装得和现实世界（伪造的现实世界）一样，不允许有逸出成规之外的逻辑。小说被限制在一个极为狭窄的范围里，幻想面临死亡。尽管19世纪现实主义本身也存在幻想，没有幻想与虚构就没有文学，然而它的幻想是隐性的，伪装成对现实的描摹。同时幻想被限制在"现实"这一种维度里，别的层面与维度是不被允许的。于是福斯特意味深长地发问："为什么写小说一定要先胸有成竹？它不能自然生长吗？为什么它一定要和戏剧一样有结局？它不能不拖这个尾巴吗？……情节尽管刺激而吸引人，然而它只不过是借自戏剧、借自有空间限制的舞台偶像而已，小说难道不能发明一种并不怎么合逻辑但却较适合本身天赋的结构法？"[1]人们都开始不约而同地意识到一种改变正在发生。正如阿·莫拉维亚所认为"十九世纪的小说家，对于具有普遍性和共同性的语言和现实的存在，一直深信不疑。然而，一个美好的早晨，他们竟不得不面对语言和现实的相对性"[2]。长篇小说已经无法以"社会档案"的身份继续存在下去了。如果小说还在试图事无巨细地描写所谓的真实生活，如果"桥"这样的东西不拆除，执着于无意义的细节性构建，只会遭到像布勒东等的继续嘲笑："我不重视我一生中无价值的时刻；而任何人，如果把他自认为无价值的时刻视为精华，那是不足取的。这一段关于房间的描写，请允许我跳过去，同许多其他段落一样（布勒东在暗讽陀思妥耶夫斯基《罪与罚》中有关一个房间的细致描述）。"紧接着他

　　1　张大春：《小说稗类》，广西师范大学出版社，2004年，第36页。

　　2　阿·莫拉维亚：《小说文论两篇》，吕同六译，见《20世纪小说理论经典》（下），华夏出版社，1995年，第33页。

说："在文学方面，只有幻境才能使较低样式（如小说）的作品丰富多彩。"[1]

3.小说即幻想小说：无限可能

小说并非像布雷东所揶揄的是较低的文学样式，一开始，幻想就存在于它的生命中，这是小说的核心精神。幻想、自由、不断变动、可能性的无限彰显，不拘泥于任何形式在永远变换。从福楼拜到卡夫卡，小说家们一直在寻求着这种变化，这也是卡尔维诺认为的真正的小说精神。所以他不遗余力地倡导幻想小说。在19世纪强大的现实主义小说浪潮里，仍然存在着一股暗线：从霍夫曼至爱伦·坡。[2] 然而这股暗线尽管存在着，却并没有被世人过多注意，它的光芒被现实主义掩盖。而想象力真正的爆发，出现在卡夫卡的小说中。卡夫卡让他小说的主人公在毫无防备的清晨醒来，发现自己变成了一只甲虫。卡夫卡在没有给读者任何暗示的情况下，将小说推到了另一种维度，与拉伯雷、塞万提斯相遇。这里有卡尔维诺描述的无须寻求原因的幻想。读者被拉到了另一种逻辑，这种逻辑与现实无关。它是一种开放，是一种意想不到的梦的爆发，这也是卡尔维诺在"轻"中所谈及的原子的偏斜运动。幻想摆脱了因果律的控制，事情发生在一瞬间，让人根本来不及思索，来不及寻找逻辑与因果切换的时间。它强而有力地扯开了所谓的"现实"的铁链，将另一种维度转瞬注入了小说的叙述

1　吕同六主编：《20世纪小说理论经典》（上），华夏出版社，1995年，第119—120页。

2　卡尔维诺认为其中包括的人物有霍夫曼、沙米索、阿尔尼姆、艾兴多夫、波托茨基、果戈理、奈瓦尔、爱伦·坡、狄更斯、屠格涅夫、列斯科夫、斯蒂文森、吉卜林、韦尔斯等。

中，那些要在小说中营造出一个逼真世界的成规被打破了。卡夫卡的一个跳跃，跃出了逼真的界限，小说又回到了它最初的状态。而这也是卡尔维诺认为的小说本应该拥有的状态。小说本就该在幻想的海湾中寻找种种假设，种种可能的与不可能的。这也是卡尔维诺推崇幻想小说的原因。幻想小说是想象力在文学上的一个高度自觉的境界，或者说极致的境界。就像卡尔维诺所说，幻想小说要把外部世界的灵魂放置于可以想象出来的无限形象中的一个形象之中，为此作者必须使自己的语言具有不依靠外部世界的强大力量，自成一个世界。卡尔维诺认为巴尔扎克曾经做过尝试，后来放弃了，不再要求强而有力的文字，而是使用较松散的文字。他用"较松散的文字"来形容现实主义小说的语言，而用"强而有力的文字"形容幻想小说的语言，而这其实也是有抱负的小说家的宏愿。正如福楼拜所说的那样："我不誊写，我建筑。"幻想小说完全是小说另一种向度的打开，没有任何现实的东西可以依托，只能依托于强而有力的意志。而在这种强大的意志里，包括了任何维度的写作，所以卡尔维诺才会说巴尔扎克其实是一个幻想小说家，这个幻想的世界包含了幻想的层面，也包含了现实的层面。幻想让小说有了无限的可能性，不管是过去的、现在的、未来的，还是可能发生的或不可能发生的。卡尔维诺所定义的幻想小说是指小说这种艺术形式的本质性的存在方式，它不是我们传统中对幻想小说的理解，而是认为小说就是幻想小说，幻想小说就是小说，它本身包含小说所有的变体。纪德在《伪币制造者》中设想了没有人，只有思想的生命、斗争以及痛苦的"思想小说"，成为当代众多小说家追求并实践的概念的小说，这当然也可以归纳到卡尔维诺的幻想小说中，它是幻想小说一种极致的变体，一种可能性。卡尔维诺的小说《帕洛马尔》就是一部试图剥离人而只留存思想的幻想小说。就如同福楼拜所说："我认为精彩的，我愿意写的，是一本没有主题的书，一本不受外在因素束缚的书，……最优秀的作品是素材最少的作品；表达愈接近思想，文字愈胶合其上并隐没其间，作品愈精彩。"[1]帕洛马尔先生是卡尔维诺设置的一个抽离一切人类琐碎事务、只会思考的极端存在。这部小说依然是从幻想中汲取动力，是小说的另外一种向度。

幻想是卡尔维诺在原子论基础上的一次有关"轻"的生发。由幻想引出的小说的无穷变化、无限可能，便是小说这种文学样式本身的轻盈特质。小说的"轻"不仅仅表现在文本内部，或具体的某一部小说的构思，还表现在小说本身的不断发展。卡尔维诺推崇幻想，也因为它是小说永远都不能丢弃的内核。堂吉诃德开启了欧洲小说的梦幻之旅。每个小说家，每一部小说作品都在寻找自己独有的东西，没有一劳永逸的小说配方。当我们开始批判19世纪现实主义的时候，并不是说这样的一种小说模式一开始就存在问题，如司汤达一样的小说家本身就拥有着对事物的普遍逻辑的信任。所以在此之上建立的第三人称，简单过去式、线性的发展以及那个稳定的、和谐的、一切都可以理解的合理世界的小说，这是小说发展史上的一个无辜而天真的阶段。小说的改变不是因为前辈出错，而是它本身发展的需要。这种发展的最终动力，需要借助于幻想的海洋。以幻想为动力的变动不居的小说，才是卡尔维诺真正看重的内核，也是他一直在自己小说创作中苦苦追寻的。从新现实主义的《通向蜘蛛巢的小

1　田庆生：《"白墙"的建构——论〈情感教育〉的现代性》，载《外国文学》2007年第2期。

路》到寓言小说《我们的祖先》三部曲及幻想小说《宇宙奇趣》，再到实验小说《寒冬夜行人》，以及最后的思考小说《帕洛马尔》，卡尔维诺一直都没有重复过自己。他变动不居，发掘小说的无限可能，穷尽小说的各种可能，这便是幻想的最好姿态，这才是他理解的真正的"幻想精神"。

（三）"易见"中形象的灌注

卡尔维诺之所以把"易见"放在他认为小说书写的目标之一的另一重要原因是，我们似乎已经开始渐渐丧失了这种幻想的能力，即我们很难从纯粹语言的描述中想象出一个鲜明而生动的形象。所以卡尔维诺希望："是否可能进行一种以幻想为基础的教育，使人们渐渐习惯自己头脑里的视觉幻想，不是为了抑制它，更不是让那个这些稍纵即逝的形象模糊不清，而是让它们渐渐具备清晰的、便于记忆的、能够独立存在的'栩栩如生'的形式。"[1]在这里他谈到了两点：一是让我们具有幻想的能力；二是使幻想转换为文字的能力，也就是卡尔维诺所说的让幻想"落入"文字。卡尔维诺特别重视生活在文艺复兴时期、巴洛克时期，以及浪漫主义时期的作家，他按照幻想与形象这个主题选编了《十九世纪幻想小说选集》，其中包括了霍夫曼、沙米索[2]、阿尔尼姆[3]、

1　伊塔洛·卡尔维诺：《美国讲稿》，萧天佑译，见《卡尔维诺全集》，译林出版社，2001年，第393页。

2　沙米索，19世纪柏林浪漫主义诗人的重要代表。著有《环球旅行》《一次探险旅行中的观感》等。

3　阿尔尼姆，德国民间传说的研究者、戏剧家、诗人和故事写作家。卡尔维诺说他的作品是古怪的现实主义与幻想的混合物。

艾兴多夫[1]、波托茨基[2]、果戈理、奈瓦尔[3]、爱伦·坡、狄更斯、屠格涅夫、列斯科夫[4]、斯蒂文森、吉卜林、韦尔斯[5]等人的作品。从这个名单里，我们可以看出卡尔维诺对幻想的独特审美。尽管卡尔维诺认为一切文学作品都是幻想的结果，但很显然，他在这个认知的基础上更愿意关注小说中更为狭窄的部分——狭义概念中的幻想小说。他将奇幻的，甚至科幻的、魔幻的、寓言的、超现实的各种类型囊括其中。幻想小说更多的是相对于现实小说的，幻想小说试图运用语言来建构世界，在这个世界里找不到现实小说里的能指与所指。它在某种程度上自我指涉，可能也是在这个意义上，卡尔维诺认为它是所有文学叙事模式中最具有美学意义，最具有强大力量的叙事方式。它带有跳出日常常规，无视一切现有成规、一切所谓的终极真理的特质，敢于超越现实的维度，不论是在内容上还是形式上。卡尔维诺定义的幻想文学有一个特点就是对形象的执着，其将幻想灌注在形象之中，塑造出清晰的视觉形象。可以归类为卡尔维诺界定的幻想小说有许多，比如卡夫卡的《变形记》[6]。

一天早晨，格里高尔·萨姆沙从不安的睡梦中醒来，发现自己躺在床上变成了一只巨大的甲虫。他仰卧着，那坚硬的

1　艾兴多夫，19世纪德国的一位重要的多产作家，作品有《预感与现实》《一个无用人的生涯》《大理石雕像短篇小说集》等。

2　波托茨基，波兰作家，作品有《霍齐姆战争》等。

3　奈瓦尔，法国文学早期象征派和超现实主义诗人。

4　列斯科夫，俄国作家，作品有《大堂神父》《姆岭斯克县的麦克白夫人》等。

5　韦尔斯，英国作家，作品有《约瑟和他的信徒》。

6　《变形记》被茨维坦·托多罗夫认为是幻想小说，这是一种广义的幻想，使读者看到真实与虚构的并存。

像铁甲一般的背贴着床，他稍稍抬了抬头，便看见自己那穹顶似的棕色肚子分成了好多块弧形的硬片，被子几乎盖不住肚子尖，都快滑下来了。比起偌大的身躯来，他那许多只腿真是细得可怜，都在他眼前无可奈何地舞动着。[1]

这部小说一开始就定义在幻想的层面，并以生动的形象示人。主人公一觉醒来发现自己变成了甲虫。紧接着卡夫卡对这只虫子进行了最为现实主义方式的描述。这只虫子拥有正常虫子的所有特征，只是它更为巨大。卡夫卡试图将一种幻想转化为一种生动而鲜明的形象，他在细节中将这一想象真实化，又在精神或总体上抽象化，进入不同于现实的维度。从此这只巨大的甲虫的形象永远地刻在读者的脑海中。读者不得不去想它，就像真的看到了这样一个形象，尽管它实在荒唐。卡尔维诺认为在这个零散形象到处泛滥，人们的记忆像个垃圾桶的时代，只有这样的小说才能真正触动读者。在这个层面上，卡尔维诺创作了《我们的祖先》三部曲以及之后的小说。

（四）幻想与形象之于卡尔维诺的创作

卡尔维诺曾经花了近三年的时间采集意大利各地的民间故事，并于1956年将之集结成《意大利童话故事》一书出版。他想成为一个真正汲取民间故事的小说家。民间故事是一个民族最多姿多彩的叙事声音，是丰富的幻想的海洋。当然民间故

---

1 卡夫卡：《变形记》，李文俊、叶廷芳、高中甫译，天津人民出版社，2011年，第47页。

事或者说童话也在卡尔维诺认为的幻想文学范畴内。他对幻想的推崇也能解释他对童话的钟爱。我们甚至可以说卡尔维诺几乎所有的作品都或多或少带有童话的色彩，即使是被外界认为的新现实主义作品《通向蜘蛛巢的小路》也是借助一个孩子的视角，去描写抵抗运动，全书充满了童话般的魅力。他甚至说："我认为作家描写的一切都是童话，甚至最现实主义的作家所写的一切也是童话。"[1]他认为童话思维与原始思维相连，带着诗性的智慧。与原始思维不一样的是，童话是文明人在理性的控制下对童年的一种追忆，对诗性的一种追忆，它不可能回到纯然的诗性中去。它是具有理性思维的文明人的一种感伤的回忆。童话是诗性与智性的杂糅。一方面，它强调如维科所说的"原始人如同天真的儿童一样没有推理的能力，却浑身是强旺的感觉力和生动的想象力"的诗性智慧；另一方面，它无法回避理性或者是智性。童话的这一特质刚好符合卡尔维诺对智性的推崇。它既拥有不同于现实逻辑的天马行空，又可以渗透小说家智性的关怀。这也是卡尔维诺推崇童话的原因，同时也是他所推崇的幻想文学的总体特征。在上文提及的卡尔维诺勾勒出的幻想文学一脉中，这些小说家都有一个惊人的相似之处——将天马行空的想象统摄在理性的严密编织之中。它比一般的童话多了份智性的观照。与此同时，童话显现了与现实主义不一样的逻辑与维度，并不是说我们要抛开现实，走向虚空。在卡尔维诺看来童话是一个熔炉，将他所喜爱的元素都统摄其中：幻境与现实，智性与诗性，以及他对鲜明形象的高度要求。而与《意大利童话故事》几乎同一个时间段

1　伊塔洛·卡尔维诺：《文学——向迷宫宣战》，见崔道怡、朱伟、王青风等编：《"冰山"理论：对话与潜对话》（下册），工人出版社，1987年，第844页。

完成的《我们的祖先》三部曲便是带着浓浓的童话色彩的幻想文学。卡尔维诺试图借助童话这种模式抛开《通向蜘蛛巢的小路》的新现实主义的路子，打开另一种维度，给小说一个更为自由的空间。

《我们的祖先》三部曲分为三篇，尽管三者是独立成篇，没有任何联系，但其创作手法可以说是完全一致的。卡尔维诺试图借助童话这种独特的幻想模式来重新打开自己小说创作的局面，为小说注入一些新的特质。卡尔维诺在谈及《我们的祖先》三部曲时说：

我开始写幻想小说时，并没有考虑理论问题，只知道我写的每一个故事都有个视觉形象为依据。例如，有个分为两半的人的形象，他的两个半身不仅不死，而且还独立地生存着；另一个形象是，一个青年爬到树上，在上面攀来攀去，不再下到地面上来；第三个形象是一件内中无人的铠甲，四处行走，独自讲话，仿佛有什么穿着它似的。

就是说，构思一篇故事时，我头脑里出现的第一个东西是一个形象。它代表着某种含义，但我还不能把这个含义用语言或概念表述出来。当这个形象在我头脑中变得足够清晰时，我便着手把它发展成一篇故事，或者说得更确切些，是这些形象渐渐显露出它们自身的活力，变成它们的故事。每个形象周围又产生了其他形象，形成一个类比、对称和相互映衬的场所。在对这些此时已不再是视觉形象而是已变成概念的素材进行组织时，我的意图才开始起作用，试图把它们排列起来使故事得以展开。或者说，我的工作只是看看哪些东西与我对故事的构思一致，哪些不一致。当然，这样做时，我还要为各种可能的选择留有余地。这时，写作即文字表达，变得越来越重要了；我是说，当我开始在白纸上写黑字时，语言才是起决定作用的：首先寻找一个与视觉形象相等的表达式，再看它是否符合既定的风格，最后使之逐渐变成故事的主宰。文字将把故事的发展引向流畅的方向，视觉形象这时只能尾随其后。[1]

可见卡尔维诺的幻想文学一开始便是建立在形象上的。幻想首先是有一个形象，当这个形象日渐成熟，然后再将这个形象用文字表现出来。卡尔维诺于1952年创作的《分成两半的子爵》的故事，便是建立在这个独特的分成两半的形象之上的。这个两半的形象，其原型有可能来自意大利童话。卡尔维诺也承认幻想可以从任何素材中得以激发，比如童话，甚至抽象的科学与哲学著作。故事从带着淡淡忧伤的孩子的讲述拉开："从前发生过一次同土耳其人的战争。我的舅舅，就是梅达尔多·迪·泰拉尔巴子爵，骑马穿越波希米亚平原，直奔基督教军队的宿营地。一个名叫库尔齐奥的马夫跟随着他。大群大群的白鹳在混沌沉滞的空气中低低地飞行。"[2]故事以典型的"从前"二字开头，为小说打上了浓浓的童话色彩。"从前发生过一次同土耳其人的战争"，一句话完成了故事背景的讲述。这种简短、质朴，不带有细节性的描述显然是背离现实主义的，其营造了一种幻想氛围，这种氛围更类似于民间童话。主人公梅达尔多就在这样一句话的背景中出场了。他非常迅速，骑着战马穿过平原，带着随从，直奔宿营地。没有子爵的外貌、身份、心理的描述，故事在简略、快速中进行。尽管

1　伊塔洛·卡尔维诺：《美国讲稿》，萧天佑译，见《卡尔维诺全集》，译林出版社，2001年，第390—391页。

2　伊塔洛·卡尔维诺：《分成两半的子爵》，吴正仪译，见《卡尔维诺全集》，译林出版社，2001年，第3页。

没有出现任何超出普通读者正常逻辑之外的描述，但已经为我们营造出了完全不同于现实主义文学的氛围。

重要的场景在第二章中发生了，在子爵平生第一次兴冲冲上战场的时候，"他热情有余，经验不足，他不懂得只能从侧面或后面去靠近大炮，他跃马横刀，直冲大炮口奔去，心想可以吓唬住那两位天文学家。然而是他们对着他当胸开了一炮。泰拉尔巴的梅达尔多飞上了天"[1]。梅达尔多在战场上的表现早早结束，这一带有滑稽戏谑成分的表述将读者多余的担心或者说是现实主义维度的担心化为乌有，我们期待着故事在接下来的另一个层面推进，于是有了以下的描述："子爵残缺不全的身躯令人毛骨悚然。他少了一条胳膊，一条大腿，不仅如此，与那胳膊和大腿相连的半边胸膛和腹部都没有了，被那颗击中的炮弹炸飞了，粉碎了。他的头上只剩下一只眼睛，一只耳朵，半边脸，半个鼻子，半张嘴，半个下巴和半个前额……第二天早上，我舅舅睁开了那唯一的眼睛，张开了那半张嘴，翕动了那一个鼻孔，又呼吸起来。泰拉尔巴人特有的强健体质使他终于挺过来了。现在他活着，是个半身人。"[2]卡尔维诺无比细致地描绘了从战场的废墟中抬出来的子爵的模样。他不厌其烦地勾勒身体只剩一半的子爵的形态，也让我们第一次认真审视如果人类躯体只剩下一半会是什么样子。在卡尔维诺带有童话式的描述中，另一个维度已豁然打开。小说建立在另一个维度的坐标让读者吃惊，然而又不会觉得唐突，因为从第一句叙述开始，卡尔维诺已经慢慢在为这个维度的打开

1　伊塔洛·卡尔维诺：《分成两半的子爵》，吴正仪译，见《卡尔维诺全集》，译林出版社，2001年，第10页。

2　伊塔洛·卡尔维诺：《分成两半的子爵》，吴正仪译，见《卡尔维诺全集》，译林出版社，2001年，第10—11页。

做好了铺垫。尽管他的整个叙述依然是那么煞有介事，似乎以现实主义态度进行描述，而读者在叙述者平静的口气中感受到了故事内容的强烈反差，即叙述的平静与内容的荒诞的反差。整部小说带领读者脱离了现实的轨道，在另一个维度中开始推进。于是这个可怜的半身人——梅达尔多回到了家乡，开始了不可思议的生活。

卡尔维诺在第三章的叙述中显得恣意了很多。这一半的子爵，更确切地说右半边的子爵是邪恶的，他回到家乡给这里带来了灾难。他甚至将自己残缺的愤怒发泄到大自然中，半个梨、半个青蛙、半个蘑菇、半个石菌、半个红蘑等都是子爵的杰作，甚至在他决定去爱帕梅拉时也将大自然的造物撕成一半用以表白。恰恰在故事开始不断重复邪恶的半个子爵作恶的时候，另外一半也就是左半个子爵奇迹般地回来了。左半个子爵保留了完整子爵善良的一部分，在所到之处行善布施。他也爱上了帕梅拉。在婚宴上，他们开始决斗了，两人气喘吁吁，各自砍到了对方原有的伤口，奄奄一息地躺在地上，正当故事似乎无法收场的时候，特里劳尼大夫突发奇想："半个小时后，我们用担架把一个整身的伤员抬回城堡。恶人与好人被用绷带紧紧地捆绑在一起。"[1]梅达尔多就这样复归为一个完整的人，帕梅拉终于有了一个有完整身体的丈夫。

《分成两半的子爵》在不同于现实的另一个层面为我们讲述故事。卡尔维诺借助童话的模式去完成他的小说的蜕变，他似乎在告诉我们小说除了现实主义还有更多的可能性。小说可以借助童话的模式，同样它还可以借鉴别的模

1　伊塔洛·卡尔维诺：《美国讲稿》，萧天佑译，见《卡尔维诺全集》，译林出版社，2001年，第72页。

式，以不一样的角度建构别样的世界，同时以另一种角度观察现实世界。回过头来，我们发现19世纪经典现实主义为我们安排的故事、人物、细节，以一种固定的成规为我们建造的"现实"或"逼真"反而离生活最远，它在自己庞大而臃肿的模式中无法刺穿内部的真实。世界是流动而变化的，我们很难用一种人为的小说模式去穷尽它。这是一种主观主义的放大，将万物压抑在人的界限里。而这种界限一旦被突破，整个为之营造的真实感也将丧失殆尽。小说家们开始寻求用另一种方式去靠近而不是描述真实。他们在现实主义轰然倒塌的废墟上重建了一种新的现实主义。而这种新的现实主义可以是古典的、浪漫的，也可以是超现实的、荒诞的、表现的。也正是在这样一个背景中，卡尔维诺选择用童话去靠近真实。与此同时我们必须注意，靠近真实并不是小说的全部目的。就像《分成两半的子爵》，它首先是以形象示人，整部小说就是一个生动的形象投影。子爵那被大炮分成两半的形象是带着模糊的指向性，但给读者的是一个直观的冲击。卡尔维诺在这里并没有刻意将这个形象向某个具体的观念引导，读者带着这个具有丰富意义的形象去思考各自的问题。形象大于任何我们可以说出来的观念，所以卡尔维诺并不急于对形象划定太多意义。尽管这一形象意义丰富，但我们不能轻易去做任何结论。卡尔维诺模仿童话的模式，简单地将子爵分为恶的一半与善的一半，以及残缺不全的躯体，这时我们会自然地考虑到其中对现实的折射：卡尔维诺也曾在《我们的祖先》三部曲总序中提及《分成两半的子爵》，表露出了对于冷战分裂的嫌恶，揭露文明世界中人的分裂。卡尔维诺想借助这样一种维度去靠近真实，如同卡夫卡用变形去靠近真实。所以在这个意义上卡尔维诺才幽默地说他喜欢巴尔扎克是因为他是伪幻想主义者，喜欢卡夫卡是因为他的现实主义。然而我们还是可以感受到现实的指涉仅仅是《分成两半的子爵》中的一个层面而不是全部。卡尔维诺没有将自己的小说全部交付于现实，他在建构自己的独立王国。与此同时，卡尔维诺的小说彰显了小说独有的智性。比如梅达尔多坏的那半作恶多端，卡尔维诺却从没在道义上指责过；好的那一半处处行善，换来的是"在这两个半边之中，好人比恶人更糟"[1]的评价。即使到最后重归完整之后，人们希望开辟一个奇迹般的幸福时代，紧接着文中说："但是很显然，仅仅一个完整的子爵不足以使世界变得完整。"[2] 故事的结尾处特里劳尼大夫告别了我们，登船离去，留下"我"嘴里大声呼唤："带上我，您不能把我扔在这里啊，大夫！"然而船队还是开走了，把"我"留在了这个世界。小说在一片迷茫的哀伤中结束。"小说不应该在这样的氛围中结束？"我们发问，因为梅达尔多终于完整了，这不是故事一直的渴望吗？然而仔细再读，复归完整从来不是梅达尔多渴望的，甚至分裂意味着可以打碎原有的沉重的愚蠢的东西，从一种新的角度、新的思维重新看待世界。所以《分成两半的子爵》是模糊而多义的。而这也是卡尔维诺小说最独有的智慧——在一个一定要分出对与错，善与恶，或此或彼的观念中，留一段模糊之地、道德悬置之地、多义之地、悬而未决之地。所以这也是《分成两半的子爵》与童话不一样的地方。有评论者将之认定为童话，我认为把它认定为幻想小说较为妥当。

《我们的祖先》三部曲剩余的两部《树上的男爵》和

1　伊塔洛·卡尔维诺：《分成两半的子爵》，吴正仪译，见《卡尔维诺全集》，译林出版社，2001年，第66页。

2　伊塔洛·卡尔维诺：《分成两半的子爵》，吴正仪译，见《卡尔维诺全集》，译林出版社，2001年，第73页。

《不存在的骑士》，其创作手法跟《分成两半的子爵》极为相似，也是借助于一个童话或民间传说的原型，讲述一个看似离奇，却能在另一个逻辑上成立的故事。按照卡尔维诺的说法，他在创作《宇宙奇趣》时，"写作手法有点不同，因为那些故事的起点是从科学论述中选出来的某句话。视觉形象的自主运动，应该从这句概念性的话语中诞生。我的目的是要表明，幻想可以在任何土壤中诞生，甚至可以从与视觉幻想距离甚远的现代科学术语中诞生。甚至在读纯粹的科学著作或最抽象的哲学著作时，也可能读到这么一句话，它能出人意料地激发人的形象幻想。就是说，在这部小说里幻想是由早已写好的文字（我读的一页书或一句话）激发的，它可以沿原来的意思，也可以向完全独立的方向，发展成一篇幻想故事"[1]。可见激发幻想的方式是多种多样的，它可以从各种各样的土壤中产生，哪怕是科学论文。在《宇宙奇趣》中，卡尔维诺开启了一个更大的幻想空间，这个空间可以没有人的存在，但这个空间可以扩展到无限大，走向宇宙，达到了一种正如学者休姆所说的"宇宙视野"[2]。从《我们的祖先》三部曲中我们已经可以感觉到卡尔维诺在文学中对抽离的追求，他不再喜欢具象与现实中的细枝末节，然而这种抽离并不彻底，或者说《我们的祖先》三部曲建立的另一种维度没有完全脱离我们日常生活的习惯与常识，它还是以现实为基础在构建幻想的大厦。而在《宇宙奇趣》中，完全是另一种形态的展开。它与日常生活毫

1　伊塔洛·卡尔维诺：《美国讲稿》，萧天佑译，见《卡尔维诺全集》，译林出版社，2001年，第391页。

2　学者Kathryn Hume在*Calvino's Fictions: Cogito and Cosmos*中涉及的一个概念。她认为卡尔维诺的"宇宙视野"是从《宇宙奇趣》中真正开始的。

无关系，我们只能运用幻想与智力去跟上卡尔维诺的脚步。小说于1965年面世，由相对独立的小故事组成，每一个故事都是由一个有关宇宙的科学论说引发，这些故事的唯一的线索是一个叫作QFWFQ的存在贯穿其中。它很难定义，因为它在不断变化，变成人、爬行动物、鱼或软体动物等。它带我们经历了宇宙的变迁，经历它的奇怪的故事，同时也为自然变幻做着自己的思考与总结。在这部小说里，卡尔维诺试图将小说的幻想放到最大，看看小说这种文学体裁能够在多大程度上承载无际的幻想。他几乎完全放弃了现实中的人与事，如果说《我们的祖先》三部曲是对日常生活的一种背离，那么《宇宙奇趣》便是对人世的背离。人以及围绕在人周围的，在现实主义看来极为重要的事，完全淡出了视野。卡尔维诺在小说中试图去包蕴一个更大的世界，在这个世界里，人没有位置，或者仅仅占有很小一块位置，人与事几乎不在小说中出现。他努力呈现出一种宇宙景观，一种脱离人、脱离情感、脱离日常的抽离。我们既可以把它理解成另一种童话，也可以看成一种智力游戏。因为在《宇宙奇趣》所搭建的世界里，没有我们熟悉的场景、熟悉的情感运用方式，它用幻想构造了一个迥然的世界，我们接近它的唯一方式不是凭借经验而是幻想。这也是上文所说的卡尔维诺推崇意大利文学语言中幻想的真正原因。幻想作品不是千方百计让读者相信他正在阅读的且要在现实生活中寻找一个对作品合理的解释，而是在一种意想不到的、传统的成规以外的生发，它含有别的逻辑，甚至与现实是一种断裂关系。而这恰恰就是《宇宙奇趣》所追求的。作为读者，要想理解此类小说，需要运用自己的幻想而不是经验去靠近作品。从这个角度上说，幻想小说属于极限写作，它在试图穷尽小说的可能性，甚至是以失去读者为赌注。然而卡尔维诺的《宇宙奇趣》并没有失去读者，恰恰相反，读者们动用自己的幻想去接近小说的世界。个人认为这就是卡尔维诺对"易见"特质的追求。小说并没有因为由一段有关宇宙的科学论述引发，便冷冰冰的，它充满了逻辑推理，卡尔维诺用自己独特的艺术风格创造出最让人印象深刻的形象。在谈到具体创作时，卡尔维诺说："我是这样开始的：我养成了一边读书，一边把我想到的形象画下来的习惯，比如说读一本关于宇宙起源学说的书，也就是说从一个距离我通常的想象过程很遥远的话题出发。但即使在那里也不时地会冒出一些形象，一些故事的灵感。"[1]比如第一个小故事《月亮的距离》前面的引言是这样的："据乔治·H.达尔文先生所说，从前月亮曾经离地球很近。是海潮一点一点把它推向远方的：月亮在地球上引起的海潮使地球渐渐失去了自身的能量。"[2]在这个没有任何温度的科学论述中，卡尔维诺是这样开始他的小说的：

我知道，老QFWFQ喊道。你们都无法记得，可我都记得清清楚楚。那时月亮就在我们头顶上，其大无比：望月时，夜光如昼，那是一种奶油色的光，巨大的月球似乎要把我们压倒碾碎。新月时，它在空中滚动着，恰似风持着的一把黑伞。那蛾眉月的尖垂得那么低，好像要穿透礁石让月亮抛锚停泊。那时候，什么都跟现在不同：由于离太阳的距离不同，运行轨道、倾斜角度都不同于今日。地球和月亮紧挨着，不难想象，这两个大家伙怎么也找不出不互为对方阴影的办法，结果

1　伊塔洛·卡尔维诺：《宇宙奇趣全集》，张密、杜颖、翟恒译，译林出版社，2011年，第347页。
2　伊塔洛·卡尔维诺：《宇宙奇趣》，张宓译，见《卡尔维诺文集》，译林出版社，2001年，第275页。

随时都会发生月食。[1]

这是一个没有任何温度、毫无形象的科学论说，在卡尔维诺的笔下生发出无数鲜明的形象，比如月圆的样子、新月的样子，我们仿佛看到了当时月球靠地球很近的形象。最绝妙的是地球上的人想要到月球上去，只需驾船来到海上，在船上支起一把梯子，就可以随随便便登到月亮上去了，下来只需翻一个跟头。这种带有强烈童话色彩的无比生动的幻想让我们看到的是一幕幕妙趣横生的画面。这些具有极强画面感的形象使得小说充满了幻想与感性色彩。因此卡尔维诺称："我创作的第一篇宇宙奇趣《月亮的距离》，是最'超现实主义'的一篇，因为在这篇故事当中，万有引力这一物理学法则让位于梦呓般的幻想。"[2]而QFWFQ这个贯穿整个故事的角色，吕同六先生说它是"文学史前所未有的奇异的现象"，它同样也形象鲜明。当然卡尔维诺并不是执着于这个角色的外貌或者属于人的别的什么特征，而是在一个完全幻想的空间赋予它有趣的特质。尽管它变幻无穷，我们无法从外貌上把握，但这个完全异于人类的存在却无法从读者的记忆中抹去。它的易见性不同于现实主义小说那种在日常生活中对外貌、性格、心理、行动上的描写，从而确立一个独具个性的人，它完全超乎人们的想象，它是小说角色的另一种可能性，它背离了通常可以称之为小说角色的东西。卡尔维诺赋予了它极为鲜明的形象，这个形象同样也不是具象层面的，而是超出传统范畴，试图让读者不

1　伊塔洛·卡尔维诺：《宇宙奇趣》，张宓译，见《卡尔维诺文集》，译林出版社，2001年，第275页。

2　伊塔洛·卡尔维诺：《美国讲稿》，萧天佑译，见《卡尔维诺全集》，译林出版社，2001年，第391页。

断去追逐与幻想的形象。正因为它不以具象直接呈现在我们面前，背离了作为一个角色的全部条件，才显得异常鲜明。它不属于现实，但却属于可能性的范畴。

在幻想这条路上，卡尔维诺一直都没有停止过。在《宇宙奇趣》之后的几部重要的作品都是从另一种逻辑出发，陡然而起，让读者体验着一种断裂、一种超然、一种别样的维度，直到他生前出版的最后一部小说《帕洛马尔》。人们都说《帕洛马尔》是一部思想小说，对之笔者不否认，只是在此强调它是一部幻想小说范畴之内的思想小说，或者更确切地说思想小说是卡尔维诺幻想小说的一个分支，轻盈的一翼，一种幻想小说的极致发展。《帕洛马尔》是卡尔维诺对小说边界的又一次探索。小说的边界到底在哪里？幻想可以引领小说走向何处？卡尔维诺试图在《帕洛马尔》中寻找。如果说在《我们的祖先》三部曲中我们还能清晰地看到故事的脉络、人物的形象，《宇宙奇趣》里还充斥着梦呓般的幻想画面，那么在《帕洛马尔》中这一切都没了，只剩下一双眼睛与一个意识，观察与思考万事万物。小说以万花筒般的碎片呈现，没有任何可以理出的故事线索，这是一个零故事的世界。小说真正地摆脱了故事的束缚，尽管这是长久以来小说家们的愿望。菲尔丁说，小说的自由排斥故事的因果律和权威性，他试图用离题与插叙随时随地打断故事，中止故事。斯特恩干脆就让离题成了小说的主线。然而我们不得不承认故事的因子依然顽强地存活在小说的体内。19世纪现实主义小说完全建立在故事的基础之上，除了故事，它还有着更多的追求。例如托尔斯泰并没有在女主角安娜自杀后结束整个故事，依然叙述了列文的事情。他将安娜置于广袤的真实世界之中，完成了小说对故事的升华，然而依旧无法去除故事。小说的边界到底在哪里，能否完全脱离这些人与事、这些故事，这也是纪德极力追求的。他梦想着创作一部只有思想的小说，没有任何人与情感的存在。他在《伪币制造者》中畅想，把它当成一个梦，说给书中的人物听。然而这部只有思想的小说最终没有实现，它只是作为一个概念停留在《伪币制造者》中。而真正将这一个概念实践的是卡尔维诺的《帕洛马尔》。《帕洛马尔》完成了小说家们长久的一个渴望，对故事背弃的渴望。小说完全独立于故事之外，这里连故事的因子也不存在，这是小说的一种极致的可能性，是一次小说幻想的爆发。帕洛马尔先生长久地注视着这个宇宙，这个色彩斑斓的宇宙。小说只是观察与思考的呈现。小说细致地描写一只壁虎、一个海浪、一只猩猩、一片星空……细致描绘帕洛马尔如何与自我搏斗，如何认知宇宙。这里不存在事件，没有故事，小说显得极为轻盈自由。它不受任何外因、形式、规范、尘俗所累，轻灵地呈现出所有卡尔维诺认为重要的东西。每一个句子，每一个章节都充满了密度之美。这还是小说吗？没有情节，没有故事，甚至缺乏必要的人物。然而小说为什么需要这些呢？是谁规定了这些是小说的必备因素呢？卡尔维诺借助幻想，希冀寻求小说的边界。尽管这里没有奇幻的梦境、离奇的维度，然而它却是小说领域里前所未有的探索。如果说19世纪的文学幻想样式主要是情感式的、浪漫式的，那么卡尔维诺认为"二十世纪，智力式的幻想（不是感情式）成为最高的幻想样式。它包含游戏、反讽、眨眼睛暗示，以及对现代人最为隐秘的欲望与梦的沉思"[1]。自《帕洛马尔》以后，小说可以是这样一种文学样

　　1　Italo Calvino. "Definitions of Territories: Fantasy". The Uses of Literature. Translated by Patrick Creagh.New York: Harourt Brace Jovanovich, 1986, p.72-73.

式：可以没有任何人物、没有任何情节、没有任何情感，仅仅是一个观察与思想掌控的领地，是智力的领地。这是卡尔维诺幻想小说的一个极致可能，也是小说真正的品格之一。

五、“精确”：秩序、赋形、自我与宇宙

（一）“精确”的提出

作为一位真正的小说家，卡尔维诺用“精确”达到了创作上的巅峰。“精确”里面包含了他对小说甚至宇宙的思索。本部分试图把“精确”所表达的内涵与外延一一析出，看看小说家是如何通过小说去思索这个世界，在卡尔维诺的“精确”的小说特质背后凝结着怎样的思索脉络、矛盾以及对应的他的独有的解决与超越方式。

之所以会提出小说“精确”的特质，是因为卡尔维诺感觉到人类正在被一场语言的瘟疫所袭击。尽管运用语言是人类最大的特质，但在语言瘟疫的侵袭下，人们不会精确地使用它，最终使得语言变得模糊、平淡、枯燥、没有任何鲜明的特点，处在混沌之中。这不仅仅是语言的瘟疫，它还导致了人们的生活方式，甚至是各个民族的历史也变得没有任何鲜明的特色、模糊不分，失去了形式感，乏味而没有意义。我们的生活中再也找不到鲜明的、让人无法忘记的形象，一切都处在一种陈腐、混乱、无序当中。而解决这一切的唯一办法在卡尔维诺看来便是文学。他认为文学里的“精确”应该包含三方面的内容：一是作品的搭建、编排应该是清楚的、明晰的；二是清晰、生动、明确的视觉形象；三是语言表达的精确性。其强调

用词一定要精准，能够最为鲜明而准确地描述事物，能够表达出各种最为细微的差别。他借用莱奥帕尔迪的诗来论证自己的观点，在深层探讨莱奥帕尔迪的诗歌后，发现虽然其提倡朦胧，但实则要求高度精确与细致地去构造每一个形象、每一个细节。卡尔维诺说："其实莱帕奥尔迪要解决的问题，是纯理论的问题，是超感觉的问题，是自巴门尼德起至笛卡尔与康德为止这段哲学史上争论的首要问题，亦即绝对时空的无限与我们凭自己的经验对时空的认识之间的关系问题。"在此，卡尔维诺已经从探讨语言精确的问题转换到了人类追求精确背后的哲学原因上来。然而，这并没有脱离文学，卡尔维诺举了两个例子来说明人类对"精确"与无限的追求：穆西尔笔下的乌尔里希与瓦莱里笔下的台斯特先生。他认为这两位作家都试图追求精确。而在文艺批评中，他认为从爱伦·坡到波德莱尔再到马拉美这条线索都是将诗看成对"精确"的追求。

为了更形象地说明"精确"，卡尔维诺找到晶体这个形象："晶体具有精确的晶面和折射光线的能力，是完美的模式，我一直认为它是一种象征。"[1]他毫不犹豫地以晶体为大旗，把美国的沃莱斯·史蒂文斯[2]，德国的戈特弗里德·贝恩[3]，葡萄牙的费尔南多·佩索亚[4]，西班牙的拉蒙·戈麦斯·德·拉·塞尔纳[5]，意大利的马西莫·邦腾佩

1 伊塔洛·卡尔维诺：《美国讲稿》，萧天佑译，见《卡尔维诺文集》，译林出版社，2001年，第378页。

2 沃莱斯·史蒂文斯，美国诗人，主要诗集有《簧风琴》《关于秩序的思想》《一个世界的几个部分》等。

3 戈特弗里德·贝恩，德国诗人和散文家，主要作品有《陈尸所》《蒸馏》《尾声》等。

4 费尔南多·佩索亚，葡萄牙现代派诗人，主要作品有《费·佩索亚诗集》《阿·德·坎坡斯诗集》《阿·卡埃罗诗集》等。

5 拉蒙·戈麦斯·德·拉·塞尔纳，西班牙作家。

利[1]，阿根廷的博尔赫斯等归到晶体派。同时，卡尔维诺也坚定地称自己就是一位晶体派作家。

然而在追求"精确"的路上，往往会陷入两种完全不同方式：一种希望通过抽象的方式从一般的、偶然的事物中寻找一种模式，并可以通过这种模式去分析、证明其他一般性、偶然性的事物。另一种，试图通过语言与词汇无限靠近事物最为细微的部分，用极为精准的语言去描述事物的每一个细节，走进最为具象的世界，走向可感知的无限微小的世界。将这两种方式发挥到极致的，一位是马拉美，另一位是弗朗西斯·蓬日（也译作弗朗西斯·蓬热）。"马拉美的语言经过高度抽象达到高度精确，证明外部世界的实质是虚无；蓬日认为，外部世界就是那些最一般、最无关紧要、最无对称性的事物的外形，语言就是为了说明这些无穷无尽的、既不规则又十分复杂的外形。"[2]卡尔维诺相信语言拥有这样的魔力，通过精确的语言对事物执着地追寻，最终我们一定能够无限接近现实世界。我们的态度不是自大的，而是十分严谨的。与此同时，我们还应该学会尊重万物。语言是对事物的看护，而不是粗暴地强加，当事物不用语言告诉我们的，我们应该学会保持沉默。

卡尔维诺标榜晶体派时，也同样注意到了火焰派。晶体与火焰是事物在形成时内部不可或缺的却截然相反的模式。晶体代表着宁静、稳定、逻辑，火焰代表着变化、激情。同时晶体代表了"自我编制系统"，火焰代表了"从噪音到有

　　1　马西莫·邦腾佩利，意大利小说家、剧作家和评论家，主要作品有《在镜子前面下棋》《最后一个夏娃》《一子二母》《现代人》等。
　　2　伊塔洛·卡尔维诺：《美国讲稿》，萧天佑译，见《卡尔维诺文集》，译林出版社，2001年，第382页。

序"。卡尔维诺说："晶体与火焰是两种百看不厌的完美形式，是时间的两种增长方式，是对四周其他物质的两种消耗方式，是两种道德象征，是两个绝对，是区分事件、思想、风格与感情的两个范畴。"[1]这就如卡尔维诺提倡"轻"时对"沉重"的看法，他在主张一种观点时并不排斥与之相反的观点。晶体派作家不应该忽视火焰派作家的书写方式，因为火焰也是一种生存形式，与此同时，他劝告火焰派作家也不要看不到晶体给人带来的宁静感。

可以说"精确"里包含了卡尔维诺最艰难的思索轨迹。他要求小说达到"精确"，是他经过一系列深层思考后的成熟观点。我们可以很明显地感受到，卡尔维诺提出"精确"这一小说特质是因为人类长久以来对无限的渴望，希冀以有限把握无限。同时"精确"里还隐藏着对秩序的推崇。秩序里包蕴了理性、意义，或者更明确地说，在人对宇宙的认知中，人代表了一种理性的力量，试图通过这种力量去为无垠的宇宙赋形。而卡尔维诺认为精确的文学就是试图为宇宙赋形的一种方式。卡尔维诺在搭建自己的小说王国时，有一条主线，就是自我对宇宙的认知之旅。在这场旅途中，卡尔维诺走得并不顺畅，他遭遇了最大的悖论。他渴望秩序，却发现秩序从来都不在那里，那是自我赋予的结果。他想认识宇宙，却发现自我成为他与宇宙间的真正障碍。他思索、求得、又背离，直到在创作生前的最后一部小说《帕洛马尔》时他依然在思索这个问题。在"精确"中我们可以看到这么几个逻辑相关的线索：一是"精确"对无限的追寻；二是"精确"对秩序的追寻；三是

1　伊塔洛·卡尔维诺：《美国讲稿》，萧天佑译，见《卡尔维诺文集》，译林出版社，2001年，第379页。

"精确"遭遇了理性的限度；四是"精确"对意义的坚守，并将自我推向极端；五是卡尔维诺通过《帕洛马尔》对"精确"深层矛盾的反思，即对自我问题以及自我在认识宇宙时主客对立问题的反思。

（二）"精确"对无限的追寻：无限小包蕴无限大

"精确"里存在一条暗线，那就是人类长久以来对无限的追寻，或者说试图理解广袤宇宙的渴望，这其实是卡尔维诺提出小说"精确"特质的深层原因。他在举例谈莱奥帕尔迪时，就已经将这种深层原因说了出来。莱奥帕尔迪认为，在未知与已知之中，未知更具有吸引力。然而人是有限的，头脑也不能想象无限，那么莱奥帕尔迪只能满足于一切"不确定"，似乎在这种状态中可以接近无限。[1]这种渴求从古希腊就已经开始了，人们渴望了解茫茫宇宙，可宇宙无限大，人们试图去了解它时感到无从捕捉，唯一具有强烈存在感的就是自己本身。于是哲人们开始借助于自身的思想，将其当作一个落脚点、观察点，通过个人的思想去理解宇宙。然而，还是存在悖论，即人的有限性。人的有限性决定了他们无论多么努力，都无法接近无限、理解无限。这种努力不仅表现在哲学上，也表现在文学上。例如穆西尔（也译作穆齐尔）试图通过对具体细微事物研究的叠加最终达成对无限的靠近。[2]这显然是个体想要认知无限的一种努力，可这种方法事实上是很难操

1　伊塔洛·卡尔维诺：《美国讲稿》，萧天佑译，见《卡尔维诺文集》，译林出版社，2001年，第379页。

2　穆齐尔：《没有个性的人》，张荣昌译，作家出版社，2002年，第412页。

作的，穆西尔笔下的《没有个性的人》最终因为过于庞大而无法完成。卡尔维诺说："乌尔里希很快就向他追求的精确必然招致的失败屈服了。"[1]将这种旨趣发挥到极致的是弗朗索瓦·蓬日，他试图重建事物与事物之间的关系，描写一种事物与另一种事物之间的差别，他将笔触无限缩小，无限细化精确，比如对待"一支蜡烛、一根香烟、一个橘子、一只牡蛎、一片熟肉、一块面包"。蓬日试图记录事物的多样化，走出自身，去体验每一件事物，最终却身处于无限小之中而无法自拔。这种情况卡尔维诺自己也碰到过。他说："有时候我想写历史，努力把精力集中在历史上，结果发现使我感兴趣的不是历史而是别的东西。确切地说，我感兴趣的不是某个具体的东西，而是我要写的东西之外的一切东西，是我选择的那个题目及全部可能的变体、异体之间的关系，是这个题目的时空可能包括的一切事件。这种顽念吞噬我、摧毁我，让我不能动笔。为了与这种顽念斗争，我尽力缩小我要讲述的范围，然后把这个范围分成有限的一些范围，再把这些有限的范围分成更小的范围。这时使我头昏的则是各种细节，细节的细节。我被无限小所包围。先是陷入无限广阔之中，现在又陷于无限微小之中。"[2]那么该如何解决这一棘手的问题呢？在面对无限时，人们真的束手无策？情况恰好在这里发生了反转。宇宙是由无数小的宇宙构成的，我们不能确认整个宇宙，但可以认识有限的世界。卡尔维诺借用了保罗·泽利尼在《无限简史》中的观点：让无限小包蕴无限大，无限大消融在无限小之中。问

1　伊塔洛·卡尔维诺：《美国讲稿》，萧天佑译，见《卡尔维诺文集》，译林出版社，2001年，第374页。

2　伊塔洛·卡尔维诺：《美国讲稿》，萧天佑译，见《卡尔维诺文集》，译林出版社，2001年，第376—377页。

题在这轻盈的一跃之中得到了完美解决。人可以认识无限大吗？或许可以，但要通过认识无限小去反观它的面目。就像珀尔修斯，能够制服美杜莎吗？可以，但方式是通过反射，而不是直视。那么问题接踵而至，无限小如何包蕴无限大，它是如何实现这种反转的？卡尔维诺在原子论里找到了答案。世界是由原子组成的，万物具有同一性与亲近性。正是这种同一性与亲近性使得微小之中包含无限成为可能。而这种认识同样包含在"一花一世界，一沙一天堂"的东方智慧中。学者凯瑟琳·休姆（Kathryn Hume）指出："卡尔维诺常常以最基本的形式去描述知识，并试图发现相似性，不管其属于动物学、词源学、宇宙学或者文学的范畴。我们在确认和认识一个新的知识时，把它放入已知的知识话语的相似性网络中。卡尔维诺希望借助于这种相似与同一性来获得知识。"[1]他认为卡尔维诺的观念里"小的宇宙呼应大的宇宙，它们具有相似性的层面"[2]。可能也正是出于这样的考虑，卡尔维诺才推崇"精确"特质，精确地描述微小，目光聚焦于"这一个"，用"这一个"来反观无限。对"精确"的追求隐含了人类最古老的渴望，这也是卡尔维诺作为当代小说家，用自己的智慧去试图实现这一渴望的方式。而这也是"精确"提出的深层原因。然而问题真正一劳永逸地解决了吗？如果说"这一个"能够包蕴无限，那么我们如何去区分无限下的"这一个"，哪里是它的界限？就像在《帕洛马尔》中帕洛马尔先生想通过研究"这一个海浪"来了解全部的海浪，可这一个海浪如何能够跟

1　Kathryn Hume. *Calvino's Fictions: Cogito and Cosmos*, Oxford : Clarendon Press, 1992, p.158.

2　Kathryn Hume. *Calvino's Fictions: Cogito and Cosmos*, Oxford : Clarendon Press, 1992, p.161.

其他的海浪清楚地区分呢？卡尔维诺说他在创作中会碰到两种矛盾，要么陷入无限小，要么陷入无限大。想去描写细节，可细节最终导致了卡尔维诺试图超越这些细节去把握整体，然而哪里是整体？回头再次走向细节时，细节的细节又涌来，哪里才是"这一个"细节、单独的细节。小说似乎因此也到了一个尴尬的境地，在这种矛盾中无法收场。

（三）"精确"对秩序的追寻：为自然赋形，对抗无序

之所以会出现上述的尴尬，是因为卡尔维诺想通过小说的精确描绘，通过有限个体去认识宇宙，而认识过程就是对宇宙赋形的过程。尽管遭遇尴尬，但卡尔维诺在认识之路上没有退缩，他从自然界寻找到作为"精确"的对应物——晶体。随即他抛出"晶体文学"这一概念，这不仅是形式上的考虑，更是内容上的考虑。晶体拥有完美的晶面、有序的结构、完美的模式。因为晶面的折光能力，以及能够自我生长，并按照几何图形周期重复性排列组合和无限延展，使得它能够充分包含精确的深层意蕴——无限小对无限大的包蕴，小世界对大世界的呼应。与此同时，它本身的完美模式，精确的晶面，几何立体的存在也暗含了卡尔维诺提出"精确"的另一个目的——对秩序的追寻，对无序的对抗。

在卡尔维诺看来，宇宙有两种形式，一种是由粒子构成的，另一种是不能分的流体。粒子（或者说原子）构成我们世界的实体，比如人、城市、动物、矿物，甚至是我们的感觉。而流体是混沌的，带有原始气质，是无序、黏稠和不透明的。让卡尔维诺最不能忍受的就是无序的世界。人作为一种

智力的存在，天然地就应该去对抗这种无序，在这种对抗当中，才能够寻找意义的存在。所以卡尔维诺偏爱水晶，偏爱几何图形、对称、排列组合以及比例。这些都是与混沌相反，与之对抗的模式。在卡尔维诺看来，世界存在四种混沌黏稠的形式：大海（这是个隐喻和象征，隐喻现代自我迷失在物质的海洋里，被大量的数字和繁复的人工制品所吞噬），漩涡（流体的变体，它让事物变得没有形状、迷失），无限增殖（逃出自我对其的掌控），迷宫（不断增加的分岔的小径使得无法用地图对其进行描绘）。这些混沌的形式，使得世界变得不透明、石化、缺乏意义。我们需要体系，需要为事物赋形，给它们建立秩序。就像卡尔维诺所说："在整个图案中宇宙变成了一团热云，不可挽回地陷入熵的旋涡之中。但是在这个不可逆转的过程内部，却存在一些有序的区域。在这些区域里趋向出现一种形式，似乎能够看出一种图案，一种透视图。文学创作即是这些区域之一，在其内部生命呈现出某种形式，具有某种不固定、不明确的意义。这个意义不像僵化的岩石，而是一个有生命的机体。"[1]可见，文学成了卡尔维诺对抗无序的方式。而只有精确的文学才能在混沌的世界中勾勒出意义的轮廓。在他看来，一部真正伟大的作品不是作者的情感表现，而是一种强大的对自然、混沌赋形的能力，予以秩序的能力。文学应该是一种秩序的存在。在这里必须要强调一点：卡尔维诺已经很清晰地表明对秩序的追寻是人对世界赋形的结果，秩序和意义不是在客观世界中寻找到的存在。卡尔维诺承认用文学来对抗无序的想法，也受到别的作家的影响。在众多影响卡尔

1　伊塔洛·卡尔维诺：《美国讲稿》，萧天佑译，见《卡尔维诺文集》，译林出版社，2001年，第377页。

维诺的人物当中，有几位不得不提——卡尔维诺自己也毫不避讳这种影响，并在自己的论述中多次谈到——雷蒙·格诺、瓦莱里、博尔赫斯。他们身上有让卡尔维诺感到愉悦并契合的东西，即自我与理性对混乱的管理。

雷蒙·格诺，法国诗人、小说家，卡尔维诺甚至更愿意说他是一位数学家。因为数学给他的文学带来了新鲜的东西。他痴迷于数学，将数学与传统文学紧密结合在一起，将数学的灵感注入小说、诗歌以及哲学中。格诺企图建立一种诗学上的秩序用以对抗世界的混乱。"在诗中，我们才能给予无特定形状的世界以意义、秩序和尺度。"[1] 所以他坚决认为文学是智性的建构，而不是灵感的乍现。"他拒绝'灵感'或是浪漫的抒情主义，也拒绝对机率及自动联想的崇拜（这是超现实主义的偶像），相反地，他欣赏一部被建构、完成、完整的作品。不仅如此，艺术家必须充分意识到他的作品所遵循的美学规则。"[2] 卡尔维诺说："古典作家遵循一些他所熟悉的规则来写作悲剧，诗人则是将掠过他脑海里的事物写下来，受制于他没有意识到的其他规则，相比之下，古典作家要自由得多。"[3] 他用规则、数学来对抗世界的无序。而瓦莱里也出于同样的考虑提倡智性在文学中的重要性，他说："如果一位永远只能是诗人，而没有一点点抽象和推理的能力，他就不会在身后留下任何诗的痕迹。"灵感是需要理性去捕捉的，"由于词语的双重性质，它们经常让我联想到数学家们满怀感情地操

1　伊塔洛·卡尔维诺：《格诺的哲学》，黄灿然、李桂蜜译，见《为什么读经典》，译林出版社，2006年，第289页。

2　伊塔洛·卡尔维诺：《格诺的哲学》，黄灿然、李桂蜜译，见《为什么读经典》，译林出版社，2006年，第294页。

3　伊塔洛·卡尔维诺：《格诺的哲学》，黄灿然、李桂蜜译，见《为什么读经典》，译林出版社，2006年，第293页。

作的那些复杂的量"[1]。可见瓦莱里也在强调文学中的理性、智性和秩序感，它绝对不是梦境般的混乱，它是经过诗人运用理性操纵的结果，同时也是一个艰辛地付出辛勤劳动的结果。卡尔维诺说他在瓦莱里身上看到了理智的建构，在博尔赫斯那里学到了对混乱的管理。事实上，博尔赫斯对卡尔维诺的影响是深刻的，卡尔维诺将他称为晶体作家，并极为推崇他在小说中运用的各种手法以及理念。博尔赫斯的作品完全符合卡尔维诺提出的晶体文学，其结构完整，文字简略精确，隐含着宇宙的模式。他在严谨的叙述风格里面贯穿了游戏的态度，既轻盈又充满了理性的思辨。博尔赫斯在意大利大受欢迎始于1955年，《虚构集》是他的第一本意大利译本小说集。我们不排除卡尔维诺在1955年以前就已经接触到了博尔赫斯，他在卡尔维诺小说观改变之路上起了重要的作用，博尔赫斯的小说让卡尔维诺看到智性在管理混乱时的力量。这也坚定了卡尔维诺对事物模式体系的建构，"我们需要体系，是因为它是我们意识中最为本质与核心的东西，人们有一种冲动，即把事物从混乱中清理出来"[2]。尽管我们承认20世纪的文学主流更偏向于对潜意识的探讨，对理性的质疑，对非理性的提倡，对生命冲动绵延的理解，但还隐隐有一条与主流背道而驰的暗流，卡尔维诺说这条暗流早已隐伏于13世纪的意大利。事实上，这条暗流不仅仅出现在意大利，在整个欧洲似乎都能找到类似的东西。那就是文学对智性的推崇，对秩序的渴望，对混乱自然的赋形。

1　保罗·瓦莱里：《文艺杂谈》，段映虹译，百花文艺出版社，2002年，第302页。

2　Kathryn Hume. *Calvino's Fictions: Cogito and Cosmos*, Oxford: Clarendon Press, 1992, p.163.

卡尔维诺提倡"精确"是因为现代语言与形象的不实在性，语言变得没有特色、枯燥乏味、粗俗简化、琐碎不堪、僵化。它再也不能如乔治·斯坦纳所说的："都铎王朝、伊丽莎白时代或雅各宾派时期，对英语的操纵会使人有一种发现的意味、一种愉快的收获感；这种感觉还从来没有再次体验过。马洛、培根、莎士比亚所运用的语词就好像是新的一样，似乎没有前人沾手遮蔽过它们的微光或喑哑了它们的回声。……语言巨大的财富就在他们面前，突然敞开。"恰恰相反，"我们手上的语言工具由于长期使用，已经破败。为了迎合大众文化和大众传播的要求，今日的语言承担起越来越俗气的任务"[1]。卡尔维诺认为语言的这种模糊不清、没头没尾的瘟疫其实也是外部世界的瘟疫。正如诗人庞德所说："文学是保持语词活力和精确的唯一方式。"外部世界的无形式、无序让卡尔维诺感到不安，而唯一能够与之对抗的便是文学。用精确的文学语言对抗生活中的语言的破败，用智性的文学对抗混乱的外部世界。

卡尔维诺以及众多作家推崇思维中理性的彰显，鼓励赋形，追求秩序，其最终目的是要寻找意义。然而问题接踵而至，赋形或者说架构现实，不论是作家还是科学家，到哪里才可以停止？如上节提到的，如何从整体世界中来确定"这一个"的边界？这种赋形的合法性何在？理性真的是寻找秩序及意义的保证吗？瓦莱里《波斯人信札》的前言中的话让我们不得不思索这些问题。他说："一个社会从野蛮上升到秩序。既然野蛮是事实的时代，秩序的时代必然是虚构的王国。"[2]所

1　乔治·斯坦纳：《语言与沉默：论语言、文学与非人道》，李小均译，上海人民出版社，2013年，第33—34页。

2　保罗·瓦莱里：《文艺杂谈》，段映虹译，百花文艺出版社，2002年，第61页。

谓秩序其实只是人类的一种想象。我们以为社会世界同大自然一样自然，"它其实是只靠魔力支撑的。实际上，难道这个建立在文字、被服从的话语、被信守的诺言、有效的图像、被遵循的习惯和常规等纯粹虚构之上的体系不正是一座魔力的大厦吗"[1]？这座魔力的大厦与自然语言看似跟物质世界一样稳定，但其实它是人类的作品。人类用自己的理性搭建了一个秩序世界。然而这个秩序世界建立的基础，没人细细探究，"秩序最终稳固了，也就是说现实伪装得差强人意，野兽也虚弱了，思想的自由遂成为可能"[2]。野兽可能指原始的混乱、宇宙最终的无序，秩序就建立在其上。所以秩序的不稳定性就可想而知。但由于某些魔力，秩序稳固了，才开始给思想自由创造了机会。然而悖论出现了，思想越自由，它越能摆脱秩序，玩味自己特有的智慧和纯粹的组合。"就这样，通过思想观念的迂回并在其运动的漩涡中，混乱和事实阶段将以损害秩序为代价而重现和再生。"[3]秩序—思想—混乱—秩序，仿佛一个首尾相连的圈。于是瓦莱里问道："一个社会本应该消除所有那些模糊或非理性的成分，以便回到可衡量和可证实的事物上来，但它能够生存下去吗？"[4]整个现代社会呈现出对精确程度要求不断提高的趋势，而某些不灵敏的东西无法精确，人们便视为毫无意义，认为它落后于一切。然而，我们不得不承认秩序令人不安，赋形也显得有些虚无。

1　保罗·瓦莱里：《文艺杂谈》，段映虹译，百花文艺出版社，2002年，第63页。

2　保罗·瓦莱里：《文艺杂谈》，段映虹译，百花文艺出版社，2002年，第63页。

3　保罗·瓦莱里：《文艺杂谈》，段映虹译，百花文艺出版社，2002年，第64页。

4　保罗·瓦莱里：《文艺杂谈》，段映虹译，百花文艺出版社，2002年，第65页。

（四）"精确"遭遇了理性的限度：理性的裂隙，虚无的侵吞

秩序与赋形之所以令人不安，是因为我们发现它建立的基础值得怀疑，而其基础就是理性。卡尔维诺勾勒的小说"精确"特质背后一个最为重要的根基便是理性，那么理性到底赋予了我们什么？它是怎样的一种存在？用以塞亚·柏林的话来说，理性主义的西方传统为我们提供了三个支柱：首先，所有真的问题都能得到解答；其次，所有的答案都是可知的；再次，所有答案必须是兼容的。[1] 解决的唯一方法便是运用理性。理性不仅普遍运用在科学中，也逐渐运用在社会、历史、文学中。启蒙运动将理性推向了无以复加的地位。人们相信世界存在一种完美的未来和模式，只要严格按照理性告诉我们的，按照某种科学和方法就可以找到真理。而真理是绝对的，不可动摇的，它是完美的范式，只要我们根据这些绝对真理，就可以一劳永逸地解决人间一切问题。然而裂隙还是产生了！正如上文所说，瓦莱里在孟德斯鸠的身上已经看到了这个裂隙。孟德斯鸠在《波斯人信札》中表达过这样一个意思：如果你是一个波斯人，那么你的成长环境会使得你想要的和感到幸福的，与一个地道的生长在巴黎的人所追求的绝不一样。这里提出了相对性，在一个只能拥有同一标准，甚至同一幸福追求的世界里，相对性便是不可理解的。孟德斯鸠打开了一个裂隙，让人从中窥见了一

1　以赛亚·伯林：《浪漫主义的根源》，吕梁译，译林出版社，2008年，第28—29页。

个掩盖在同一世界下面的丰富甚至混乱的世界面目。而休谟也在对笛卡尔的"我思故我在"的怀疑中，重新思索唯理主义。宇宙真的是一个严谨完善的体系吗？因果逻辑必然合理吗？事物之间一定是相互联系、不可或缺的吗？这一切看似理所当然的事情开始被人们打上了问号。按照以塞亚·柏林的看法，在这之后的浪漫主义开始将一些新的观念注入时代中：拒绝整齐划一，不相信完美的和谐，怀疑理性的合理性。"他们不再相信世上存在着普遍性的真理，普遍性的艺术正典；不再相信人类一切行为的终极目的是为了除弊匡邪；不再相信除弊匡邪的标准可以喻教天下，可以经得起论证；不再相信智识之人可以运用他们的理性发现放之四海而皆准的真理。"[1] 同时不可一世的科学，持续不断进步的科学，也在自己的领域发现它自身的限度。科学验证了上面所说的假设。1945年诺贝尔物理学奖获得者冯·鲍利说，当我们看到人类试着用一种模式去看世界的时候，其实意味着放弃了另外一种模式。然而，两种模式是无法兼容的。测不准定理让我们窥见自然的无序与混沌。哥德尔在数学上的发现再次让我们看到理性的有限性。在最精确的学科里，同样存在无法完成、不可解决的问题，以及不能建立一个完整的体系的问题。从毕达哥拉斯开始就崇拜的完美的数，也在悖论重重中略显踌躇。海曼·威尔感慨："我们一直在努力大闹天宫，而我们却只是成功地堆积了一座永远不能竣工的通天塔。"[2] 科学让我们看到理性的裂隙越来越大。而1959年，

1　以赛亚·伯林：《浪漫主义的根源》，吕梁译，译林出版社，2008年，第20页。

2　威廉·巴雷特：《非理性的人——存在主义哲学研究》，段德智译，上海译文出版社，2012年，第51页。

科学哲学家库恩在《必要的张力：科学研究的传统和变革》中提出的"范式"（paradigms），以及在之后的《科学革命的结构》中所提的"常规科学"，认为这是一种一些重大科学所形成的内在机制，并以此作为之后思想的框架。他提出了完整的规定，并有一些典型的解答。然而，还存在范式转移（paradigm shift），主要指一些基本科学概念的变化，假设的不成立，导致在此基础上整个科学内在理念的转变与机制的改变。这样，我们看到科学不是连续进步的，不存在一个牢靠确定无疑的解。我们以为在逐步逼近真理，其实可能只是从某个角度窥视真理，不可能得到真理的全貌。我们认识世界的过程是断裂的，而不是递进的。科学在不断重建，而不是以稳定的速度达到认识真理的终极目标。我们以为自己在认识世界，而这个过程不过是人为自然赋形。每隔一个时段，赋形的方式会改变，范式会改变，我们通过新的方式会看到一个全新的世界。我们以为世界改变了，其实改变的只是我们的方式。无限的世界在我们面前只展露出了冰山一角。就像卡西尔所说："有多少种不同的生物体，实在也就具有多少种不同的组合与样式。可以说，每一个生物体都是一个单子式的存在物：它有着它自己的世界，因为它有它自己的经验。在某些生物种属的生命中看到的一些现象，并不就可以转移到任何其他的种属上去。"[1]人类是众多生物中的一种，他明显受到了自己所在种属的限制。然而传统理性最令人怀疑的地方就在于，它将理性或智性认定为唯一的通往世界与真理的方式，带有强制的预知色彩，世界万物处在被

1　恩斯特·卡西尔：《人论》，甘阳译，上海译文出版社，1985年，第32页。

理性预知、摆布和计算中。在这样的设计中，真正的世界被遗忘，理性教导人们活在理性为我们编织的通向真理的美好蓝图中。理性最终成了神话。

随着理性裂隙的出现，疑问产生了："我们是通过我们自己去确定我们的世界图景将是什么样子而做出解释或理解吗？我们因而是使我们关于自己的图景、我们的科学适合于我们的语言，并按照我们自己的想象'创造'出事实来表达、理解或解释它们的吗？难道理解就必须要把经验带进一种已经确定起来的关于理解的原始意义的模子里去吗？我们要用科学的语言把经验构思得适合于我们的先验概念吗？或者，难道我们不是面对着经验的客观秩序吗？"[1]我们不禁要问对自然的赋形该在哪里结束。卡尔维诺鼓励我们建立体系，寻找秩序，但如果我们关注一些细节，必然会丢失另外的细节和别的东西。宇宙和它的现象都是无限的，我们应该在什么时候停止预言？我们不能将自己的直觉投射到这个实在的世界中，因为我们没有这个权利。随着事情越来越混乱，所有的推论都会被无情地否定。那么由之而推出的意义，是否也因此而失去意义？意义失去意义，失去了合理性，虚无便会从四面袭来。我们被来自上下左右的虚无侵吞。在这样一个世界里寻找意义，似乎有点缘木求鱼的味道。在这样一个大背景下，卡尔维诺不会不清楚，他承认这是一个熵的世界，一切都可能会走向混乱与无序，那么意义如何产生？如何面对这样的世界？他是否还会坚持他的"精确"以及晶体文学所代表的秩序与意义？卡尔维诺在面对这一虚无的结果时并没有求助于宗教信

1　瓦托夫斯基：《科学思想的概念基础——科学哲学导论》，范岱年、吴忠、林夏水译，求实出版社，1982年，第389页。

仰。他一生都在执着于对意义、秩序的追逐，这注定是一场孤独的旅行。

（五）"精确"对意义的坚持：走向本体论的自我

在西方理性的链条里，一切都是可理解、可驾驭、可解释的。然而当我们来到理性的边界，看到的是虚无与荒谬，是混乱与无法理解。这也是卡尔维诺面对的世界，他可能比我们感受得更深。卡尔维诺不平凡的经历可能也加深了他对这个世界的认识。他感受到了现实的沉重、混乱和不可理解。而这种混乱是他极度厌恶的，他想通过"精确"以及"晶体模式"的搭建在这种混乱中找寻秩序、追寻意义。他要的不是对现实的反映，而是对现实的超越，这本身就带有一丝光辉的理想主义色彩。

卡尔维诺的作品中带有主体的焦虑，这种焦虑正是理性自我面对无意义世界的一种感受。他把作品的人物明显置于这样一种场景：自我-客体（宇宙）。这与西方的传统是一致的。不论是被大炮炸成两半的梅达尔多，还是一生都在树上生活的柯西莫男爵以及证明自己存在的阿季卢尔福骑士。他们作为世界中的"这一个"自我，以独特的方式处理着与世界的关系。他们用自己强硬的个性与世界冲撞，寻找不同的生存维度。这三部作品的主角都是被社会异化后，渴望寻找到真正、完整的自我，追寻生存的意义。这些作品并非如现实主义作品是具体的、生活层面的，它们更像童话，抽象地体现世界。卡尔维诺试图借用这些带有童话色彩、稍具抽象感的人物去归类世界，然而他越来越感到世界的复杂，以及细节的纷繁。我们在无穷的事物的细节中、细节的细节中失去方向。如果过于靠近生活层面，就会被细节淹没。他开始试图创造一些全新的人物，甚至不能称他们为人物，更确切地说，小说的主体是一种思维，一个意识，或不具有肉身的自我。这是一条抽象和净化之路。他借助于科学给他的灵感，远离人类，远离生活，作品带有明显的反抒情色彩。《宇宙奇趣》中的主人公QFWFQ，实在很难称其是一个人物，但他却不停地在思索。主导《宇宙奇趣》的有两种精神——科学精神与游戏精神。卡尔维诺借助QFWFQ摆脱了他前期塑造人物的骨肉，让自我直接面对宇宙。在这个混乱的世界，卡尔维诺似乎希望以一些物质材料为基石去发现一些稳定的东西。卡尔维诺想通过意识，借助观察去理出物质世界，或宇宙的秩序以及意义，而不仅仅是人类内部社会。在卡尔维诺作品背后暗藏着两种冲动：一是寻找自我，抗击一切对自我吞噬的可能；二是追寻意义。这样就形成了一个明显的二元对立的格局：自我—宇宙。自我观察宇宙，寻找意义。意义不是宇宙的自我呈现，而是自我努力寻找的结果。宇宙无法脱离自我，秩序是自我赋予宇宙的。正如休姆说卡尔维诺是一个笛卡尔主义者，卡尔维诺的确有这个倾向，或者说这个倾向是笛卡尔以来的哲学共有的主流倾向。哲学的现代时期通常被认为自笛卡尔开始。笛卡尔思想的最大特点是自我与宇宙的二元对立，思是认知的基石，是一切的基础。威廉-巴雷特认为现代哲学是彻底的主观主义，主体在一种隐藏的对抗中遭遇客体。自然界似乎是一个要被征服的领域，而人就是征服者。关于这一点，未来科学时代的预言家弗朗西斯·培根说过，在科学研究中，人必须严刑拷打自然，以便从中找到问题的答案。这个比喻象征一种压制，一种剧烈的对抗。而尼采主张强力意志是存在的本质，强力不是一种休息状态或万物所倾向的静态平衡。相反，强力本质是一种彻头彻尾的动力，强力是当人在失去最高价值而取而代之的唯一价值。巴雷特认为尼采是这个思想发展至顶峰的代表人物。人与外界的关系是强力的，是征服、制服的关系。在这一西方哲学传统的背景下，卡尔维诺的作品确实也呈现出像休姆所说的自我与宇宙的二元对立关系。就如同《宇宙奇趣》中的《螺旋体》的结尾处这样写道："所有这些眼都是我的，是我使它们成为可能；我凭着自己的积极主动，给他们提供了基本的物质形象。有了眼就有了一切，所以凡有眼的一切东西，都是我的工作成果变成的，它们各有其形态和职能，而其中都有我一份贡献。它们都与我有着关系，与我当初在那里的努力有着关联。总而言之，我预见了一切。"[1]这个时候的"我"犹如上帝，说要有光，于是就有了光。在追寻意义之路上，此时的卡尔维诺将自我推向了极致。在1962年那篇著名的有关挑战迷宫的论文中，他说："一方面，当今需要一种面对复杂现实的态度，来抵抗一种简单化的观点。我们今天需要的是一张尽可能详细的迷宫的地图。另一方面，面对迷宫的迷惑，在迷宫中失去自我，代表了没有出口的人的真实境遇。"[2]他的态度是乐观与自信的。甚至在接受采访时，卡尔维诺一度豪迈地称自己的作品中不存在偶然。自我在卡尔维诺这里开始走向了本体论，成为世界的基石，一切问题都需要在自我范畴内解决，并且可以解决。"精确"中隐含的卡尔维诺的深层矛盾也到了最激烈的阶段，自我与客体的分裂，卡尔维诺试图以走向自我将其弥合，然而事实上二者的裂隙不但没能

1　伊塔洛·卡尔维诺：《宇宙奇趣》，张密译，见《卡尔维诺文集》，译林出版社，2001年，第382—383页。

2　Kathryn Hume: *Calvino's Fiction: Cogito and Cosmos*, Press: Oxford: Clarendon Press, 1992, p.76.

弥合，相反越来越大。而"精确"中的这一深层矛盾，卡尔维诺在《帕洛马尔》中进行了反思。

（六）卡尔维诺在《帕洛马尔》中对"精确"深层矛盾的反思

"精确"里隐含了卡尔维诺对秩序的追寻，而这种对秩序的追寻是为了获得意义。追寻秩序与意义是要通过理性作为途径，然而在打算倚重于理性时，却发现了理性的限度。那么该如何继续？卡尔维诺坚持走在一条孤独的自我追寻的道路上，并最终在《宇宙奇趣》中将自我推向了极致，甚至客体（宇宙）是完全依存于自我的，然而问题并没有解决。他也逐渐意识到这其中的问题。自我并非一个坚实的基础，那么建立在它之上的认识就是有问题的。同时认识到问题是无法回避的，只要意识还存在，面对茫茫宇宙，就一定会遭遇这个问题。自我与客体该如何相处？认知之路该如何进行？卡尔维诺在进一步的思索中，明显认识到自己在这个问题上走上了一条行不通的道路。他将自我与宇宙的关系简单归结为认知性。他显然已经意识到了自我的不确定性，以及自我对宇宙赋形将会面临的尴尬局面。那么该如何解决？他最终在《帕洛马尔》中，以小说家独有的智慧试图对这样一种状态进行反思与超越。

《帕洛马尔》是卡尔维诺生前出版的最后一部小说，论有趣，它比不上《我们的祖先》三部曲，可论寓意，论反思，论探索，它绝对是卡尔维诺最好的作品。首先这部小说的布局很奇特，分为三大部分：一是帕洛马尔休假，二是帕洛马尔在城里，三是帕洛马尔沉思。三部分下面又分三小节，而每一小节下面再分三小节，一共二十七节。整部作品在结构上布局严整，像一块水晶，每小节仿佛一个规整的晶面，在形式上试图靠近小说的"精确"特质。同时在目录中，每节都有一、二、三的标注，这些标注被卡尔维诺赋予了不同的意义。每一个标注都代表了其对世界不同层面的探索，以及不同的切入方式。他从最具体微小的事物到最抽象宏大的事物，从观察到文字，到思索，到静默。从目录上也似乎能看出卡尔维诺作为一个作家的野心，他试图以晶体文学无限小的方式反观无限大，对"精确"的深层矛盾进行重新反思。

卡尔维诺说自己在构思这部小说时本来打算设置两个人物：帕洛马尔与莫霍尔。前者的名字来源于天文观测站的望远镜，后者来源于一个地壳钻探计划。最后，帕洛马尔走向宇宙，走向外部，而莫霍尔走向底部，走向深处。然而莫霍尔这个人物始终没能形成，因为卡尔维诺发现其实他们代表的两种倾向到最后都归为了一种，即试图对世界、宇宙的认知。这些特质都融合在了帕洛马尔先生的身上。帕洛马尔试图去认识这个世界，他看到了这个世界的秩序与无序。卡尔维诺试图让帕洛马尔的观察延展开来，希冀最终得到一种普遍的解、普遍的模式，然而卡尔维诺发现这个任务其实是无法完成的，帕洛马尔对世界宇宙的认知形成了一种模式，观察—预设—混乱—焦虑。于是卡尔维诺将《帕洛马尔》归结为"一个人为了一步一步地达到智慧而开始行走。他还没有达到"[1]。

1.现象学方法的"破产"

正如上文所谈，自我与宇宙一直是隐含在卡尔维诺小

1　伊塔洛·卡尔维诺：《帕洛马尔》，萧天佑译，见《卡尔维诺文集》，译林出版社，2001年，第6页。

说中的主题。卡尔维诺的认知方式或多或少如学者休姆所言有笛卡尔的痕迹。在《帕洛马尔》开篇这个问题便出现了。自我与外在怎么相处,如何才能达到对外部世界所谓正确或真正的认识,自我应该采取什么样的方式接近世界?卡尔维诺找来了一位叫帕洛马尔的先生,他是谁,来自何方,做什么的,我们全然不知,我们只知道他是一位上了年纪的思考者。那么世界将在这位先生面前如何展开,或者说帕洛马尔以何种方式切入这个世界?1983年,卡尔维诺在纽约的人文学院做过的一个报告中曾这样说:"在我们的世纪,有一种重要的国际文化思潮,在哲学上可以称之为'现象学',在文学上叫作'陌生化',使用这两种认识世界和描述世界的方法,我们就可以突破语言和概念的障碍,使得作品中的世界,就好像第一次出现在我们面前一样。"他很快就将这种方法运用到了正在创作的小说《帕洛马尔》中。在这部小说中,卡尔维诺试图用现象学或陌生化的眼光去看待一切,涤除所有的"前经验",排除所有的"前知识",试图还原事物最本真的面貌。小说建立在自我"看"的基础之上,对别的途径的知识抱不相信的态度。他将之称为"写生笔记"。显然,卡尔维诺试图借助现象学的方法来切入世界。他之所以选择现象学的方法先验还原,也跟他自身背景是分不开的。现象学之父胡塞尔是在1938年离开这个世界的,而他生活的时期,被普遍认为是西方"礼乐崩塌"的时期,当时维系社会的基础变得薄弱,科学失去了它的根基,一切变成了无根的浮萍,人们生活在没有信仰的荒原之中。胡塞尔的使命感也来源于此。他说:"我们时代的真正的唯一有意义的斗争,是在已经崩溃的人性和尚有根基并为保持这种根基,或为新的根基而奋斗的人性之间的斗争。"[1]他厌倦偶然性与相对性，而存在的意义与有效性都是意识的结果。这是不变的基础，他的全部哲学追求便是寻找这种基础。卡尔维诺对混乱的难以忍受以及对基础、本质的追寻跟胡塞尔在某种程度上十分契合，那么他借用现象学的方法也就可以理解了。胡塞尔声称自己的现象学是纯粹科学，是排除了各种各样的干扰与预设的，不是从生理或心理等角度研究意识，而是在先验的意义上来研究。他借用皮浪的观点"悬置判断"。他说："在认识批判一开始，整个世界、物理的和心理的自然，最后还有人自身的自我以及所有与上述这些对象有关的科学都必须被打上可疑的标记。它们的存在，它们的有效性被存而不论。"[2]所以现象学提出它著名的口号"回到事物本身"。但我们知道现象学所谓的事物本身也并非是事物的客观存在，而是回到在未经过任何前经验所干扰过的最初的直观中。在"一.一.一.海浪"中，卡尔维诺试图借用直观的方法去观察海浪。帕洛马尔先生伫立在海边观浪。整个海浪范围太大，他只想观察一个浪头，也希望借这个浪头来了解整个海浪。观察开始了，"帕洛马尔先生望着一个海浪在远方出现，渐渐壮大，不停地变换形状和颜色，翻滚着向前涌来，最后在岸边粉碎、消失、回流"[3]。可以看出文中对帕洛马尔观察的描述几乎是不带任何情感或者前经验的，帕洛马尔先生只是单纯地在"看"。这也是卡尔维诺一直鼓励的，用眼睛去观察世界。然而事情

1　胡塞尔：《欧洲科学的危机与超越论的现象学》，王炳文译，商务印书馆，2001年，第25页。

2　张汝伦：《现代西方哲学十五讲》，北京大学出版社，2003年，第262页。

3　伊塔洛·卡尔维诺：《帕洛马尔》，萧天佑译，见《卡尔维诺文集》，译林出版社，2001年，第233页。

并非想象中那样简单，正当帕洛马尔先生感觉自己的"看"的任务已经结束，抽身离去时，他发现："很难把一个浪头与后面的浪头分开，因为后浪仿佛推着它前进，有时却要赶上并超过它；同样，也难把一个浪头与前面的浪头分开，因为前浪似乎拖着它一同涌向岸边，最后却转过身来反扑向它，以阻止它前进。再从横的方向看一个浪头的幅度，它与海浪同宽，很难确定它一直延伸到哪里，又在哪里被截分成速度、形状、强度与方向等不均相同的单独的浪头。"[1]帕洛马尔打算通过对这一个浪头的观察获得一种认识，然而尴尬的是，自然界并不是条理分明的，不会给人类提供一个明晰的"这一个浪头"来供帕洛马尔观察，同时，作为人，也很难运用自己的力量来梳理大自然。这里并非如胡塞尔所认为的，不需要任何思维与创造，我们便能完整地描述出在自己主观意识中作为诸多现象之一的本质。卡尔维诺无法通过观察，或是凭直觉的方法发现事物的本质。我们很明显地感觉到卡尔维诺已经开始对之前的一些想法进行反思：第一，自然是混乱无序的；第二，人很难给自然赋形。同时，他也对胡塞尔的"回到事物本身"进行了反思。帕洛马尔先生观浪，实际上无法完全进入纯粹的直观，无法简单沉迷于观察之中，在观察背后，总有个意识或自我主导着观察。在实际操作中，人能够做到对事物的"直观"吗？排除所有的前经验、前视域，这只是一种哲学上的理想说法，更多的是一种概念上的设想。正如梅洛·庞蒂所说，知觉这种前科学、模糊的存在经验，是一种对人与事物预设的最初的状态，人

1　伊塔洛·卡尔维诺：《帕洛马尔》，萧天佑译，见《卡尔维诺文集》，译林出版社，2001年，第234页。

的知觉经验不仅是有限的，同时也是充满谬误的，很难借助这个概念参与到实际的观察中去。波普尔就曾对"借助观察回到事物本身"这种方法提出尖锐的意见："并不存在无偏见的观察。一切观察都是有目的的活动（去发现或检验某种至少已被含糊猜想到的规则性），这种活动受问题和期望背景的指导。不存在被动的经验，也不存在对印象观念的被动的印象联想。经验是机体进行主动探索、追寻规则性或不变性的结果。不存在什么知觉，除非是就兴趣和期望因而是就规则性或'规则'而论。"[1]如波普尔所言，卡尔维诺也认识到了这个问题，他在本节的结尾颇具幽默地写道："帕洛马尔先生失去了耐心，他沿着海滩离去，神经比来时更加紧张，思绪比来时更加混乱。"[2]对帕洛马尔的反讽暗示了现象学方法的"破产"，以及观察自然的不可操作性。而之后的"一.二.三.无法计量的草坪""一.三.三.观察星辰""二.一.三.椋鸟入侵"章节都是对这一反思的强调。与此同时，卡尔维诺发现胡塞尔将世上一切的事物都还原成了意识存在，绝对意识变成了绝对存在。他将先验自我预设成了创造世界的本原。这样本来要成为解决客观存在问题的哲学，似乎有点唯我论的痕迹了。把主体性作为尺度，本身就是不合理的。人的有限性注定了人是既定环境下的派生物，是派生就不是第一性的，那么以主体性作为尺度就很成问题。在追寻秩序的路上，卡尔维诺的自我遇到了混乱的大自然，他就此止步吗？这个世界的意义何在？

1　卡尔·波普尔：《波普尔自传：无尽的探索》，赵月瑟译，中央编译出版社，2009年，第56页。
2　伊塔洛·卡尔维诺：《帕洛马尔》，萧天佑译，见《卡尔维诺文集》，译林出版社，2001年，第236页。

2.语言这一工具的"破产"

在以观察为基准的认识之路宣告失败后，卡尔维诺在《帕洛马尔》里试图通过语言、符号来追寻意义的踪迹。在"三.一.二.蛇与人头骨"中讲了这么一个故事：帕洛马尔先生在墨西哥参观托尔特克人的古都图拉的遗址。陪同他的是一位墨西哥朋友，这位友人在每一块古代石刻面前都停留一下，讲述这块石刻的神话故事，指明它的寓言和道义上的反思。正当这时，来了一群学生，跟随他们的老师总是在给学生描述完一样石刻时加一句"不知道它有什么含义"。当他们来到一个叫作蛇壁的雕刻面前，老师说："这是蛇壁。每条蛇口里都含着一个人颅骨。不知道这些蛇与颅骨有什么含义。"那位墨西哥朋友沉不住气了，说道："怎么不知道它们有什么含义！它们表示生死相连，蛇表示生，颅骨表示死；生之所以为生，是因为它包含着死；死之所以为死，是因为没有死就无所谓生。"[1]帕洛马尔在钦佩墨西哥朋友博学的同时，也尊重那位老师的态度，他想："一块石头、一个人像、一个符号、一个词，如果我们孤立地看它们，那么它们就是一块石头、一个人像、一个符号或一个词。我们可以尽力按照他们本来的面貌说明它们，描述它们，除此之外就不应该有其他作为；如果在它们的本来面貌后面还隐藏着另一个面貌，那我们不一定要知道它。拒绝理解这些石头没有告诉我们的东西，也许是尊重石头的隐私的最好表示；企图猜出它们的隐私就是狂妄自大，是对那个真实的但现已失传的含义的背叛。"[2]

1 伊塔洛·卡尔维诺：《帕洛马尔》，萧天佑译，见《卡尔维诺文集》，译林出版社，2001年，第291页。
2 伊塔洛·卡尔维诺：《帕洛马尔》，萧天佑译，见《卡尔维诺文集》，译林出版社，2001年，第291页。

通过语言来追寻意义，也许正是对意义的背叛，因为"任何一种解释又需要另一种解释，环环相扣"，那么意义就在这一环套一环的无限解释中延宕。借助语言去寻找意义，我们反而可能会迷失在语言的重复中，找到的不过是意义的碎片。然而，卡尔维诺不愿如德里达一样，否定意义的存在，他将意义保存在沉默里，试图用沉默让意义持存。这也许是卡尔维诺的一种态度。从某种意义上讲，沉默或不可言说的地方才是语言真正开始的地方。不可言说是通向意义的唯一道路。我们的日常用语仅仅只有一种维度，那便是在逻辑精神下对物的世界的指称意义。而这种语言切断了人与世界的通道，世界的本真意义在这里被掩盖。语言堕落成了理性的工具，人成了语言的主人。在这样的语言的主导下，人们有了"观点"，却没有了"思"。它将我们与世界分开，掠去了我们的"思"，语言失去了通向不可言说的道路，这个道路被紧密联系在一起的能指与所指占满，而没有任何超验意义存在的空间。沉默是语言的另一种形式，或者说是语言的本真形式。它独立于世界与主观自我，隐遁在世界之中。其让语言不再是一种工具，让我们走向语言的源头，聆听最初的语言。这是抛弃了我们引以为傲的理性绝对中心的语言，它来自最初的世界而非人的想象。也只有在这样的条件下，我们才能开始言语。在"二.三.二.白猩猩"一节中，描述了一个名叫"白雪"的白猩猩。白雪将一个汽车轮胎紧紧抱在胸前。卡尔维诺这样写道："在漫长而黑暗的生物进化之夜中，人类文明的第一束曙光就是这样出现的。白猩猩要模仿人类这样做，手上只有一个汽车轮胎。这个人类生产的制成品，对白猩猩来说就是毫不相干的，它不具备任何象征性，也没有任何意义。"[1]

---

1 伊塔洛·卡尔维诺：《帕洛马尔》，萧天佑译，见《卡尔维诺文集》，译林出版社，2001年，第283页。

这里的轮胎是个抽象物，即使白猩猩对它加以认真思考，也不可能从中悟出许多东西。但是，"有什么能比这样一个环状的空心物更能盛装各式各样的意义呢？也许白猩猩在思想上如把自己等同于这个轮胎，便可能走到沉默不语的尽头，发现语言的源泉，并在它的各种想法与那些决定它的生活方式却未曾用语言表达然而是显而易见的各种事件之间建立起广泛的联系"[1]。在本节结尾处，帕洛马尔心里想："我们大家手中都旋转着一个旧的空心轮胎，并想借此找到语词本身并未表达的最终含义。"[2]然而，卡尔维诺也明白"人不可能不思考，因此也不可能不进行解释"，我们手中旋转的旧的空心轮胎，想寻找意义。然而我们的语言就如同这用旧的轮胎，已经不复是与世界、思合一的语言，它变成理性的象征物，关注于某种实在之物。世界的存在，在这种理性中被遗忘了，语言不复关注存在与意义。卡尔维诺无法阻止这样的语言继续繁衍。在这种情况下，世界被人粗暴地计算与摆置，而解释一旦开始，就沾染了自我的局限性，意义悄然遁形，便会陷入一个无法摆脱的循环中，于是卡尔维诺开始重新反思自己以往的方式。

3.物之伤害：对以自我为认识基石的反思

以上两种卡尔维诺在《帕洛马尔》中所探讨的对世界认知方式的破产拥有共同的原因，即最终都走向了自我，不自觉间以自我为基石。然而现在摆在卡尔维诺面前的问题是，

1　伊塔洛·卡尔维诺：《帕洛马尔》，萧天佑译，见《卡尔维诺文集》，译林出版社，2001年，第283页。

2　伊塔洛·卡尔维诺：《帕洛马尔》，萧天佑译，见《卡尔维诺文集》，译林出版社，2001年，第284页。

以自我为基石去观察万物是否合理？这也是"精确"中最深层的问题。

（1）自我同一与自我解构

我们首先得从"自我"这个概念入手。自我到底是个怎样的存在，它是肉身还是精神？或者是精神与肉体的综合？在传统的意义里，我们更倾向于认为自我是一种精神存在。但自我如何认同自己，作为一个人如何确定自身？奥古斯丁较早地探讨了有关"自我同一"的问题。他认为人能够自我理解，[1]这是一种内心活动，他称之为"自知"[2]。自我是"时""是""思"的统一体。自我首先是自我，它在时间中延展，既面向过去又面向未来，不然，自我同一就没法理解。笛卡尔在"我思故我在"中确立了自我的第一性，然而这个自我缺失时间，不完整，所以笛卡尔寻找了这样一种解决办法："虽然我看到在我的本性中的这种缺陷，即我不能不断地把我的精神连到一个同一的思想上，可我仍然由于一种专心一致的并且时常是反复的沉思，能够把它强烈地印在记忆中，使我每次在需要它的时候不能不想起它，并且由于这种办法能够得到不致犯错误的习惯。"[3]但是问题接踵而来，笛卡尔将自我记忆建立在理性世界之上，如果世界是混乱的，记忆便无法

1　奥古斯丁认为每个人都能意识到自我的存在，然而相比之下，自我是上帝赋予我们的，所以上帝比谁都清楚和明白我们的自我。这是奥古斯丁谈自我的前提。在这个前提下，人存在一种不停歇的自知活动。而自知是我是、我思与我正是三者的统一。人是有限性的，他的一切都是上帝赋予的。

2　在周伟驰的《记忆与光照——奥古斯丁神哲学研究》中第133页区分了"自知"与"自思"。自知是一种绵延的自我意识，而自思则更带有清晰的、将自我放置在客体位置的反思意味。

3　张文喜：《自我的建构与解构》，上海人民出版社，2002年，第28页。

起作用，那么自我的同一性和连贯性也将无法实现。然而理性主义者忽略了这点，认为自我具有同一性，它是坚实的、可以依靠的精神存在，并将之推到了本体的位置。这样自我与客体的对立越来越明显。

然而裂痕还是出现了，当人们高举人性，在对人的力量的充分肯定中，休谟开始重新思索这个看似坚不可摧的自我。笛卡尔的自我给形而上学奠定了基础，在休谟看来，人不可能感知到事物背后的实体，有关自我背后的这个实体也一样。休谟说自我是"处在永远流动和运动之中的知觉的集合体或一束知觉"[1]，自我是复杂的，甚至是断裂的，不可能存在同一性。如果自我没有了同一性，那么以自我为基础的对客观世界的认识也就没办法保证其正确性了。自我变成了流动的，而不是稳定不变的抽象的实体。康德对先验自我的改造并没有真正实现对它的批判，他没有放弃实体自我。尽管他尽力不把自我与实体画上等号，但最终还是陷入唯我论中。把主体性作为尺度本身就是不合理的。人的有限性注定了人是既定环境下的派生物，是派生就不是第一性的，那么以主体性作为尺度就存在问题。胡塞尔相信真理不是来自外部而是来自自我。他认为任何一种知识都必然是在逻辑上设定的意识结构，并再次强调哲学是哲学家的个人事务。胡塞尔试图将事物悬置起来，"一切在有机体上被给予的物之物都可能是非存在的，但没有任何有机体上被给予的体验能是非存在的"[2]。这样，胡塞尔将世上一切事物都还原成了意识存在。他将先验自我预设成为创造世界

1　张文喜：《自我的建构与解构》，上海人民出版社，2002年，第45页。

2　胡塞尔：《现象学的观念》，倪梁康译，上海译文出版社，1986年，第128页。

的本原。"一门宣称要解决客观存在问题而又要作为哲学表现出来的现象学，是否已经烙上了先验唯我论的痕迹？"[1]回答是肯定的。正如海德格尔所理解的，如果先验自我不能将时间这个概念纳入它的体系，避开它的有限性不谈，那么最终肯定是无意义的，自我的持存不过是一种幻觉。那么这最终就走向了一个悖论：先验哲学想为世界寻找一个坚实的基础，或者说自我想给自己找一个牢靠的基础，可最终发现自我本身没有基础，它也无法逃离开自身为自己寻找一个基础。

那么问题来了，既然自我不具有同一性，并且还有着解构的气息，那么建立在自我同一认知之上的一切都面临着问题。理性与自我本身就是一对无法分割的存在，理性帮助自我找到了同一性以及主体性，而自我的同一性与主体性使理性成为可能。在两者紧密结合后，开始对世界实行同一性的法则。自我借助理性把自然的外在存在变为内在意识，通过理性的逻辑认知，重新对世界进行摆布、计划，从而试图获得一种对世界的认识和自我的确定。然而在这样一个同一化过程，或者说认知过程中，会引发两个问题：第一，正如阿多诺所说："它越过了个性、差异和非同一性，以精神（作为概念）的名义，施行对全部关系的强权，构成对于经验主体和经验客体的双重压制，并且完成其对真实生命的褫夺。"[2]也就是说，这个过程带来的是一种双重伤害，不仅对客体，也对主体自身。而第二个问题，也是极为关键性的问题，正如海德格尔在《艺术作品的本源》中所说的那样："从根本上说，既不是命题结构给出

1　胡塞尔：《笛卡尔式的沉思》，张廷国译，中国城市出版社，2002年，第122页。

2　吴晓明：《阿多诺对"概念帝国主义"的抨击及其存在论视域》，载《中国社会科学》2004年第3期。

了勾画物质结构的标准，物质结构也不可能在命题结构中简单得到反映。"[1]人与物之间存在着深刻的矛盾和鸿沟。这样一个以自我为根据的理性同一化的过程本身就充满了谬误。

以往的哲学总是用主观强暴了物之物性因素。海德格尔企图从根本上探讨自我对客体认识的合法性。为了考证"物"，海德格尔拿出了一对古老的概念"形式"与"质料"，紧接着说"质料和形式绝不是纯然物的物性的原始规定性"，用它们来解释物，同样是对物之物性存在的扰乱。因为它还是来源于人对物的主观解释。在《世界图像的时代》中，海德格尔依然在思索这个问题。他从古希腊科学入手，"古希腊科学从来都不是精确的，而且这是因为，按其本质来看它不可能是精确的，也不需要精确"[2]。而现代科学的本质是研究，研究最终支配了存在，"在预先计算中，自然受到了摆置；在历史学的事后计算中，历史受到了摆置。自然与历史变成了说明性表象的对象"[3]。其实对现代科学的批判也是海德格尔对主观与客观的重新反思。希腊智者学派的哲学对人的主体进行了限制，而这之后的哲学中，人的主体性非但没有被限制，反而被无限扩大，投射到万事万物当中。人们生活在世界图像当中，而这个"图像"并非世界原有的样子，而是人为制造出来的。而人在"图像"的制造过程中，其实是"人为一种地位而斗争，力求在其中成为那种给予一切存在者尺度和准绳的存在

1　马丁·海德格尔：《林中路》，孙周兴译，上海译文出版社，2004年，第9页。

2　马丁·海德格尔：《林中路》，孙周兴译，上海译文出版社，2004年，第78页。

3　马丁·海德格尔：《林中路》，孙周兴译，上海译文出版社，2004年，第88页。

者"[1]。同样在《尼采的话"上帝死了"》中，这种思想的疑惑仍然是文章的暗线。他说："在西方思想的历史中，尽管人们自始就着眼于存在而思考了存在者，但存在之真理始终还是未曾被思，它作为可能的经验不仅向思想隐瞒起来了，而且，西方思想本身以形而上学的形态特别地、但却一无所知地掩盖了这一隐瞒事件。"[2]西方形而上学本身就是人对存在的猜想，而这猜想本身便是不可靠的。海德格尔称虚无主义是欧洲的基本历史运动，因为其本质都是"对以往价值的否定来自对新的价值设定的肯定"[3]。

可见海德格尔看到了自我与理性在互相认证后的膨胀，而这种膨胀不但是对物的伤害，最终也是对人本身的伤害，对存在的遗忘。这种同一性思维就是以人为尺度的思维。这是人在自然中经过斗争而得来的自我认同，或者称为自我持存。但这种自我持存最终走向了它的反面。如果说在海德格尔那里更侧重对倚重自我及理性而建立的哲学与科学的根基本身的谬误探讨，那么德里达以"自我影响"这个概念，拉通休谟的观点，将"自我"这个概念更彻底地进行解构。他对胡塞尔自我同一进行批判："一种纯粹的差异要分裂自我在场。人们认为可以从自我影响中驱逐出去的一切可能性正是扎根于这种纯粹的差异之中：空间、外在、世界、形体，等等。一旦人们承认自我影响是自我在场的条件，那任何纯粹先验的还原

1　马丁·海德格尔：《林中路》，孙周兴译，上海译文出版社，2004年，第78页。

2　马丁·海德格尔：《林中路》，孙周兴译，上海译文出版社，2004年，第96页。

3　马丁·海德格尔：《林中路》，孙周兴译，上海译文出版社，2004年，第226页。

都是不可能了。"[1]这也是休谟更进一步的对自我同一性的怀疑。自我影响或者说自我分裂不是自我的产物，而是产生自我的条件。也就是说差异不是派生物，而是比同一性具有优先性的。那么建立在自我之上的一切认知也就失去了其合法性。

（2）《帕洛马尔》对自我的反思

在这样的认知基础上，我们再把目光转回到《帕洛马尔》。在《帕洛马尔》"三.二.三.模式之模式"中，卡尔维诺借帕洛马尔对自己的认知模式所经历的阶段进行了总结。第一个阶段，先搭建一种模式，并尽量使其完美。然后，将这个模式放在具体的生活情境中，看是否能够通过它认知事物，并具有指导意义。最后，在实际的生活基础上，对这个模式进行完善，使之完全运用有效。[2]第二个阶段，改变模式，使模式贴近现实。与此同时，改造现实世界，使其符合模式。然而他发现，不管是模式还是现实都难以改变，甚至无法修改。[3]第三个阶段，将自己头脑中所有的模式一抹而尽，将自己的信念保存在没有具体形状的流体中，遇到事物具体赋形。这里，卡尔维诺反思的路径是相当明晰的，他改变了对模式的痴迷，反思模式不但不是认识世界的捷径，反而是一种阻碍，束缚着人们对世界的认识。世界的确不是按照人所设计的模式去发展变化的，如果迫使世界吻合模式，那必然是失败。模式有着自身的稳定性，也无法改变自己来与世界吻合，所以二者似乎是无法调和的。卡尔维诺几乎放弃了模式的想法，认为模式是一种

1 张文喜：《自我的建构与解构》，上海人民出版社，2002年，第218页。

2 伊塔洛·卡尔维诺：《帕洛马尔》，萧天佑译，见《卡尔维诺文集》，译林出版社，2001年，第296页。

3 伊塔洛·卡尔维诺：《帕洛马尔》，萧天佑译，见《卡尔维诺文集》，译林出版社，2001年，第296页。

极端的主观表现，它是一个人为的精神载体，以这样的载体去为宇宙赋形，其实是将自我凌驾在宇宙之上。于是卡尔维诺在"三.三.一.世界观察世界"中开始反思自己认识世界的基础——自我，这也是卡尔维诺贯穿始终的一个主题——自我的观察。为何在认识世界的道路上障碍重重，卡尔维诺认为，一开始，他把基础选错了。自我本身就有着解构的特质，它绝非一个具有同一性的实体和坚实的基础，那么以它为基础来解释世界，只会走向更深的泥沼。

与此同时，正如海德格尔在《艺术作品的本源》中所说："从根本上说，既不是命题结构给出了勾画物质结构的标准，物质结构也不可能在命题结构中简单得到反映。"[4]卡尔维诺意识到自我与物之间存在着深刻的矛盾和鸿沟。以自我为基础的对世界认知的这一过程本身就是主体性的扩张，将世界人为化了。这一思路也同罗伯-格里耶的新小说创作相暗合。罗伯-格里耶倾向于认为所有对物的深度描述其实都是一种人本主义的表现。这是一种人类中心主义，它试图渗透任何事物，赋予事物意义。这种主义不承认在"世界上存在着某种东西，它不是人，它不向人发出任何符号，它跟人没有任何的共同点"[5]。而在人本主义基础上的对世界"物"的一系列危险的隐喻其实都注入了人对自然移情的结果。这种试图给事物以深度的做法本身就是泛人类的尝试，在此生发出来的孤独、悲剧、荒诞等都不过是人对自然的粗暴搭建。当人搭建出物的深度时，人最终会被淹没在这种深度中，而

4　马丁·海德格尔：《林中路》，孙周兴译，上海译文出版社，2004年，第9页。
5　罗伯-格里耶：《为了新一种小说》，余中先译，湖南文艺出版社，2011年，第61页。

忽视物本身。造成这一局面，可能是因为物与人之间存在着"一种距离、一种分裂、一种两重性、一种裂隙"。那么该如何超越这种裂隙？卡尔维诺试图从外部观察事物："如一堵墙，一只贝壳，一片树叶或一把茶壶，仿佛总在请求他仔细地、长时间地加以注意，他也会下意识地开始对这些东西进行观察。……首先，不要放过来自各种事物的召唤；其次，要对自己的观察活动给予应有的重视。"[1]然而，卡尔维诺很快发现这种路径不对，他认为这只是一次人本主义的改头换面。因为物本身是不存在所谓召唤的，而蓬日的诗句中柳条筐"惊愕于自己处在一种别扭的姿态"，显然是一种伦理性和心灵性的描述，这绝非为物证明，而是再次建立以人为基础的价值观。所以罗伯-格里耶倡导在描写事物的时候应该意识到："它们就摆在那里，不是作为人，它们始终处在人力所不及的范围，到最后，它们既不包含在一种自然的联盟中，也不被一种痛苦所补救。"[2]罗伯-格里耶认为只有科学是人们想要从周围世界得到好处所能采用的唯一正直的方式。那么这种科学引领我们认知的事物范畴才是真正的事物范畴，而在这个范畴之外的丰富抽象的意义不过是人的一种自我投射。那么我们应该做的不过是"对类比词汇和传统人本主义的拒绝，同时，也是对悲剧概念的拒绝，以及任何其他将导致相信人或物（以及两者合一）的一种深刻的、高级的自然本性的概念的拒绝，因此，最后，是对任何先定秩

1　伊塔洛·卡尔维诺：《帕洛马尔》，萧天佑译，见《卡尔维诺文集》，译林出版社，2001年，第300页。

2　罗伯-格里耶：《为了新一种小说》，余中先译，湖南文艺出版社，第84页。

序的拒绝"[1]。事实上，罗伯-格里耶所认定的最为真诚的科学的最大特点是在扩展和固定化中保障了物的有限性与从属性。科学依然是人"炫耀"自己的方式。正如海德格尔认为现代科学的本质是研究，那么，按其说法，最终研究将支配存在，如果人的主体性无限扩大，投射到万事万物当中，人们将生活在人为制造出来的世界图像当中。这样看来，科学没有克服自我，反而是自我的一种强化。卡尔维诺看到了这个尴尬境，那么接下来的问题是：是否应该去除自我？或者说如何来解决这个困境？

4.主客关系的新路径：原子论基础之上的物我同一

罗伯-格里耶认识到人身陷人本主义后对物的伤害，所以他在寻求一种新的小说书写方式——拒绝一切主观自我对物的书写。然而这种拒绝只表明了一个态度，却没法让我们从根本上超越自我对物的干扰。卡尔维诺大胆地在《帕洛马尔》中做了一个有趣的关于排除自我的实验："那么，如果把自我排除在外，又怎么进行观察呢？观察时使用的眼睛是谁的呢？一般认为，自我仿佛站在窗口向外看的人，站在眼睛后面观察展开在眼前的广阔的世界。这么说，有个开向世界的窗户了。窗户那边是世界，这边是什么呢？这边也是世界。如果不是世界，你说是什么呢？帕洛马尔先生聚精会神地稍加思索，便把窗户外的世界移置到窗台后边了。这样一来，窗户外面还剩下什么了呢？窗户外面还是世界，世界这时分成两半：进行观察的世界和被观察的世界。他呢？'自我'呢？帕洛马尔先生呢？他

1 罗伯-格里耶：《为了新一种小说》，余中先译，湖南文艺出版社，第87页。

难道不是这一半观察那一半的世界的一部分？既然窗户外边是世界，窗户里边也是世界，那么'自我'就成了窗户，世界就是通过自我观察世界。世界为了观察它自身，需要借助帕洛马尔先生的眼睛（及其眼镜）。"[1]卡尔维诺以诗人般灵动的方式在为帕洛马尔去除碍事的自我，然而当去除自我后，帕洛马尔看到了什么？"什么呀，四周还是和平常一样死气沉沉的。"[2]帕洛马尔试图去除自我，这样会不会给世界一个喘息的机会，看到不一样的世界。然而没有自我存在的世界死气沉沉。卡尔维诺发现，自我主观性对事物的作用，的确给世界以重压，但完全去除自我也只能是一种文学的想象。自我不是游离在世界之外的第一性的存在，而是身处于世界之中的。正如海德格尔所谈的此在，一种在世的存在。世界不是外在于人的、一种对立的客观存在，而是身在此中。卡尔维诺的自我与宇宙出现了一种新型的关系。它从一种对立地、清楚地分为彼此的存在变成了承认宇宙是更为原始的存在，它存在于任何分析之前。人在世界之中是一个统一的结构整体，比主客体的区别和对立更原始。"世界不是我掌握其构成规律的客体，世界是自然环境，我的一切想象和我的一切鲜明知觉的场。真理不仅仅'寓于内在的人'，更确切地说，没有内在的人，人在世界上存在，人只有在世界中才能认识自己。当我根据常识的独断论或科学的独断论重返自我时，我找到的不是内在真理的源头，而是投身于世界的一个主体。"[3]所以自我从来就在世

1　伊塔洛·卡尔维诺：《帕洛马尔》，萧天佑译，见《卡尔维诺文集》，译林出版社，2001年，第300页。

2　伊塔洛·卡尔维诺：《帕洛马尔》，萧天佑译，见《卡尔维诺文集》，译林出版社，2001年，第301页。

3　莫里斯·梅洛-庞蒂：《知觉现象学》，姜志辉译，商务印书馆，2005年，第5—6页。

界之中，而不是以对立的姿态对之观察或考察。"世界不是我所思的东西，我向世界开放，我不容置疑地与世界建立联系，但我不拥有世界，世界是取之不尽的。"[1]所以这里不存在主体与客体的区分，人与世界的基本关系并非是认识。认识最可怕的后果是人为性带来的自我的不完善以及对世界的伤害。世界是首先作为所有的基础而存在的。卡尔维诺此时这样写道："无穷无尽的、哑口无言的事物之中，一种召唤、一种表示或一个眼色出现了，某种事物脱颖而出，要意味什么……意味什么呢？意味它自己。一件事物被其他事物盯着看而感到满意时，说明它意味着它自己而不是别的什么……这种情况并非经常发生，但迟早会发生，只需等待这样一个时刻：世界既要观察又要被别人观察的时刻，恰恰这时帕洛马尔先生从二者之间穿过。或者说，帕洛马尔先生根本无须等待，因为这种事情总是发生在人们最意料不到的时刻。"[2]如果说以前总是人在观察世界的话，那么卡尔维诺来了一个反转，人被世界观察，但人不是世界观察的全部，只是存在的一种而已。然而世界也不是像以前的自我那样，要做第一位的，要做本体，是与自我相互沟通与融合的，所以它也需要自我的观察。主体与世界是一体两面的，而不是对立的。自我此时不再是单独的心理或生理意义上的个体。就如同梅洛-庞蒂所认为的那样，没有主体与客体，只有身体-主体与它的环境，它们是一种互属的关系。一方面，身体-主体给予事物意义，从而构成它的环境；另一方面，环境又是身体-主体的基础。意义是由人与事物共

1　莫里斯·梅洛-庞蒂：《知觉现象学》，姜志辉译，商务印书馆，2005年，第13页。

2　卡尔维诺：《帕洛马尔》，萧天佑译，见《卡尔维诺文集》，译林出版社，2001年，第301页。

同来决定的。卡尔维诺说："恰恰这时帕洛马尔先生从二者穿过。""穿过"这个词代表了卡尔维诺对"自我"的谨慎态度。因为太容易陷入自我本体论的怪圈中，他刻意用极尽轻盈的词来刻画出帕洛马尔穿过世界的姿态。这种轻盈包含了不固执、不偏执。帕洛马尔在世界需要时，穿过并看到了世界的姿态，世界因他的穿过而点亮，他也因穿过世界而有了意义。然而仅仅是穿过，没有停留、思索。自我从世界穿过，没有给世界强加任何东西，事物也因这样一种穿过而感到满意，它只在诉说着它自己。这是一个完美的时刻，世界圆满而轻松，充满了意义。而这样的时刻不是刻意求得的，一旦强求，便有人为痕迹，便会打破这种圆满。这样的时刻只会在人们最意想不到之时突然降临。世界与人刹那间融合，闭口不言的事物开始自己说话。所以在卡尔维诺的世界里，没有大喜大悲，因为大喜或大悲都是人为的一种状态，这里只有灵动和被世界呼唤的使命感。他在接受采访中这样说道："追求和谐的欲望来自对内心挣扎的认知。不过偶然事件的和谐幻象是自欺欺人的，所以要到其他层面寻找。就这样我走向了宇宙。但是这个宇宙是不存在的，就科学角度而言，那只是无关个人意识，超越所有人类本位主义排他性，期望达到非拟人观点的一个境域。在这个过程中，我既无惊惧失措的快感，也未曾冥思。反倒兴起一股对宇宙万物的使命感。我们是以亚原子或前银河系为比例的星系中的一环：我深信不疑的是，承前启后是我们行动和思想的责任。我希望由那些片段组合，亦即我的作品，让人们感受到的是这个。"[1]

1　伊塔洛·卡尔维诺：《巴黎隐士》，倪安宇译，时报文化出版企业股份有限公司，1998年，第121页。

　　这也为我们理解卡尔维诺的作品提供了一条路径。他不想在人类的日常层面停留太久，因为这样永远都跳脱不开人的视野的束缚，他希望用一种空前的广博的宇宙视野去给自己的小说做基础。这样，人的因素会越来越少，他要让大自然发声。他要让每一个事物在自在的状态下呈现，他认为我与万事万物是一体的，不是对立的，因为我们都是由一种共同材料构成。这是一种主体和客体背后更为原始的存在。我在这里更愿意把这种原始存在理解成原子——卡尔维诺心目中的原子。因为万事万物都是由这种粒子构成，所以谁也不能绝对主宰谁，我们具有相近性与同一性。

　　可以说《帕洛马尔》是通脱的，"精确"中的一些深层矛盾在这里被化解。作为一个活在胡塞尔所说的危机时代的人，卡尔维诺一直在思索。时代并没有单独赋予哲学家思索的使命，小说家一样在这个时代开始用小说来思索；或者说思索和小说本来就是一体而不可分的，正如米兰·昆德拉所说的，小说就是一种存在之思。《帕洛马尔》的确存在一个内在的思索机理，也受到同时代哲学的影响，但这种影响只是对卡尔维诺灵感的激发。卡尔维诺的确困惑于自我与世界的无法调和，可最终的调和方式不是哲学式的，而是小说式的。这点在后面还会继续探讨。本章通过以上几个问题的探讨，我们可以看到"精确"里包含了卡尔维诺最为深层的矛盾与冲突。精确以及与之相对应的晶体模式，其实就是他的这些思想的浓缩。卡尔维诺是一个执着于思的小说家，小说是卡尔维诺的思之场所。那些困惑哲学家的问题也同样困惑着卡尔维诺，只是他的解答小心避开了哲学的既有轨迹，以独特轻盈的文字搭建而成。

六、"繁复"：关系网、认知与思

（一）"繁复"的提出

卡尔维诺在谈到"繁复"这个小说特质时，首先以卡尔洛·埃米里奥·加达[1]的小说《梅鲁拉纳街上一场可怕的混乱》为例带出他的观点："我要讲的是现代小说应该像百科辞典，应该是认识的工具，更应该成为客观世界中各种人物、各种事件的关系网。"[2]他希望小说能发挥新的功能，有着新的特点。小说应该成为认知世界的地图，如百科全书一般，是对世界各种事物、各种知识、复杂关系的网罗。在加达的小说中是这样探讨事件的："对，从表面上看主要原因只有一个。但是，事情的发生却是各种原因引起的，它们像吹向风车的风，像罗盘盘面上的十六个方位，像一股旋转的气旋，把各种脆弱和道路统统扭曲并归入犯罪的漩涡，就像杀鸡时拧鸡脖子那样。"[3]所以，一个事件是没法找到清晰的、单一的原因，

1　卡尔洛·埃米里奥·加达，意大利小说家。其作品《梅鲁拉纳街上一场可怕的混乱》主要是描写在法西斯统治时发生在罗马的一桩谋杀案及其调查过程。

2　伊塔洛·卡尔维诺：《美国讲稿》，萧天佑译，见《卡尔维诺文集》，译林出版社，2001年，第402页。

3　伊塔洛·卡尔维诺：《美国讲稿》，萧天佑译，见《卡尔维诺文集》，译林出版社，2001年，第401页。

我们生活的世界也没有一个清晰的、独立的事件，因为一切都在一个巨大的关系网中。加达把世界看成各种系统的组合，没有一个事物是独立开来的，一切都处在不是这样就是那样的系统中，而这些系统也都彼此联系、相互影响。

然而正是因为加达的素材如此庞大，所有的事情都相互交织，一件事情牵扯出另一件事情，现有的牵扯出过去的，或者未来的，最终成为一张庞大的、无边无际的网，致使他的小说无法装下它们，无法完成。同样的事情也发生在穆齐尔、普鲁斯特的身上。卡尔维诺说："（穆齐尔）把所知道的或想知道的都写进一本百科辞典型的书中，而且极力赋予这本书（《没有个性的人》）以小说的形式。但这本书的结构却在不停地变化，或者说他又亲手拆毁它，眼睁睁地看着它变化，使他不仅无法写完这本书，甚至无法确定这本书的轮廓究竟应该如何才能容纳规模如此庞大的素材。"[1]文学家们的宏愿：刻画出现在的与未来的各式各样的关系。于是卡尔维诺总结了四种内容多样的小说，即繁复小说：第一种，小说的内容相对来说比较单一，类似于辞典中对词条的解释与说明，并且可以从不同角度做出相应的解释。他以阿尔弗雷德·雅里[2]的《绝对的爱》为例。第二种，小说的内容比较丰富多样。在这样的小说里没有单一的主体意识，或占有绝对优势的声音与思想，而是众声喧哗，存在多个主体，多

1　伊塔洛·卡尔维诺：《美国讲稿》，萧天佑译，见《卡尔维诺文集》，译林出版社，2001年，第405—406页。

2　伊塔洛·卡尔维诺认为阿尔弗雷德·雅里，（法国剧作家，小说家）的小说《绝对的爱》就是单一的小说。他说：这是一本五十页长的小说，包括三个互相不联系的故事：一，一个被判处死刑的囚徒，被处决的前一夜里在牢房里等待死亡；二，一个失眠者的独白，在昏迷状态下他梦见自己被判处死刑；三，基督的故事。

种声音。例如米哈伊尔·巴赫金（也译作米哈伊尔·巴赫汀）所谓的"对话""狂欢节"的模式的小说。第三种，小说本身有一种极其强烈的渴望，即能够在小说中包罗万象，包蕴一切，然而却迷失在这种包罗万象之中，致使自己的作品无限大，或无限小，以至于无法完成。小说失去了严谨的形式。如上文提到的加达与穆西尔的小说。第四种，非系统性的思维，不是编织一种严密的惯例似的逻辑之网，而是运用如格言般的思想火花的撞击与连接来展开自己的叙述。卡尔维诺推崇最后一种写作方式，其既有无限生发的可能性，又有无比清晰的完整结构。同时，他也为我们传递了一种文学标准：文学是这样一个所在，它不仅仅关注传统文学的范畴，不仅仅是充满感性的，还可以是充满智性的、认知的，同时它关注科学、哲学等更为广阔的范畴。于是就有了"超级小说"，比如卡尔维诺创作的《寒冬夜行人》《命运交叉的城堡》，它们试图通过有限的文本呈现无限的可能性。卡尔维诺认为超级小说的范例是乔治·佩雷克[1]的《生活的使用说明》。卡尔维诺认为它"结构庞大而完整，文学效益很高；它综合了小说的传统，综合了反映客观世界面貌的百科知识；它有强烈的时代感，即今天这个时代是建立在过去与令人头晕的虚空之上的；它处处把幽默与忧虑融为一体。总之，它把实现预先构思的努力和诗般的不可思议性融为一体"[2]。繁复式的小说是一种内容庞大，结构却无比清晰的小说，按照既定规则"受强制地"创作小说。然而强制却未影

---

1 乔治·佩雷克，法国超现实主义作家，主要作品有《生活使用说明》《黑店》等。

2 伊塔洛·卡尔维诺：《美国讲稿》，萧天佑译，见《卡尔维诺文集》，译林出版社，2001年，第415页。

响它的自由表述，甚至越强制越有规则，其表述越自由。

（二）小说与"繁复"

1.对小说"繁复"特质的梳理

小说的"繁复"特质并非卡尔维诺独创，一个有野心的作家往往都怀揣着这样一个宏愿：用自己的笔去试图达到如世界般的复杂与深邃。用小说包罗万象，实现一种宇宙景观。这个带有乌托邦性质的宏愿鼓舞着小说家们。巴赫金认为拉伯雷的《巨人传》已经涉及了小说包罗万象的繁复特质。巴赫金认为主导其提出"狂欢节"的一个很重要的因子就是包罗万象，它体现在《巨人传》的各个方面。这里的包罗万象的特质可以笼统地理解成百科全书、杂糅以及繁复。可见，在小说的早期阶段，此特质已经深深扎根，这其中当然也包括塞万提斯的《堂吉诃德》。就像富恩斯特所说："他具有非凡的、独一无二的、创造性的想象力，把一部小说插入另一部小说，创造了一种意识到它本身、意识到它的想象力、意识到它的形式的小说……一部小说，把所有的体裁融为一体，打破了当时的各种体裁之间的一切界限。在这种小说中，想象力达到了最高的程度。"[1]

从古希腊开始，关于文艺的一个最为深入人心的观念便是文学是自然的镜子，文学具有模仿性。这一观念其实从未走远，在19世纪早期的浪漫主义思潮，以及20世纪形形色色的现代文学流派的发展轨迹中都可以辨识出。小说家们也一

1　吕同六主编：《20世纪世界小说理论经典》，华夏出版社，1995年，第607页。

直在做着这样的努力。《巨人传》中包罗万象的痕迹，《堂吉诃德》中漫长的插叙，《宿命论者雅克》中冗长的不切任何主题的对话，都可以理解成以不同的方式对这一观念的努力。想达到对自然的模仿，必然有一个前提，即繁复性或者说包罗万象。小说的发展与其说是写作手法的嬗变，不如说是对这一观念不同时代的不同呈现方式与思维方式。从这个角度看，小说史是完整的。即便是被学者认为极为叛逆的法国新小说的倡导者罗伯－格里耶亦这样认为。他曾在《从现实主义到现实》一文中这样说："所有的作家都认为自己是现实主义的，从来没有任何一个作家自称是抽象的、幻术的、幻象的、异想天开的、凭空作假的……现实主义不是一种理论……他们感兴趣的是现实的世界；他们每个人都孜孜不倦地努力地创造着'现实'。"[1]每个人对现实的理解都不一样，即便是所谓最前卫的小说家都可能存在着浓厚的古典情结。他们尊奉现实，以自己的理解去描摹现实。这个广袤的世界让小说家们心中都暗藏宏愿——要书写一部如世界般宏大的小说，一部真正的繁复的书。

从文艺复兴到18世纪，小说受笛卡尔和洛克影响极深，一种带有对个体性和现实性的关注注入小说，这种关注也再次强化了小说的繁复性。例如这个时期的代表作，笛福的《鲁滨逊漂流记》《摩尔·弗兰德斯》和菲尔丁的《汤姆·琼斯》都是从个体化的角度讲述种种在现实世界中的遭遇。故事的迅速推进，各色人物的纷繁登场，场景的变换，都带有极强的繁复性。事实上以上三部小说都可以称为广义上的流浪汉

1　罗伯－格里耶：《为了一种新小说》，余中先译，湖南文艺出版社，2011年，第184页。

小说[1]，而流浪汉小说本身就是一种最好的杂糅样式，其包括事件的杂糅，人物的杂糅，它试图用一个人物牵出世界的样貌。尽管它在深度方面常常为人们所诟病，但是流浪汉小说的这些特点其实是符合卡尔维诺认为的小说"繁复"特质的。18世纪末期德国浪漫主义倡导者施勒格尔曾给"浪漫诗"下了一个这样的定义："浪漫的诗是渐进的总汇诗。它的使命不仅是要把诗的所有被割裂开的体裁重新统一起来，使诗同哲学和修辞学产生接触。它想要、并且也应当把诗和散文、天赋和批评、艺术诗和自然诗时而混在一起、时而融合起来，使诗变得生气盎然、热爱交际，赋予生活和社会以诗意，把机智变成诗，用一切种类的纯正的教育材料来充实和满足艺术的形式，通过幽默的震荡来赋予艺术的形式以活力。"[2]而这里施勒格尔所热切企盼与倡导的总汇诗，也许唯有小说才能胜任。小说开始显示出别的体裁无法比拟的杂糅性、繁复性，不仅是各种形式的杂糅与繁复，也是内容上的真正"繁复"。

19世纪批判现实主义小说中，穷尽世界的尝试也贯穿始终。巴尔扎克声称要成为法国历史的书记官，要用他的笔呈现现实的全貌。福楼拜最后十年创作的《布瓦尔和佩库歇》不是一个偶然的存在，这部带有明显的百科全书气质的作品成了一部无法真正意义上完结的小说。它似乎预示着另一种小说的路径——小说无法完成，残留在世间。切斯特顿曾说，小说完全

1　根据美国学者克劳第奥·纪昂的界定，流浪汉小说是流浪汉观察到各种情形的生活；流浪汉在横向上要走过许多地方，纵向上要在社会中经历变化；各种情节松散地串在一起，互相连接而不紧密相扣。根据这些标准，笛福的《鲁滨逊漂流记》、菲尔丁的《汤姆·琼斯》属于流浪汉小说。笛福的《摩尔·弗兰德斯》也可以认为是广义的流浪汉小说，尽管主角是个女人。

2　弗·施勒格尔：《浪漫派风格——施勒格尔批评文集》，李伯杰译，华夏出版社，2005年，第71页。

可能同我们一起死亡。也许切斯特顿太过悲观，在我看来这不过是小说为它的包罗万象而寻找的一种更好的表达方式。新的小说路径已经开辟，然而没有找到更好的方式，小说必须以原有样式的死亡为代价。很明显，这种寻找被福楼拜开启，然而并不容易。20世纪，托马斯·曼的《魔山》、布洛赫的《梦游者》、穆齐尔的《没有个性的人》在某种意义上继承了小说家的野心，然而却碰到了前所未有的困境——如果失去了19世纪批判现实主义对自己笔下描摹事物的自信以及对因果律的笃定，小说家们该如何在自己的小说中实现繁复？

2.如何实现繁复式小说结构的完整性与清晰性

如上文所说，小说家们开始意识到19世纪批判现实主义小说是无法真正做到繁复的。一切在理性自信的规定下进行，不过是一种极端主观主义的表现而已。小说家们开始重新寻找真实，无比细致地描绘世界，哪怕是一个细节。然而此时世界不再是清晰的，它变成了一团毛线，千头万绪。如果小说家想再现这个世界，那么他的小说必然是从一条线索连接到另一条线索，无限延续，以至无穷。最终小说会变成一个无法完成的存在，要么淹没在无限宏大之中，要么淹没在无限细小当中。如米兰·昆德拉说布洛赫在小说中运用"多元历史主义"没有找到省略的技巧。"整个结构的清晰性因之受到影响；不同元素（诗句、叙述、格言、报道、随笔）还只是罗列在一起，而非真正的衔接成一个'复调的'整体。"[1]卡尔维诺在评价同样来自意大利的作家加达时，也说他在这方面有所欠缺。同时，这正是卡尔维诺解释穆齐尔最终没有将《没有个

1　米兰·昆德拉：《小说的艺术》，董强译，上海译文出版社，2004年，第83页。

性的人》完成的原因。这样的小说注定是无法完成的。作者的宏伟蓝图和他的创作方式存在着一种内在的矛盾，抑或说现实与再现现实本身就存在着一条很难逾越的鸿沟。世界是无限的，小说是有限的，如何使小说既具有繁复的特性，而又不失去结构上的清晰？若淹没在细节的创作中，那么小说最终将无法完成。一部部未完成的小说是小说去接近包罗万象的一种独有的形式，它是以牺牲自己的完整性与内在清晰性为代价的。那么小说该以怎样的方式去呈现现实，可以既容纳现实的驳杂，又能克服这种深刻的内在矛盾。

在纪德身上，这种矛盾的解决似乎有了一个办法。他在著名的《伪币制造者》里为这个矛盾提供了一个解决范本。纪德没有执迷于一个事件前后的连贯性，以及事物的无限小的细节，他企图以一种轻盈的方式搭建类似网状的叙述脉络，事件交叉，在空间无限延展。不同网眼中折射事件的一部分，而网络绵延不断。它是一个自动生成的状态。由此《伪币制造者》不再是庞大而臃肿的，它简洁而清晰，获得了一种新的完整性。它留给我们的不是内容与形式上的未完成，而是意义与想象的未完成。《伪币制造者》如同一张网，杂糅一切，用一种极为轻盈的形式，以包罗万象的气魄将小说扩展。这显然和卡尔维诺的主张非常一致。卡尔维诺毫不掩饰地流露出了对新一代小说在处理上述问题时的独特手法的赞许。小说从19世纪规模庞大的、按照严谨的因果逻辑书写的方式演变到对细节的极度精确的描绘，卡尔维诺试图跳出这种精确描绘的写作方式，用省略的方式、减负的方式、水晶折射的方式、无限小包蕴无限大的方式去反映世界，从而达到世界般的繁复。他找到了一种新的小说与世界的关系，不再是镜子般的再现。这可能也是昆德拉所呼唤的一种新小说。它是"一种简洁的新艺术

（可以包容现代世界中存在的复杂性，而不失去结构上的清晰性）"[1]，以一种小巧玲珑的方式解决这个难题。而这一脉的小说家都焦聚于中短篇的小说写作，抑或是形式是长篇，然而内容上完全是中短篇的拼接。小说家从放弃一个故事到放弃一个细节的过程中，走向了一种完整性。如同爱伦·坡对短篇小说的追求——一口气读完，而这一口气读完的小说拥有形式的完整性。卡尔维诺的《寒冬夜行人》就是各类故事的拼接，《帕洛马尔》以独特的思想性随笔的形式呈现，都是这方面的努力。

3.繁复式小说的非个人化倾向

然而这里有一个隐含的事实进入了我们的视野，即现代繁复式小说的书写走向了非个人化，或者说卡尔维诺在努力倡导一种非个人化的小说写作。他在"繁复"中把文学比喻成一张网罗一切的大网，作者的个性也融在这张网中，或者说作者本身就是各种组合的汇合。[2] 那么如何来理解卡尔维诺的非个人化创作呢？

事实上我们需要强调的是，繁复式小说这种非个人化的叙事一开始就植根在古老的带有百科全书气质的繁复的作品当中，它并不是卡尔维诺的独创，比如圣书、神话等。这些作品没有作者，作者只是一个中介或者说是传播者。然而这种非个人化是建立在一种极度稳定严整的结构之上的，这种严整的结构保持前后逻辑一致，不允许有偶然的出现。这显然与卡尔维

1　米兰·昆德拉：《小说的艺术》，董强译，上海译文出版社，2004年，第84页。

2　伊塔洛·卡尔维诺：《美国讲稿》，萧天佑译，见《卡尔维诺文集》，译林出版社，2001年，第418页。

诺所倡导的非个人化书写有着明显的区别。那么我们是否可以将非个人化理解成一种作者的死亡，作者变成了转述者而不是意义的生成者？就比如萨义德曾谈到《布瓦尔和佩库歇》"这部只在描写知识之衰落与人生之空幻的百科全书式的喜剧小说"时所说："知识不再要求应用于现实：知识是不加评论地从一个文本默默转向另一个文本的东西。观念得到千篇一律的宣扬和传播，毫无创新地被重复；它们地地道道地成了'陈词滥调'：重要的不是观念本身，而是它们的存在，被毫无创意地重复、回应和再回应这一事实。"[1]这里有一个隐含的事实，即百科全书的书写主体凋零。作者似乎不再是意义的源头，也不是创作的源头，而成了类似小说中的抄写员的身份。作者不是在创造，而是在整理、誊抄、搬运已有的知识与文本。他是一个转述者、记录者。罗兰·巴特说："现在我们知道，一个文本不是由神学角度上讲可以抽出单一意思（他是作者与上帝之间的'讯息'）的一行字组成的，而是由一个多维空间组成的。在这个空间中，多种写作相互结合，相互争执，但没有一种是原始写作：文本是由各种引文组成的编织物，它们来自文化的成千上万个源点。布瓦尔和佩库歇都是既高尚又滑稽的不朽抄袭者，而且其最深刻的可笑之处恰恰表明了写作的真实。像他们一样，作家只能模仿一种总是在前的但又不是初始的写作；他唯一的能力是混合各种写作，使一部分与另一部分对立，以便永远不依靠于其中一种；他也许想表明——但至少他应该明白，他打算'表达'的内在的'东西'本身只不过是包罗万象的一种字典，其所有的字都只能借

1　萨义德：《东方学》，王宇根译，生活·读书·新知三联书店，1999年，第151页。

助于其他的字来解释……继作者之后，抄写者身上便不再有激情、性格、情感、印象，而只是他赖以获得一种永不停歇的写作的一大套词汇：生活从来就只是抄袭书本，而书本本身也仅仅是一种符号织物、是一种迷茫而又无限远隔的模仿。"[1]以个人性为依据的小说书写开始慢慢走向其反面。作者由主动变为被动，他不动感情，在类似编织物的文本中将各种文本引入，形成一个类似于迷宫的模式。在这里，找不到初始书写，写作成了抄袭和互引，初始文本隐没在迷宫之中。小说成了各种文本编织与黏合的所在。作者的个性不在了，或者说作者的个性对文本来说反而是一种妨碍，作者消失在文本的编织中。

然而卡尔维诺所倡导的繁复式写作的非个人化倾向，既不是对古老的繁复作品带有的全民性质、宏大叙事的简单回归，也不是后现代意义上的作者之死。小说在经历了极具个性气质的18世纪和19世纪的创作之后，又开始走向了超越个人身份的叙述状态。就像卡尔维诺所说的："（它是）各种解释方法、思维模式和表现风格的繁复性汇合和碰撞的结构。重要的不是把作品包容在一个和谐的形体之中，而是这个形体产生的离心力：语言的多元性是不仅仅部分地呈现的真实的保证。"它具有颠覆性、怀疑性、开放性，而不是传统的繁复作品的那种稳定、封闭与逻辑连贯。它是一种开放的繁复，一种多义性与歧义性的存在。它不是将他者清除，而是将各种可能纳入其中，包括任何丰富、活泼、自由的存在。它多元混杂，强化各种异己的因素。小说家是静默的呈现者，是聆听

1　罗兰·巴特：《罗兰·巴特随笔选》，怀宇译，百花文艺出版社，2005年，第300—307页。

者。他将冲撞的、混乱的多种可能性纳入小说中来。从一种语言体系、意识范畴转向另一种语言体系、意识范畴，吸纳世界各种事物的声音，与此同时又削弱它们身上的封闭性与唯一性。正如巴赫金所说的，与别的题材不同，"一些基本的文学体裁，是在语言和思想生活中的凝聚、集中、向心轨道上发展的；而长篇小说和相近的艺术散文体裁，历史上却是在分散、离心的轨道上形成的。在官方的上层社会和思想界里，当诗作正实现语言和思想世界在文化、民族、政治上的集中化任务时，在底层，在游艺场和集市的戏台上，人们却用杂语说着笑话，取笑一切'语言'和方言，发展着故事诗、笑谈、街头歌谣、谚语、趣闻，等等。这里不存在任何的语言中心，这里诗人、学者、僧侣、骑士的'语言'得到生动的戏弄，这里所有的'语言'全是假面，没有无可怀疑的真人的语言面貌"[1]。而这也是卡尔维诺认为的繁复式的小说最为深刻的特性。小说家书写小说不是宣告事物的完整、边界以及性质，而是看到与之联系的各种混乱与复杂，并将世界的混乱、复杂、多元纳入其中，汇合成一条宽广的河，不站在任何确定的立场，甚至是试图舍弃立场，将事物从单一的话语体系、人为性中释放出来。卡尔维诺提出繁复小说非个人化的最深层的目的是在小说世界里给万物说话的场所，让作者与读者静默地聆听。所以卡尔维诺的繁复小说的非个人化的主张绝不是让作者成为转述者与抄写者，或已有知识与文本的搬运工，作者是拥有着更为重要的使命。

在此基础上，卡尔维诺认为繁复式小说这种非个人化的

1　巴赫金：《小说理论》，白春仁、晓河译，河北教育出版社，1998年版，第51页。

叙事在形式上试图达到两种目的：首先，它作为一种文学体裁允许别的内容的插入。它可以插入史诗、诗歌、戏剧等，也可以插入历史、宗教、科学、社会等别的内容。它在形式上可以呈现类似于米兰·昆德拉所说的一种小说对位法的新艺术。其次，它具有的话语的强大融合能力，将所有声音容纳其中，并保留异质话语及其背后丰富的意蕴。卡尔维诺的最终追求——走向万物同一的无限广博的原子世界中去，实质上就是借助同一性、亲近性走出个人化的狭小视域，走向非个人化的广阔空间。

（三）"繁复"背后的深层思考

卡尔维诺提出"繁复"，除了受上文提及的小说史中的暗流的影响外，当然也包含了他对世界、小说独特的理解。在"繁复"特质中，隐含了卡尔维诺对小说样式的独特思索，他充分扩展了它的外延。"繁复"不仅仅是对小说书写形式的重新定义，同时也是对小说功能的重新定义。他认为小说应该是如同世界般的关系网，起着弥合世界的作用，正因为它与世界相似的关系网属性，它也能够认知世界。同时在卡尔维诺看来，这种带有"繁复"特质的小说的强大认知功能，并不是小说的全部，小说最为独特的功能是思之所在。所以繁复式的小说书写必然是一种关系网的写作，一种认知式的写作，一种思的写作，也正是因为小说具有这三点，它才能够实现真正意义上的繁复。

1.作为关系网的小说：世界的模拟、分裂的弥合
卡尔维诺之所以提出小说要具有繁复特质，与他对世界的

认识有着密不可分的关系。他与加达其实是不谋而合的："如果我们为每一个结果只寻找一个原因，那么什么都不能获得解释，因为每一项结果都由许多不同的原因所决定，而每一个原因的背后又有许多原因。因此，每一桩事件（例如罪行），就像是百川纳入的漩涡，每一股水流都由不同的水源所驱动，在追寻真理的过程中，每一项都不能被忽视。世界是'包含众多体系的系统'……系统中的每一项元素，本身也是一个系统；每一个单一的系统都连接到它所属的谱系的系统；而每一项元素的改变则意味整个系统的改变。"[1]或者说一切都处在一张大网之中，任何一件物品，不论大小都深深处于这个关系网当中，向四面八方延展，无穷无尽。在认识一件物品时，我们不得不了解一切与它有关的过去与现在，已存在的与未知的。所以当文学要去描绘一种事物，它必然会面对这样一个无限宏大和复杂的世界。这也是文学最为宏大的愿望，用繁复的小说去观照复杂的世界。同时，这也是小说独有的一种功能。

在卡尔维诺看来，世界是个互相关联的存在，如卢克莱修和奥维德的世界，是具有连续性和流动性的。然而这样一个具有连续性、流动性的世界在当今社会逐渐被以理性为核心的科学精神强行切割，它的直接结果是专业分工。专业分工使得每一个人不能了解一种事物的全貌。分工越来越细，事物被切割得越来越碎，从细节看似乎合理，而从整体看却带有荒诞性。一般性的解释似乎没有了合法性，非专业、非专门的解释已经不再被科学考虑，人们离整体与宏大越来越远，有点像"分成两半的子爵"，失去其原有的完整性。科学技术将世界

1　伊塔洛·卡尔维诺：《为什么读经典》，黄灿然、李桂蜜译，译林出版社，2006年，第233页。

无限细分，当人们沉浸越深，就越无法了解世界，无法了解完整的事物。同时，真理、现实与行为的诸多重大领域开始退出语言描述的范围。随着数学模式在诸多学科中的使用，很多学科，诸如生物学、物理学、拓扑学等开始逐渐失去语言表述能力。"在十七世纪之前，语言的王国几乎包括了全部的经验和现实；而在今天，它只包含非常狭小的一块领地。它不再表达一切重要的行为、思维和感觉模式，也不再与这些模式有关。"[1]世界逐渐被割裂成隔绝的领域。知识被分裂成碎片，越来越专业化。语言也不再是普遍性的存在。卡尔维诺说：（在这样的背景下）"文学面临的最大的挑战便是能否把各种知识与规则网罗到一起，反映外部世界那多样而复杂的面貌。"[2]"向往整体文化，打破各专业间的隔阂，保持整体文化的生气，包括不同认识及实践。而其中各专业研究的多样论述还有生产加起来，是我们要学会掌握并以人性发展的人类历史（文学正应该介入不同语言中负担起居中沟通的工作）。"[3]在卡尔维诺看来，文学是天然地带有整体性、关系网性质的存在，它可以将裂隙弥合，在各种知识与领域之间、各种门类与层级之间、各种事物与存在之间起到弥合的作用。就如同古希腊神话中穿着飞行鞋的信使墨丘利，"在普遍规律与个别情况之间，在自然力量与文化形式之间，在非生物与生物之间建立起联系"[4]。这的确是一种宏愿，而在卡尔维

1　乔治·斯坦纳：《语言与沉默——论语言、文学与非人道》，李小均译，上海人民出版社，2013年，第32页。

2　伊塔洛·卡尔维诺：《美国讲稿》，萧天佑译，见《卡尔维诺文集》，译林出版社，2001年，第408页。

3　Italo Calvino. *The Use of Literature.* Translated by Patrick Creagh. New York：Harcourt Brace Jovanovid，1986，p.28.

4　伊塔洛·卡尔维诺：《美国讲稿》，萧天佑译，见《卡尔维诺文集》，译林出版社，2001年，第363页。

诺看来："文学的生存的条件，就是提出宏伟的目标，甚至是超出一切可能的不能实现的目标。只有当诗人与作家提出别人想都不敢想的任务时，文学才能继续发挥它的作用。"[1]文学就是人类宏愿的生发地，而小说内容上的杂糅性与形式上的杂糅性使这种宏愿成为可能。这也是小说相对于别的文学体裁无可比拟的优越性。所以"繁复"特质是小说与生俱来，并在未来也将发挥重要影响的特质。它使得小说不再局限于文学领域，上升为我们这个时代的一种渴望，对整体和宏大的渴望。科学造成的世界裂隙，小说试图通过它的能力去弥合。它试图同科学比肩，并以自己独特的方式认识世界、修复世界、看护世界。所以在这个意义上，卡尔维诺提出了小说是认识的工具。在"繁复"特质背后隐藏的是小说家对世界极度渴望认识的热情。不论是加达还是穆齐尔，尽管在方法上有差别，但他们在创作小说时都怀揣着一个强烈的愿望——通过小说去认知世界。"他把所知道的或想知道的都写进一本百科辞典型的书中，而且极力赋予这本书以小说的形式。"[2]卡尔维诺强调许多小说家试图通过繁复、包罗万象的小说来实现认知，他想通过小说繁复的特质，借助小说家认识世界的渴望，以及小说事实上可以成为认知工具的特质，提倡我们应该在小说中绘制世界地图。小说家通过书写小说，达到对世界的描绘，而这种描绘不仅仅是拘泥于细节上的，更多的是认知上的，所以不是现实世界，而是世界地图。在地图中，达到对这个世界的认识。因此我们会发现，卡尔维诺一直拥有一种气

1　伊塔洛·卡尔维诺：《美国讲稿》，萧天佑译，见《卡尔维诺文集》，译林出版社，2001年，第408页。

2　伊塔洛·卡尔维诺：《美国讲稿》，萧天佑译，见《卡尔维诺文集》，译林出版社，2001年，第405—406页。

质，那就是对科学认知性、智性的痴迷，以及试图让文学达到如科学般的对世界的认知。这种痴迷引发了他对小说的另一种思索——一种对世界认知的工具。小说不仅仅是囿于审美的，还应该是认知的。

2.作为认知的小说：与科学的同源性，认知功能的召唤

典型的19世纪批判现实主义小说似乎都是以人物为中心展开的，他们在意的是在小说中对人的思索，对道德范畴、情感范畴的探讨。小说的关注点始终在人身上。自从福楼拜的《布瓦尔与佩库歇》问世后，小说的关注点开始发生了微妙的变化，即更倾向于对知识本身的关注。这是一种排除了情感、社会、人物的对知识的痴迷。小说试图展现更加宽广的世界。小说写作不仅仅建立在情感之上，它开始挣脱情感，以一种类似于科学的对世界的认知渴望去观察世界、书写世界。这种对知识的兴趣要求小说家必须是在智性的介入下创作，小说家的笔必须是精准的，对世界充满深刻的甚至类似于科学式的认知。小说带有极强的智性的气质。小说家在创作这样的小说时，必须拥有深厚的知识储备，不是借助情感与灵感，而是借助理性与智性，小说家更像是科学家。读者在阅读这样的小说时，同样也不只是获得一种情感的体验，他们需要通过艰辛的阅读过程以及智力的大费周折才有可能靠近小说。卡尔维诺所推崇的繁复式小说中一个重要的目的就是试图搭建一种认识型的小说，或者说是一种知识小说。他在有意彰显小说除了审美之外的更丰富多样的功能与层面。然而接踵而来的问题是小说是否能够具有如同科学般的认知能力？卡尔维诺的这种小说理念是从哪里得来的？认识型的繁复小说到底具有什么样的特质？

（1）文学与科学的同源性

卡尔维诺之所以着迷于科学，是因为科学流淌着认知的特质。在他看来，这种特质也是小说最为迷人却被人忽略的功能。事实上，文学的认知功能与科学有着紧密的同源关系。从词源学的角度看，英语中的"science"源于拉丁文"sciatica"，意即"知道"与"认知"，science就是对自然的认知。科学似乎天然拥有认知的权利与能力，人们丝毫不怀疑其对世界的认知功能。认知成了科学的代名词，它是科学存在的基础以及目的。苏珊·朗格曾说："科学的驱动原则就是概括，而它要加以概括的题材却是一些极其具体的东西，亦即物理世界。它的目的则是对这个物理世界做出最富有概括性的陈述。"[1]存在的这个物理的世界天然地成为科学研究的对象，但与此同时它也堵塞了认识这个世界的其他方式。而作为以想象、虚构、直觉、情感为首要特征的文学一直着重于道德与审美，它与科学分管两个世界。然而事实上，文学与科学的同源性早在古希腊神话中就已经呈现——缪斯女神主管着文学与科学，它们是一体两面的存在。正如李政道所说："科学与艺术是不可分割的，就像一枚硬币的两面。它们的共同基础是人类的创造力，它们追求的目标是真理的普遍性。"[2]

黑格尔在谈及古希腊神话时说："古希腊艺术就是希腊人想象神和认识真理的最高形式。"[3]所以古希腊神话不仅仅是一种审美的存在，"只要艺术达到了最高度的完善，它所创

1　苏珊·朗格：《艺术问题》，滕守尧、朱疆源译，中国社会科学出版社，1983年，第166页。

2　李政道：《艺术与科学》，载《文艺报》2000年第10期。

3　黑格尔：《美学》（第一卷），朱光潜译，商务印书馆，1979年，第130页。

造的形象对真理内容就是适合的，见出本质的"[1]。我们发现希腊神话不但是当时希腊人的文学艺术，而且也是希腊人的自然科学。希腊人在维科所认为的"诗性智慧"[2]的时代，以想象的形式认识与支配自然。随着人类成长到能够以抽象的逻辑去分析概念、认知自然的时候，以神话认知自然的形式就消失了。因此，神话绝非先民为了审美的目的进行的虚构，而是其认知自然的结果。同时这种诗性智慧不是仅存在于一种人类认知的方式中，它是人类所有认知方式的基础。所有学科都是从诗性的土壤中萌发的。在这个意义上，马克思说："希腊神话不只是希腊艺术的宝库，而是它的土壤。"[3]诗性在远古时期，只有在认识论层面才能够得到充分理解。所以，诗与科学是同源的，它们都萌发于诗性智慧，同时具有认知的渴望。别林斯基说："人们看到，艺术和科学不是同一件东西，却没有看到他们之间的差别根本不在内容，而在处理特定内容时所用的方法。哲学家用三段论法，诗人则用形象和图画说话，然而他们说的都是同一件事。"[4]只是科学逐渐褪去了最初的鸿蒙的诗性色彩，而诗却一直在强化这种色彩。事实上，孔

1　黑格尔：《美学》（第一卷），朱光潜译，商务印书馆，1979年，第130页。

2　维科认为人类先民的思维是一种诗性思维，即以一种隐喻的原则创造了事物，创造了各门技法和各门科学，从而在某种意义上创造了他们自己。"异教世界的最初的智慧，一开始要用的玄学就不是现在学者们所用的那种理性的抽象的玄学（形而上学），而是一种感觉到的想象出的玄学，像这些原始人所用的。这些原始人如同天真的儿童一样没有推理的能力，却浑身是强旺的感觉力和生动的想象力。这种玄学就是他们的诗，诗就是他们生来就有的一种功能；他们生来就对各种原因无知。无知是惊奇之母，使一切事物对于一无所知的人们都是新奇的。"

3　马克思、恩格斯：《马克思恩格斯选集》（第二卷），人民出版社，2012年，第113页。

4　伍蠡甫主编：《西方文论选》（下卷），上海译文出版社，1979年，第391页。

子有关《诗三百》的解释中说："《诗》可以兴，可以观，可以群，可以怨；迩之事父，远之事君；多识于鸟兽草木之名。"[1] 其已经将诗的认知功能凸显出来，只是我们以往把太多注意力放在前几句，却忽略最后一句——多识鸟兽草木之名。很显然，孔子在推崇文学道德与美的同时，也强调了文学的认知功能。对于屈原的《天问》，我们更执着于其中的道德与精神向度的问题，忽视了其强烈的认知层面。物理学家李政道在研读《天问》后，认为《天问》是以诗的形式写就的宇宙科学论文，屈原在两千多年之前就在诗中运用了几何学和物理学的对称性原理，提出了地球可能是一个南北不一样长的扁椭圆形球体。我们并不否认文学与科学之间明显的差别，然而其同源性，即对世界的认知功能是我们所需要认识的。这也是卡尔维诺提出小说应该具有认知功能的基础。

（2）滋养卡尔维诺的文学史中的暗流

遗憾的是，认知这一文学功能和同一性的世界正在被我们遗忘。正如学者斯诺[2] 认为的西方文化正在被撕裂为两种彼此不相往来的人文文化与科学文化。按照他的说法，没有读过莎士比亚的人等于没文化，而同样不知道热力学第二定律的人也没文化。他们对彼此的世界几乎是陌生的。文学与科学开始从同一母体撕裂开来，甚至走向了对立。事实上，很多重要的哲学家都看到了这种对立。从远古开始，文学以诗意的认知履行了很多自然科学的职能。科学一步步扩张，借助理性的实用性认知功能将文学的认识功能侵吞，文学也逐渐遗忘了其最早的领地，以彰显感性与想象、生命与意义的特质来对抗科

1　出自孔子《论语·阳货》第九章。

2　斯诺，英国理学家、小说家。1959年他在剑桥大学发表了《两种文化与科学革命》的演讲，引发争论。

学。黑格尔之后，西方哲学明显地向着以把科学的方法引入哲学的分析哲学和以彰显生命为己任的生命哲学两种方向发展。后者鉴于科学横扫一切、工具理性的猖獗以及技术统治在各方面的渗透，从审美直觉与生命本能出发提出了强烈的抗议。而这种冲突可以理解为文学与科学的冲突，彰显生命意义与实用认知之间的冲突。文学以彰显生命、探寻生之意义为自己的核心功能，并跟以科学为代表的工具理性尖锐地对立起来。对工具理性的批判，对认知型实用主义的反感，使得文学放弃了最远古的特质——认知性。

尽管这一分裂成为19世纪以来的主流现象，然而我们不得不承认还有一股暗流存在于文学史之中：一种对童年时期文学功能的追忆，一种对科学天然的亲近。文学与科学同属于一个母体，都滥觞于诗性的智慧，并都对世界充满了认识的渴望。卡尔维诺在繁复中所强调的也正是文学的这个被遗忘的特质。卡尔维诺从来不认为文学与科学是绝对对立的，他认为文学拥有与科学相同的特质（尽管这不是文学的全部），同时，科学还在不断激发着文学的灵感，这条线索一直隐藏在文学的发展之中。文学或艺术从来不只是感性与非理性的。正如上文所提及的古希腊神话的功能一样，这种功能在后来的文学中依然发挥着作用。古希腊诗人赫西俄德的长诗《工作与时日》便是对诗的认知功能的完美阐释。它将实际的生活细节、知识融在诗歌的创作中，这也是我们研究古希腊农业、天文等最为珍贵的材料。而这方面的典范，还有卢克莱修的《物性论》，它深深滋养了卡尔维诺。例如其中有这样的诗句："为什么同等体积的物质重量不同呢？倘若一绒毛球和一铅球含有一样多的物质，它们当然重量就相同。因为物质的作用是把所有的物体朝下压，而空隙的作用仍是保持无重的。"[1]卡尔维诺深深着迷于其中。《物性论》中的诗句不仅拥有迷人的美感，同时也是密度与强度的典范。它将多重功能叠加，从而使文学弥散着繁复的特质，发挥着审美与认知的功能。诗进而成了一种综合性的存在，繁复式的存在。

在近代西方科学从自然哲学中脱颖而出之后，文学对于科学的态度就呈现出一种复杂性。然而上文提及的文学暗流依然发挥着作用，即文学对理性、对科学的接受态度。其实早在文艺复兴时期，这条暗流就已经发挥着作用。在意大利，达·芬奇将科学引入艺术中。卡尔维诺对他十分推崇。达·芬奇说："感觉是大地，理性是来源于大地的思考。"他丝毫不避讳科学在艺术中的作用。正如学者比伦特·阿塔拉伊所说："达·芬奇在艺术创造和科学研究中亲身实践的一套方法与现代科学研究方法论极为相似，其中包括细心实验、细致观察、收集大量数据，以及综合所收集的数据形成理论分析。"[2]而这样一股暗流在启蒙理性后得到加强。事实上，启蒙文学整体的姿态是接受并力图靠近科学，同时注重文学的认知性。

而到了19世纪，这股暗流演变成了对文学"智性"的强调，提倡一种类似于科学方法式的文学创作。柯勒律治在其诗论《文学生涯》中是这样描述文学创作中发挥着至关重要的"想象"："这种力量，首先为意志与理解力所推动，受着他们的虽则温和而难于觉察却永不放松的控制，在使相反的、不调和的性质平衡或和谐中显示出自己来：它调和同一的和殊异

1　卢克莱修：《物性论》，邢其毅译，北京大学出版社，2007年，第7页。

2　比伦特·阿塔拉伊：《达·芬奇的数字迷宫》，中信出版社，2007年，第149页。

的、一般的和具体的、概念的和形象的、个别的和有代表性的、新奇与新鲜之感和陈旧与熟悉的事物、一种不寻常的情绪和一种不寻常的秩序；永远清醒的判断力与始终如一的冷静的一方面，和热忱与深刻强烈的感情的一方面；并且当它把自然的与人工的混合而使之和谐时，他仍然使艺术从属于自然；使形式从属于内容；使我们对诗人的钦佩从属于我们对诗的感应。"[1]创作活动、想象活动不再是作者处于一种理智丧失，任由非理性控制的状态的活动，它类似于科学实验的精准、明确，具有明确认知能力的特质。而这也是卡尔维诺认为晶体派作家共有的特点——智性写作。在卡尔维诺看来，这种智性写作是将理性引入，以精准的思路去构造小说，将广博的知识注入小说。小说呈现出如同科学般的精确。瓦莱里曾经在他著名的《关于马拉美的信》中这样写道："我却不能不在一门精确的科学的结构和马拉美明显的意图之间做一个比照，在我看来这一比照是无法回避的……马拉美并无科学方面的修养和志向，但他冒险投身其中的事业却堪与数学和秩序的艺术家们的事业相比。"[2]瓦莱里自己当然也毫不保留地表达了对这方面的偏好。卡尔维诺认为瓦莱里要表达的便是精确与秩序、理性与认知的文学。这既是文学对最初功能的回归，同时也是文学更为自觉成熟的表现。然相较于其他文学样式，小说由于其繁复特质，更能发挥认知功能，更能接近科学的气质。而小说的认知功能也引导着小说走向繁复。

因此我们能理解卡尔维诺对小说家罗伯特·穆西尔的评

1　柯勒律治：《文学生涯》，见刘若端编：《十九世纪英国诗人论诗》，人民文学出版社，1984年，第69页。

2　保罗·瓦莱里：《文艺杂谈》，段映红译，百花文艺出版社，2002年，第198页。

价，卡尔维诺认为他的小说《没有个性的人》中运用数学般的精确性和认识的概括性来说明认知过程。卡尔维诺认为爱伦·坡是"智慧的恶魔，分析的天才，一位把逻辑与幻想、神秘与计算巧妙地结合起来的新发明者，一位出色的心理学家，一位发掘与利用一切文艺资源的文艺匠人"[1]。被卡尔维诺尊称为科幻小说先驱的昔拉诺，在小说中对宇宙进行畅想。罗曼诺夫斯基说："即便在现代创作或理论作品中，现代艺术的意义和科学没有直接的关系，但是，艺术本身却与科学内在地联系在一起。因为，虽然许多艺术家所关注的首先是解决现存的和必要的问题，但新的艺术家更理性而不是情感地从事他们的创造活动，这是不同于以前几代艺术家的态度。新艺术家们致力于创造某种体现中立价值的新艺术，他们似乎更接近科学家。"小说家们不再完全倚重于感情，而是加强了理性。他们个人更像是科学家，对文学进行严谨地探索。卡尔维诺就是具有这样气质的作家。卡尔维诺称意大利文学中的这一脉尤为明显。这条线索可以追溯到但丁，当然在这条线索上占据重要位置的还有达·芬奇、伽利略等。他们以巨人式的百科全书的视野去观照世界，将文学与科学统一在自己认识世界的过程之中，试图成就一本"世界之书"，一种知识型的文学。文学在他们那里不再是一种仅仅局限于情感式的、社会式的，而是认知式的、神学式的、哲学式的、思辨式的、百科全书式的有关世界与宇宙的认知地图。[2] 这些作家与传统都在某种程度上滋养了卡尔维诺，帮助他形成独特的小说美学——

1　伊塔洛·卡尔维诺：《美国讲稿》，萧天佑译，见《卡尔维诺文集》，译林出版社，2001年，第376页。

2　Italo Calvino. *The Uses of Literature*. Translated by Patrick Creagh，New York: Harcourt Brace Jovanovich，1986，p.32.

科学理性与小说的融合。当然我们这里并非要在文学中排斥别的情感因素，只是强调小说本身就是一个综合体。它丰盈多样，我们不能够简单地将之定义在任何一种功能或特性之中。试图与科学比肩的认识功能是小说最为基本却长久以来被人遗忘与忽略的特质，而卡尔维诺做的就是把这种功能打捞回来。文学，尤其是小说，不仅仅是一种纯粹的审美、放松、浪漫、无意识、想象、意外，等等，还是而且一直都是意识、理性、秩序、古典、抽象、认知的所在，是人类认识世界的最为基本的方式。

（3）小说认知的独特性

卡尔维诺所谈到的小说的认知功能与科学的认知功能不是完全一致与重合的。他更在意的是各种知识的相互关联与打通，矛盾与悖论，碰撞与冲突。让我们再次回到福楼拜以及他的那部繁复式的在小说史上具有特殊意义的《布瓦尔和佩库歇》。福楼拜在人生最后的十年，为了他的小说去阅读1500多本涉及考古、医学、地质、化学等内容的书籍，仅仅是出于兴趣？福楼拜让布瓦尔与佩库歇在知识中徜徉后，彼此心照不宣地希望重新做回抄写员。他说："我觉得美的，我想要写的，是一本关于'虚无'的书。这本书与外界无关，以风格的内在力量支撑……这本书几乎没有主题，至少主题是看不见的。"[1]卡尔维诺问道："如何理解这部未完成的小说的结尾？布瓦尔与佩库歇放弃了理解外部世界的企图，甘当一名抄写人员，决心一辈子抄写宇宙图书馆中的图书。难道我们应该得出这样的结论：布瓦尔与佩库歇的经历表明百科全书与空虚

---

[1] 罗兰·巴特：《小说的准备》，李幼蒸译，中国人民大学出版社，2010年，第178页。

是一回事吗？……福楼拜自己变成为一部百科全书，以不亚于他那两个人物的热情掌握了他们力求掌握却未能掌握的全部知识。有必要花这么大力量来证明这两个自学者的知识毫无价值吗？"[1]小说家雷蒙·凯诺[2]是这样解释的，他说："福楼拜是赞成科学的，只要科学是怀疑主义的、系统的、谨慎的、有人性的。他害怕的是教条主义者、形而上学者和哲学家。"[3]福楼拜这种强烈的认知性本身又带有质疑与反讽的意味。卡尔维诺把这称为一种积极的怀疑主义，即对世代积累下来的知识既怀疑又好奇的态度。而这才是小说家对待知识的态度。这样的态度同样也引导着有关小说的思考。

然而我们产生了一种疑虑，以知识为兴趣的认知型小说完全实现的可能性到底有多大？其强烈的认知特质是否会妨碍、压制甚至是完全掩盖小说的人文气息？卡尔维诺提倡小说的认知性，并不是将其推向了极端，他强调认知性是小说的一个古老的功能，我们不能将之遗忘。小说应该是一个丰盈而广博的所在，不能将之放在一个狭窄的层面。另外，认知性只是卡尔维诺提出的繁复式小说的功能中的一种，而其别的功能会对小说实现认知性而引起的缺陷进行补充。这也就是我们在后文中所要探讨的，繁复式小说另一个重要的特质——思。

（4）作为认知的卡尔维诺的小说

卡尔维诺把小说《帕洛马尔》赠给他的好朋友维德的时

1　伊塔洛·卡尔维诺：《美国讲稿》，萧天佑译，见《卡尔维诺文集》，译林出版社，2001年，第409—410页。

2　雷蒙·凯诺，法国作家，卡尔维诺是这样为他做注解的：比福楼拜晚一个世纪的百科全书型小说家，他的作品语言优美，但结构大体相同：从一个熟悉的环境出发，如咖啡馆、地铁，显现出一个荒诞的世界以及各种景象。

3　伊塔洛·卡尔维诺：《美国讲稿》，萧天佑译，见《卡尔维诺文集》，译林出版社，2001年，第410—411页。

候，在书上写了这样的题词："有关自然的最后沉思。"原版书上的封面也许是按照卡尔维诺的意思，印着两个人物，一个是意大利伟大的科学家，同时被卡尔维诺认为最为重要的意大利文学家伽利略，而另一个人物是在屏风后闲适休息的女性，也许在沉睡，也许在冥想。科学家与文学家共处在这个世界，共同感受与认识这个世界，尽管方式方法不同，然而却都走在认识世界的路上。当有人问及文学与科学的关系时，卡尔维诺是这样回答的："罗兰·巴特与其追随者是科学对立者，然而他们却在运用科学的精确特质思考与讨论；雷蒙·奎纽是科学的朋友，但他却常用难以琢磨的言语和思想术语去思索问题。"[1]科学与文学在卡尔维诺的眼中是交融且同源的，甚至是一体两面的。科学的特质可以呈现在小说之中，同样文学的特质也可以穿插在科学之中。他们在本质上有着密切的相似与关联。

首先，构成卡尔维诺小说世界以及小说理论大厦的基石来自科学。他的小说世界与理论绝非天马行空的想象，而是一种建立在科学基础之上的对世界的独特认知。长久以来，科学上一直对事物存在着两种定位，分离的与连续的（也可以将二者理解为粒子的与流动的）。原子论的传统里坚持认为自然起始于基础粒子的相互作用，然而这种观点遭到了持有连续性观点的学者的强烈反驳，他们将事物归为一种连续性的流体。直到1927年，丹麦物理学家尼恩·波尔发现了"波粒二象性"，即光既是粒子也是波，从而开启了综合两种理论来看待世界的大门。而后来这种弥合继续拓展开

1　Italo Calvino. *The Uses of Literature*. Translated by Patrick Creagh. New York: Harcourt Brace Jovanovich，1986，p.31.

来，诸如生物学正致力于弥合两种相反的事物：机械的与活机的；数学也开始将相反的分离与连续进行融合（因为在传统看来，分离被限定在算术，连续被限定于几何）。科学对世界的认识也启发了卡尔维诺。在他的小说世界里，也存在两种基本构成物质：粒子与流体。粒子是分离的、清晰的、建构的，流体是连续的、混乱的、解构的。流体是事物最平常的形式，它威胁着甚至吞噬着自我和清晰的世界。卡尔维诺说自己是原子论坚定的追随者，因为原子论，才建立起"轻"的小说帝国。而粒子与流体，也构成了卡尔维诺小说世界里的基本矛盾。卡尔维诺对粒子或者说分离的偏爱是十分明显的。希腊语stoicheia，被原子论者用来定义基本粒子，同时也被用来表示字母。德谟克利特的原子或卢克莱修的原子，可以组成客观的世界，就像字母可以组合成词语，象棋与塔罗牌可以用来讲故事，卡尔维诺试图通过聚合的片段、固定的要素，赋予小说一个清晰的、严整的结构。卡尔维诺试图像柏拉图那样，拒绝赫拉克利特的传统（主体的现实是一条连续的河流），他收集分离的特性，企图把事物从连续的流动中带回到稳固之处，这样时间不再是起破坏作用，它必须服从于这样的形式（空间中的客体位置）。面对每一个宇宙碎片可能消失在无限多样的危险中的情况，卡尔维诺试图建立一个稳固的世界。最终的结果已经在上文中做了陈述。这些形成了卡尔维诺小说大厦的主体，基本上都是与科学有关，与对这个世界的认知有关。

其次，在小说创作上，卡尔维诺的《通向蜘蛛巢的小路》《树上的男爵》《宇宙奇趣》等都或多或少受到科学理论的启发。他在这些小说中搭建了一个绝非仅仅局限于审美的世界，而是通过小说去认识世界。前两部作品在很大程度上受其植物学家父亲的影响，为我们呈现了一个与人物并重的植物世界，在这个世界中，人不是绝对的主体，甚至可以说这些主人公身上已经出现卡尔维诺后期作品中人物的主要特征——观察者，世界与宇宙的观察者。波恩以孩子的视角观察着森林，观察着战争，观察着成人的世界。树上的男爵柯西莫12岁时为了反抗父亲的专制以及地上生活的乏味与庸俗，爬上了树，至死都没再下来。他说在树上可以将地面上的事情看得更清楚。卡尔维诺开始在小说中渐渐抽离一些东西，比如情感、社会、心理因素，赋予小说认知与静思。而关于《宇宙奇趣》，他后来在回忆其创作过程时说，现代科学、物理学、分子生物学等不能提供看得到的想象，但能从观念上抽象地理解，这促使他描写看得见的想象。他借助科学理论给他的灵感，用小说来勾勒宇宙的样貌。小说中涉及了有关宇宙起源、月球、空间曲率、地壳活动、万有引力等问题。它是一部类似于宇宙起源的神话，同时也是小说家对宇宙的独特认知。我们可以感受到自《宇宙奇趣》开始，卡尔维诺更加明确了自己的小说方向，即小说可以是情感的、人性的、生理的、审美的，但更是认知的、思索的。

最后，卡尔维诺提出"繁复"，就是把小说看成了与科学类似的认识世界的工具，它具有认知性，如同科学一样。而这一点可能是卡尔维诺文学野心的表现。文学与科学的关系，不仅仅是科学对文学的激发，文学本身就是与科学属于同一根系的。以往人们把认知性都赋予了科学，毫无道理地忽略了文学也同样具有这种功能。卡尔维诺在这里想拯救文学的这种特质，他认为将文学的这种特质发挥到最大的文体必然是小说。小说以繁复的、百科全书的特质绘制认知世界的地图。读者在阅读这样的小说时，不但是一种审美的享受，更重要的是一种对世界的认知体验。而与此相匹配的是卡尔维诺推崇的晶体写作：对语言精确的苛求，对整体结构严整性的追求，以一种前所未有的智性态度去观照小说书写，以及用无限精确去包蕴整个宇宙模式的宏愿。然而仅仅将小说定位在认知功能上，并不是卡尔维诺认为的小说完美的状态。他认为只有将思引入小说，小说才能实现真正意义上的繁复。卡尔维诺把小说定义在这个角度上，不得不引发我们有关思的探讨，以看清卡尔维诺在小说"繁复"特质中的最终所指。

3.作为思的小说：生命之展开、万物之发声

卡尔维诺在繁复的小说特质里，有意强调小说的认知功能，有一条隐线已经呼之欲出，即小说是思之所在，是真理的生发方式。小说不仅仅是弥合世界裂隙的关系网，认识世界的地图，同时还是思之所在。这是一个立体而丰盈的所在，它包括了对具体世界的细节性、复杂性的关注，人与世界的具体相处方式，对这个世界及超出这个世界以外的整体性的与超越性的探究。小说之思是小说繁复模式的最为关键的一环。然而对卡尔维诺来说，小说之思并不意味着哲学与小说的相遇，小说无意替代哲学去做真理的代言人，也无意以哲学的方式去思索。然而小说可以对哲学敞开，就如同它可以对科学等任何学科敞开一样。只是在漫长的文学发展中，思与文学的关系似乎很曲折。本节首先简略追溯文学与哲学、思关系的历史，其次探讨卡尔维诺在这样一个历史语境中是如何探讨思之于小说的重要性，以及他将引领小说之思走向何处。

（1）思的诗之转向

海德格尔曾说："长期以来，一直到今天，真理便意味

着知识与事实的符合一致。"[1]在这个海德格尔要批判的概念里，知识与事实符合的过程中，理性毋庸置疑起了作用。巴门尼德开始主张人们运用理性去认识事物的本质，了解变动不居背后恒定不变的存在。"从苏格拉底开始，概念、判断、结论的必然程序被推崇为高于一切其他能力的最高级活动和最值得赞美的天赋。"[2]尼采认为在苏格拉底的大棒下，一切价值都得重估，对伦理、艺术要重新进行改造，改造的方式便是运用理性。把无理性的、非理性的、非逻辑的东西从文化中去除，让一切闪烁着理性的光辉。在苏格拉底的引导下，古希腊哲学家崇尚理性，因为理性可以带领人们走进真理。而悲剧艺术说不出真理。在这样的改造下，诗成了哲学的婢女，"这是诗的新地位，柏拉图在恶魔苏格拉底的压力下逼迫诗进入了这样的地位"[3]。柏拉图在自己的理想国里，为理性代言人的哲学披上了合法性的外衣，因为哲学是理性的，它必然能够认识真理。而与此相反，柏拉图斥责诗人是同人心灵低贱的部分打交道。虽然之后有很多人为诗辩护，但诗与哲学的地位早已定型。诗更多是一种审美、一种模仿，跟哲学比起来，它离真理太远。而这种偏见其实也不完全属于柏拉图个人，它有着更久的历史。据说毕达哥拉斯曾做了一个梦，梦见荷马与赫西俄德在地狱遭受着灾难。荷马被吊在树上，周围都是毒蛇；赫西俄德被绑在青铜柱上，施以炮烙的刑罚。原因就在于他们是诗人，他们都在编织着谎言。哲学才是天然的合法的真理的代言

1　马丁·海德格尔：《林中路》，孙周兴译，上海译文出版社，2004年，第37页。

2　尼采：《悲剧的诞生》，杨恒达译，译林出版社，2007年，第92页。

3　尼采：《悲剧的诞生》，杨恒达译，译林出版社，2007年，第85页。

人，这种状况持续到19世纪中期。尽管这期间有人尝试为诗辩护。例如亚里士多德说："诗是一种比历史更富哲学性、更严肃的艺术，因为诗倾向于表现带普遍性的事，而历史却倾向于记载具体事情。"[1]很明显，亚里士多德对待文学的态度比柏拉图要缓和得多，然而我们却不得不面对这样一个疑问，文学比历史好，原因仅仅是它比历史有更多的哲学意味？哲学成了评论文学与历史优劣的标准，这种情况下文学依然依附于哲学。而究其原因，建立在理性之上的哲学才是真理的表达方式。哲学成了品评文学的唯一有效的标准。

在哲学统治文学长达2000多年的时间里当然也不乏异声，他们试图改变这样的局面，为诗辩护。在同一的世界里，尽管存在逆转与解构的声音，然而真正的转变按照以塞亚·柏林的理解应该发生在19世纪浪漫主义初潮时期。当然，也存在异议，有人认为真正的逆转是在19世纪的中后期。事实上，浪漫主义文学还是以哲学为先导，依托于哲学。但我们不可否认的是，浪漫主义的确为我们带来了一些新鲜的东西，或者说我们看待世界的方式正在发生变化。人们开始不再相信理性或者说启蒙理性所为我们描述的世界。人们开始重新反思理性，希望在前理性时代去寻找答案。余虹在《思与诗的对话——海德格尔诗学引论》中就将西方思想嬗变划分为三个阶段：一是前苏格拉底至柏拉图时期，原诗意阶段；二是柏拉图以来至康德时期，非诗意阶段；三是康德以后的时期，诗之思的回归阶段。[2]余虹的划分也刚好能印证以塞亚·柏林的理

---

1 亚里士多德：《诗学》，陈中梅译，商务印书馆，2003年，第81页。

2 余虹：《思与诗的对话——海德格尔诗学引论》，中国社会科学出版社，1991年，第16—26页。

解，诗的逆转从康德之后已经开始。苏格拉底、柏拉图用理性的大棒驱逐一切异质的东西，带有狭义片面色彩，它对其进行规范约制，具有形而上功能。而前苏格拉底时期却恰恰相反，那是一个和谐共存的天地。于是文化退化主义、历史倒退论开始勃兴。席勒在《论朴素的诗与感伤的诗》里说，朴素的诗的作者与自然处于原始和谐的美好关系中，而感伤的诗人是失去了自然。他说："诗人或者是自然，或者寻求自然。前者使他成为朴素的诗人，后者使他成为感伤的诗人。"古希腊时代是一个自然的朴实的时代，人在这个时代中是和谐统一的，而近代文明使得人性分裂，不再是以往完整的人了。

"希腊的自然是与艺术的一切魅力以及智慧的一切尊严结合在一起的，而不是像我们的自然那样，是艺术和智慧的牺牲品。希腊人不只是由于具有我们时代所缺少的纯朴而使我们感到惭愧，而且就以我们的长处来说——我们常常以这些长处来慰藉我们道德习俗的反自然的性质——他们也是我们的竞争者，甚至常常是我们的榜样。我们看到，他们既有丰富的形式，同时又有丰富的内容，既善于哲学思考，又善于形象创造，既温柔又刚毅，他们把想象的青春性和理性的成年型结合在一个完美的人性里。"而最让人动容的还属卢卡奇在《小说理论》中的一段描写："在那幸福的年代里，星空就是人们能走的和即将要走的路的地图，在星光朗照之下，道路清晰可辨。那时的一切既令人感到新奇，又让人觉得熟悉；既险象环生，却又为他们所掌握。世界虽然广阔无垠，却是他们自己的家园，因为心灵深处燃烧的火焰和头上璀璨之星辰拥有共同的本性。尽管世界与自我、星光和火焰显然彼此不太相同，但却不会永远地形同路人，因为火焰是所有星光的心灵，而所有的火焰也都披上了星光的霓裳。所以，心灵的每个行动都是富有深意的，在这样的二元性中也都是完满的：对感觉中的意义和对各种感觉而言，它都是完满的；完满是因为心灵行动之时是蛰居不出的；完满是因为心灵的行动在脱离心灵之后，自成一家，并以自己的中心为圆心为自己画了一个封闭的圈。"[1]人们开始给人类的童年戴上最美的光环，而现处的当代世界是失落的天堂，一切被压扁，人们与意义分离，或者我们把这种状态定义为现代性危机。在现代性危机里，传统哲学开始受到了前所未有的挑战。第一，真理从何而来？真理是否便是知识与事实的符合？第二，理性是否是走向真理的合法通道？第三，哲学与理性是否能天然地画上等号？

在尼采开始重估一切价值的风暴中，唯理主义首当其冲，开始解构。尼采否认绝对真理的存在，他建立在赫拉克利特的实在观基础之上的实用主义知识论，否认有真理的绝对性，他甚至把真理跟谎言、错误放在一起。所谓知识，不过是一个虚构的神话，一切建立在理性基础之上的知识都有它的限度，这个限度便是生命本身。他从柏拉图的《智者篇》《斐德若篇》（也译作《斐德罗篇》）《高尔吉亚篇》入手，对苏格拉底的辩证法进行发难。苏格拉底以为真理会在辩论中渐渐明晰，其实只是在辩证法中被控制了，真理成了修辞的结果。然而可悲的是，他反过来却无视自己的修辞，反而谴责修辞以及植根于修辞之上的文学，视其为谬误的源头。实际上思想或真理绝对不可能从支撑它们的修辞中完全脱离开来，所以一直以来所标榜的真理与知识都不过是神话。他曾说："就像蜜蜂在蜂房里工作同时又将蜂房填满蜂蜜，科学也注定要在观念这个

1　卢卡奇：《小说理论》，见《卢卡奇早期文选》，张亮、吴勇立译，南京大学出版社，2004年，第4页。

大蜂房里经营，这是感知的坟墓，时时在翻新高筑，支撑、洁净、更新旧的巢室，总而言之是要竭力填满这个庞大的结构，并在它的内部组构起全部经验世界，即拟人的世界。犹如务实之人将其毕生绑在理性及其观念之上，以免随波逐流，迷失自身，真理的追逐者乃将它的斗室筑在高耸入云的科学大厦之畔，以期同它合作，寻求保护。他的确是需要保护。因为有一些可怕的力量始终在压迫着他，与科学'真理'针锋相对，它们以完全不同的另一种方式来宣示迥异其趣，判若天渊的'许多真理'。"[1]这个比喻意味深长，也被德里达多次提及。尼采强调真理，即科学真理，以及为这种科学真理提供庇护的理性，尽管它高耸入云，并有很多务实之人借此寻求庇护，但都应该小心那"可怕的力量"。这种可怕的力量会将这一切海市蜃楼的幻境一扫而散。传统的建立在唯理主义之上的哲学是一堆危及一切的可怕炸药，在哲学中只有一系列矛盾体系和无用的铺张，以至每种哲学都是一副假面具，哲学家则是受其本能引导的专横跋扈者。哲学在尼采的笔下被看作是对生命的禁闭，真理本身就是实用主义知识的结果，而哲学与真理似乎更无相通之处。

海德格尔则从另一个角度探讨，他说："真理意指真实之本质。"他借用希腊语"无蔽"来思考真理，无蔽意味着存在者之无蔽状态。然而"希腊哲学隐蔽的历史就没有保持与'无蔽'一词中赫然闪现的真理之本质相一致，同时不得不把关于真理之本质的知识和道说越来越置入对真理的一个派生本质的探讨中。作为'无蔽'的真理之本质在希腊思想中未曾得

1　陆扬：《德里达·解构之维》，华中师范大学出版社，1996年，第235页。

到思考，在后继时代的哲学中就更理所当然地不受理会了。对思想而言，'无蔽'乃希腊式此在中遮蔽最深的东西，但同时也是早就开始规定着一切在场者之在场的东西。"[1]"长期以来，一直到今天，真理便意味着知识与事实的符合一致。然而，要使认识以及构成并且表达知识的命题能够符合于事实，以便因此使事实先能约束命题，事实本身却还必须显示出自身来。而要是事实本身不能出于遮蔽状态，要是事实本身并没有处于无蔽领域之中，它又如何能显示自身呢？命题之为真，乃是由于命题符合于无蔽之物，亦即与真实相一致。命题的真理始终是正确性，而且始终仅仅是正确性。自笛卡尔以降，真理的批判性概念都是以作为确定性的真理为出发点的，但这也只不过是那种把真理规定为正确性的真理概念的变形。我们对这种真理的本质十分熟悉，它亦即表象的正确性，完全与作为存在者之无蔽状态的真理一起沉浮。"[2]在这里，我们可以明显看到在真理问题上几点观念的转变。首先，古希腊哲学认为真理是知识与事实的符合。知识从哪得来，知识从理性得来。这可能也是受了毕达哥拉斯的影响，毕达哥拉斯认为数学的知识是可靠的，并可以在实际世界中运用。数是从思维中，而不是在经验与观察中获得的。这样便预设了思维高于感官，理性高于感官。人们在自己的思维中而不是实际中寻找理想王国。既然知识不是对经验世界的总结，而是理性的逻辑推导，这一开始便为事物预设了一个主观框架。其次是事实。事实是处在无蔽状态，还是遮蔽状态？事实

1　马丁·海德格尔：《林中路》，孙周兴译，上海译文出版社，2004年，第37页。

2　马丁·海德格尔：《林中路》，孙周兴译，上海译文出版社，2004年，第38页。

是自然状态中的事实，还是还原为意识的事实？也即事实如何能实现自身？这些概念都带有含糊的成分，传统狭义理性认为客观事物都是不证自明的。知识与事实的相符，只能是与事物的表象相符，将真理狭窄化为正确性。然而，这样又会陷入一个解释的循环——"这种真理的本质是未曾被经验和未曾被思考过的东西。偶尔我们只得承认，为了证明和理解某个陈述的正确性（即真理），我们自然要追溯到已经显而易见的东西那里。这种前提实在是无法避免的。只要我们这样来谈论和相信，那么，我们就始终只是把真理理解为正确性，它却还需要一个前提，而这个前提就是我们自己刚才所做的——天知道如何又是为何？"[1]我们找不到真理之所以成为真理的坚实基础。传统的真理观把我们带进了一个人造的假象当中，而没有真正接近存在本身。它从人制造的知识开始，寻找物给人的表象对应后，终结于需要前提的正确性当中，自始至终，没有走出人的范畴、理性的范畴。

而德里达最终将哲学彻底从所谓真理的神坛拉下来。他认为哲学引以为傲的坚实的根基（理论、逻各斯等）都存在隐喻，它们作为一种词语隐喻而被哲学借用来表达。哲学受制于原型文字的分延逻辑，受制于语境和惯例逻辑，受制于原型文学的隐性逻辑。以往的哲学忽略了这点，或者不承认它自身的隐喻性。所以哲学同时也是抹去隐喻的隐喻化过程。它强行将文学与自己二元划分，并以高于文学的姿态指导文学。因为哲学认为它以理性、真理性、坚实的逻辑性著称。然而事实上隐喻性却是它生来最为根本的特质，而与这个特质共存的是虚伪

---

1 马丁·海德格尔：《林中路》，孙周兴译，上海译文出版社，2004年，第212页。

性、不确定性以及非真理性。索绪尔曾说："（共时性和历史性的）二重性专横地强加于经济学上面。在这里，与上述情况相反，政治经济学和经济史在同一门科学里构成了两个划分得很清楚的学科……同样的需要迫使我们把语言学也分成两部分，每部分各有它自己的原则。在这里，正如在政治经济学里一样，人们都面临价值这个概念。它在这两种科学里都是涉及不同类事物间的等价系统，不过一种是劳动和工资，一种是所指和能指。"[1]德里达认为，上述索绪尔所阐述的理论，使得隐喻可以理解为一种相似性，这种相似性不仅仅发生在能指与所指之间，还可以发生在能指与能指之间。这样就可以推出，一个符号可以替代另一个符号。而这样的隐喻活动不仅仅局限在文学中，也存在于一切文字的表述当中，哲学当然不例外。哲学以为自己在进行"白色写作"，它所运用的词语都是"白色的"或是"透明的"。哲学里的词语没有倾向性、没有延宕性、没有解构性、没有隐喻性，它无比干净纯洁，与思想合一，直接呈现真理，若镜面或玻璃，它用一种"白色神话"来掩饰真实的样子。就像德里达引用波利斐若所说的那样："我想我终于使你明白了一个道理，阿里斯托，就是任何一个抽象观念的表现，只能是一种比拟类推。那些一心想摆脱表象世界的形而上学家们，到头来反是让乖张的命运永远束缚在譬喻之中。那些对古代寓言不屑一顾的可悲诗人们，自己不过就是语言的搜集者而已。他们在制造白色的神话。"[2]这只不过是一个"白色神话"，以隐喻作为活动特征的不仅仅是文

1　费尔迪南·德·索绪尔：《普通语言学教程》，高名凯译，商务印书馆，1980年，第117—161页。

2　陆扬：《德里达：解构之维》，华中师范大学出版社，1997年，第127页。

学，还包括高高在上的哲学。只是文学有意识地运用隐喻，哲学却为自己苦心营造了一个白色神话。我们无法把隐喻从哲学的身体中清除，因为清除的结果，是哲学的丧失。而当神话不在，我们看到的不过是一个充满了语言陷阱与解构的哲学世界。它并非清晰一致，最终将把我们引向意义的迷宫。正如乔纳森·卡勒在《论解构》中说道："以理论之见，隐喻是哲学话语的偶然特征，虽然它们在表达和解说概念时可能扮演重要角色，但原则上却应将它们与概念区分开来。"[1]的确，将本质性质的概念与表达它们的修辞区分开来是哲学的基本任务。但是当人们试图去完成这个任务时，不仅很难找到非隐喻性的概念，而且用来界定这项哲学任务的术语本身也是隐喻的。在《论题篇》中，亚里士多德提供了以识别和阐释隐喻的方式来说明某种话语的种种技巧，但正如德里达发现的那样："求助于清晰和模糊的标准，本身就足以建立上面提到的论点：哲学对隐喻的界定已经由'隐喻'所构成并通过'隐喻'来进行。一点知识或一段语言如何能够阐释本来就是清晰的或模糊的言语？所有在隐喻界定中发挥作用的概念总是有一种本身即是'隐喻'的本原和力量。"[2]在看似最严肃的哲学中，我们甚至可以读出故事，那么真理便像尼采所说的，是"一支隐喻、转喻的拟人组成的大军"。

哲学的真理代言人的地位不复存在时，整个时代开始寻找一种"诗意的转向"。这不仅包括诗化哲学和神学，更包括思向诗的回归。这种回归也使得审美的地位得到前所未有的

1　Jonathan Culler. *On Deconstruction*. New York: Cornell University Press，1983，p.140.

2　Jonathan Culler. *On Deconstruction*. New York: Cornell University Press，1983，p.147.

提高，它不再是一种比理性低一级的情感活动，而成为现代人唯一的出路。正如美国哲学家理查德·罗蒂所说："认为艺术仅是'装饰的'和可有可无的，文学从某个方面讲是在'现实生活'的边缘上的一类观念也就不起作用了。人们将代之以承认，道德和政治的进步有待于艺术家、诗人和小说家，一如其有待于科学家和哲学家。"[1]席勒很明确地将审美作为解决现实问题，实现自由的途径。他最基本的观点即美是实现自由的必由之路。他说："一切其他形式的表象都使人分裂，因为它们完全是以人的存在的感性部分或精神部分为基础的。只有美的表象才能使人成为整体，因为它要求他的两种天性跟它一致。"[2]审美是一种弥合，是分裂人格的弥合，是人与自然的弥合，是感性与理性的弥合。只有首先是一个审美的人，他才可能是自由的，拥有美的灵魂和人性，人类社会才能往更好的方向发展。可见席勒已经开始转向了审美主义的现代性救赎一脉。这一脉在经过浪漫主义浸染之后，在尼采那里上升到了无以复加的高度。在叔本华将无意义的人生可以暂时在艺术里得到片刻安宁的论调的基础上，尼采则认为审美是唯一能赋予本无意义的人生以意义的活动，"艺术是生命的伟大刺激剂"。"他一下子立在一种强力面前，这种力量瓦解了理性的反抗。是的，它使我们迄今为止生活其中的其他一切东西都以非理性的、不可理解的面貌出现：我们脱离了自身，游离在一种谜一般的火热元素中，我们不再能理解自己了，认不出最熟悉的东西，我们手中没有了标尺，所有规律性的东西，所有

　　1　罗蒂：《哲学和自然之境》，李幼蒸译，生活·读书·新知三联书店，1987年，第16页。
　　2　《古典文艺理论译丛》，第5辑，人民文学出版社，1963年，第95页。

呆僵的东西开始运动起来，每一个事物在新的色彩中闪光，以全新的文字符号向我们说话。"[1]在尼采充满激情的诗的语言中，我们看到的是跟理性完全相反的一种状态，一种在知觉以外的无意识状态，尼采称之为"生命的根"。艺术带领人们寻找丢失的生命的根。它是强力的，具有创造性的，透着澎湃的生命气息。我们不能简单地说尼采的审美是理性的相反面，因为它已经超出了理性与感性的简单二元对立，带有勃发的生命气质。他将艺术赋予了本体意义。所以在这个意义上，尼采认为艺术不是其他，而是生命的最高任务和生命原本的形而上学活动。其实尼采所做的就是把传统的仅仅把美看成对象性去研究转变成了美是创造性本原来研究。

而这一点我相信也在某种程度上启发了海德格尔。海德格尔如同尼采一样质疑传统的真理。海德格尔认为的真理跟尼采有几分相似，是具有生成性的，即这个世界上不存在一个固定不变的真理停留在那里等待着我们去认知，并使这种认识与它相符。真理是有界限的，它在不断地生成。海德格尔是在这个意义上谈艺术与真理的关系的。他说："作品之成为作品，是真理之生成和发生的一种方式。"[2]正如尼采不是把审美作为一种对象去探究，赋予了审美或者说艺术一种本原性、生成性，海德格尔也是在这个层面去论述艺术。艺术不仅仅只是艺术家的个体行为，也不能说是艺术品的抽象本质。艺术品带有两种身份，它既是物，也是人的制作。它区别于别的器具，一般的器具在使用性发挥中显现出物性的召唤——归于

1　胡经之主编：《西方文艺理论名著教程》，北京大学出版社，1989年，第85页。

2　马丁·海德格尔：《林中路》，孙周兴译，上海译文出版社，2004年，第21页。

无。这既是一种敞开也是一种闭锁。然而艺术品跟器具相反的是，物不是消失，而是在真理性的生发中生成着。所以艺术既是一种敞开的，同时又是一种守护。在以技术化为核心的现代文明里，人们与物（世界）的方式是"上手"，更多的是关注物的使用性，那么世界也以这种方式展开，理性的计算成了大地的尺度，却不看护大地的"物"性。所以在这样的一种文明危机中，海德格尔更看重艺术，"这种在作品的建立中昭揭出的物性一方面把大地引入世界的敞开，使大地成为大地，另一方面也是向大地蕴含的无穷无尽的不可穿透的物性的回归。换句话说，即使作品把大地携入世界的敞开也仍然不失其大地的自我隐匿：大地用而不失，及昭示其无限的可能之途"[1]。而真理便在这不断地否认与靠近，不断地敞开与锁闭之间生成，但这也是不确定的，它是建立在不清晰、不能完全控制的事物之上的。海德格尔说："艺术让真理脱颖而出。作为创建者的保存，艺术是使存在者之真理在作品中一跃而出的源泉……艺术作品的本原，同时也就是创作者和保存者的本原，也就是一个民族的历史性此在的本原，乃是艺术。之所以如此，是因为艺术在其本质中就是一个本原：是真理进入存在的突出方式，亦即真理历史性地生成的突出方式。"[2]在这里，我们已经能够清晰地看到海德格尔类似于尼采的对艺术的推崇。艺术应该是本原的。

从康德、席勒到尼采、马克思、海德格尔、阿多诺、马尔库塞等，有一条红线相连，就是对审美的肯定。如果说在黑格

1　胡经之主编：《西方文艺理论名著教程》，北京大学出版社，1989年，第344页。

2　马丁·海德格尔：《林中路》，孙周兴译，上海译文出版社，2004年，第66页。

尔那里，美是真理的感性显现，它的感性形式还不能满足真理的最高要求。那么尼采、海德格尔已经把艺术从绝对理性中剥离，赋予了美以极大的生成性、自由性、本原性。哲学不再堂而皇之地成为真理的代言人。此时的真理也不再是一种逻辑推导之后的冷冰冰的教条，而是带有生命气息地在艺术中生成。这个过程既是世界的展开，也是对大地的看护，对家园的看护。诗与思，这看似矛盾的两极，完美地实现了融合。思对诗的回归，以及二者的同源关系，"思着的诗，诗化的思"，也让哲学开始转向以诗的方式书写哲学。克尔凯郭尔、尼采、狄尔泰、海德格尔等，都在试图做一个诗人哲学家。在运思上，试图慢慢摒弃逻辑与推理，以诗的情思去直观思本身。作为诗，也在有意识地进行着思的表达。如果说在之前的诗论里，诗只能作为一种感性显现，只呈现审美的维度，那么现在越来越多的作家有意拓展文学的维度，直接将思纳入诗中。甚至很多理论家也在文论书写与文学书写两种道路上徘徊后，选择了后者。如学者克里斯蒂瓦[1]在选择用理论还是小说去处理令人入迷的话题时说："想象力可以被认为是概念和概念体系的深层结构。也许象征的会聚地是与激情相关的那个能指基础。所谓能指，即感觉、知觉、情感。将它们进行转换就是离开概念之域而走向虚构之域：因此，我已与充满激情的智性生活挂上钩了。"[2]可见，想象力与思是不相悖的，它甚至是思最深层的结构。

---

1 朱丽娅·克里斯蒂瓦，生于1941年6月24日，保加利亚裔法国人，哲学家、文学批评家、精神分析师、女性主义者、小说家。克里斯蒂瓦在专注于理论建构之后开始转向小说创作。
2 马克·柯里：《后现代叙事理论》，宁一中译，北京大学出版社，2003年，第59页。

（2）卡尔维诺的小说之思：生命之展开，万物之发声

卡尔维诺是极为认同这种思的诗之转向的。只是他更加强烈地认为能胜任这种历史渴求的艺术样式应该是小说，小说是诗与思的统一。小说的书写不仅是审美的、认知性的，还是运思的。它是一个全方位的对世界认识的搭建。这是小说与其他文学门类比起来更为突出的特征，也只有在这个层面上，才能理解卡尔维诺提出"繁复"式小说特质的深意。小说无论是在形式还是内容上都使得繁复成为可能；同时，繁复的特质又使得小说有可能成为诗、思、真的统一体。

很明显，卡尔维诺主张并鼓励小说家在小说中进行思考。他毫不避讳这种小说书写方式，甚至在中后期的作品中主动呈现。《帕洛马尔》可以说是一种纯思索的小说，它甚至忽略了人物以及外围世界，完全沉浸在观察与思考当中。在卡尔维诺看来，小说应该是一种全新的方式，带有哲学与科学的认识，能够给我们以新的理解世界的方式。而这也成为许多现代小说家努力的方向。卡尔维诺极为推崇的晶体派作家米兰·昆德拉在谈到对小说的四个召唤中，就谈到了思想的召唤。"穆齐尔与布洛赫在小说的舞台上引入了一种高妙的、灿烂的智慧。这并不是要将小说转化为哲学，而是要在叙述故事的基础上，运用所有手段，不管是理性的还是非理性的，叙述性的还是思考性的，只要它能够照亮人的存在，只要它能够使小说成为一种最高的智慧综合。他们所达到的成就究竟意味着小说历史的终结呢，还是相反，是在邀请人们踏上漫长的新旅程？"[1]小说正在努力走向另一种旅程，在这个旅程里，它试

1　米兰·昆德拉：《小说的艺术》，董强译，上海译文出版社，2004年，第21页。

图摆脱19世纪现实主义小说对自己的束缚，以一种更加智慧的姿态去展现更多的层面。如同卡尔维诺对现实细节的抽离，对心理的抽离。他打破线性的叙事方式，以一种繁复的方式达到小说的认知功能、思之功能。"小说有一种非凡的融合能力：诗歌与哲学都无法融合小说，小说则既能融合诗歌，又能融合哲学，而且毫不丧失它特有的本性，这正是因为小说有包容其他种类、吸收哲学与科学知识的倾向。"[1]正是这种杂糅的繁复倾向，才能成就小说的认识功能，照亮"唯有小说才能发现的东西"。而谈到哲学，卡尔维诺认为它不再能够成为一种整体的知识，能够包含整体的知识这一任务只能交给艺术来完成。为了思考，小说开始调整自己，它不再迷恋于一个完整的故事，一种严格的范式，不再隐没于冗长而乏味的细节。它开始努力将自己与别的文学体裁区别开来，甚至跟故事区别开来，将自己的特质发挥到极致。正如纪德所说，故事从来都不是小说，而他自己唯一一部真正的小说是《伪币制造者》。他在《伪币制造者》中借人物之口说他打算将小说作为思考的小说推向极致。"'您不怕脱离现实会迷失在极端抽象的领域？这结果不是一本活人的小说，而是一本思想小说？'爱德华加重地回答，'那就最好！由于那些笨伯们的迷误，难道我们从此一笔抹杀思想小说？冒着思想小说的名，至今提供给我们的，实际仅是那些可诅咒的论文小说。但您们很明白，这完全是两回事。思想……我承认我对思想比对人更感兴趣，比对一切更感兴趣。思想有它自己的生命，有它的斗争，它们和人一样，能痛苦呻吟。无疑，人们可以说，我们认识思想还是由

1　米兰·昆德拉：《小说的艺术》，董强译，上海译文出版社，2004年，第82页。

于人的缘故，正像我们看到芦苇摇头才知道那儿有风经过；但风本身毕竟比芦苇更重要'。"[1]纪德想在小说中达到这样一种状态：一种在小说中对人的完全剥离，对感情和人性的拒绝。纪德看似借人物大胆的想象，已经在后来的小说家身上越来越清晰地实现了。小说在不断突破着前人对它的限制。在卡尔维诺的《看不见的城市》中，故事和人物已经萎缩或者说删减成一个符号，这里不存在情感、生活细节这类具象的描述，而是充满了各种思索，在思索中描绘一座座城市，用文字去勾勒一个世界地图。纪德的想象在卡尔维诺笔下已经成为现实——仅仅关注自己最关心的，抽去人物、心理、情感，在思维的碰撞中寻找启示。这样的小说不是为了将一切省去，而是前所未有地网罗一切。如果太过于迷恋或固执于生活层面，太局限于19世纪现实主义小说，小说便无法展现它思索的能力、认识的能力。只要跳脱出这个狭窄的层面，看似抽去、减少的过程，实则如同一张大网，将一切可能的范畴网罗，充分打开小说各个层面的可能性。

那么紧接而来的问题是，卡尔维诺所强调的小说之思与哲学到底有什么区别。如果小说之思表达的与哲学一致，那么就没必要讨论小说之思的合法性或必要性。什么才是真正的唯有小说才能发现的东西？米兰·昆德拉说真正意义上的小说是与欧洲的现代精神一起诞生的。"堂吉诃德从家中出来，发现世界已变得认不出来了。在最高审判官缺席的情况下，世界突然显得具有某种可怕的暧昧性；唯一的、神圣的真理被分解为由人类分享的成百上千个相对真理。就这样，现代世界诞生了，

1　纪德：《纪德文集》（卷3），盛澄华译，人民文学出版社，2002年，第169—170页。

作为它的映象和表现模式的小说，也随之诞生。"[1]这是一个什么样的世界？胡塞尔在《欧洲科学的危机和超验现象学》中提出了他最后的一个重要理论——生活世界。生活世界是胡塞尔对自古希腊起整个欧洲文明的反思，他认为占西方极其重要的科学已经慢慢地与我们疏离了，与我们具体的生活疏离了。这种生活是前科学的世界，是一种复合体，哲学所应该探索的正是这个世界，然而哲学家忘记了。科学的危机以及哲学的危机都来自对生活世界的遗忘。胡塞尔说："我们迄今为止从事的全部哲学研究都缺少这个基础。"[2]而小说之思的契机便是从这里而来。昆德拉说对存在的探索是小说关注的唯一的主题，小说家们正在运用小说独特的逻辑揭示着那些被哲学忘却的东西。小说到底揭示了什么？存在的不同方面。存在是什么？一种相对性与模糊性，一种对道德归罪的抗拒，然而事实上，哲学对这一终极悖论并非视而不见。在哲学中也涌动着一股暗流。比如帕斯卡尔、基尔凯郭尔、尼采、叔本华等都试图思索神退出之后的相对模糊的世界。对存在之思并非小说所独有的。那么思之小说的合理性何在呢？卡尔维诺同样在思索这个问题。思之于小说到底是一个怎样的存在？

卡尔维诺对思的强调并不是对哲学思想的一个文学假设。玛丽亚·寇尔提在访问卡尔维诺时，寻问了有关符号学以及文论家的相关问题时，他是这样回答："我向来景仰哲学科学的严谨，但多少保持远观……我们只能专注于有这样一种可能性的文学，它呼吸着哲学和科学的空气，但同时又

1　米兰·昆德拉：《小说的艺术》，董强译，上海译文出版社，2004年，第7页。

2　胡塞尔：《欧洲科学危机和超验现象学》，王炳文译，商务印书馆，2001年，第159—160页。

保持着与它们的距离，将理论的抽象与现实的凝重轻轻地吹离。"[1]哲学思想只是卡尔维诺小说创作中的一个灵感，并不是构成物。他借用的哲学思想，仅仅是小说思想的一个切入口，正如在《帕洛马尔》中，卡尔维诺借用了现象学的理论，然而在运用中，他对现象学进行了善意的嘲讽及超越。在《看不见的城市》《命运交叉的城堡》中他运用了符号学，最终又用小说的智慧将其解构。大多数哲学中的思是逻辑上的一种清晰表达，带有精确性、可描述性、明达性。它为了阐明一种思，会构造一个体系，建一座大厦，步步论证，通过论证到达思。这是一种纯粹的思的运作，其方式是从思到思，或者我们不妨说是从逻辑到逻辑，这中间不需要情境、感情。因为这种单纯的逻辑式的迈进注定了它无法成为一种整体性的思索，它只能是单方面的，缺乏一种糅合能力。与此同时，由于它对经验感的拒绝，使得它在通往真理之路时，不是全体性的、生成性的，而是片面的和封闭式的。它对思是一种追寻和推理验证过程。而小说中的思，是天然注入小说肌理本身的。它具有生成性，不断地创造出来又否定自己，因此它不是封闭的，而是开放的，允许质疑的，或者说质疑本身就包含在小说的思之中。就像米兰·昆德拉所说："思想的人不应该去努力地让别人信服他的真理；他这样便会处在一个体系的道路上；在'有信念的人'的可悲道路上；政治人物喜欢这样形容自己；然而什么是一个信念？它是一种确定，固定不变的思想，而'有信念的人'则是一个被限制的人；实验性的思想不想去说服而是启

1　Italo Calvino. *The Use of Literature*. Translated by Patrick Creagh, New York: Harcourt Brace Jovanovich, 1986, p.45.

发：启发另一个思想，将思想开动起来。"[1]所以小说之思应
该是非体系化的，它对事物是一种探寻（询问），而不是一
种强行的定义或控制。它是反哲学的，不做结论的，它以各
种各样的文学形式去引发思。那么小说的思之结果是什么？
仅仅是一种相对性与模糊性吗？在没有神的世界里，道德归
罪无法展开，所以小说家们在小说中呈现的是对这种道德悬
置状态的一种支持，或者是迷醉其中。其整体状态是对探寻
意义世界的悬置，如果执着于对意义的追寻就会坠入神义论
当中。那么小说之思是什么？是迷醉于模糊性，在道德悬置
的此岸执迷于生活中的细节，还是此刻的沉醉（这种沉醉是
抹去了过去与未来，存在于现在的、日常的刹那时刻）？

　　显然卡尔维诺并不认为这是小说之思的最终状态。卡尔
维诺认为小说之思最终是为了让万物发声，而不是对事物的暴
力过程。同时因为它对情境的要求，对经验的偏爱，对审美
的追求，对逻辑的接纳，等等，使得小说之思充满了生命气
息、完整性与生成性。思使生命自然而全方位地展开，不局限
在任何层面。思可以是逻辑层面，同样也可以在经验、情感层
面展开。小说之思不预先设定前提与结果。小说之思的结果是
没有结果。思是一种体验之流，只要生命不息，思就会一直涌
动。小说之思不是对某一个问题的回答，关于某个事物的意见
与见解，而是人与世界的一种最为原始的互动方式。在这种互
动里，小说之思不去诠释与解释世界，而是聆听、观察。我
们处于世界之中，思是生命的彰显，生命与世界契合后的展
开，而这才是卡尔维诺认为小说之思的理想状态。他在其最具

　　1　米兰. 昆德拉：《小说的艺术》，董强译，上海译文出版社，
2004年，第40页。

思之气质的作品《帕洛马尔》里，不预设前提与结果，只是顺应着情境的变化，让思流动起来。尽管人物的生活层面已经被处理得相当稀薄，但我们还是能感觉到，卡尔维诺的思是离不开他可爱的带有自传色彩的主人公帕洛马尔先生的。思是帕洛马尔先生的生活方式，它跟情感的发生一样自然。这种思是不脱离事物的，或者说不脱离具体的经验的。然而值得注意的是，卡尔维诺笔下的事物没有类似19世纪现实主义主观强加给的意义，它们只是更真实更单纯的自然呈现。卡尔维诺是在这样的物的包围下思索物之本身，这时的物是自由轻盈的，没有主体强加的情感、伦理等。思不是发生在人的精神之中，而是发生在物与人的交流之中，发生在促成这一情境产生的所有之前之后的条件之中，所以它是完整的、生成的、认识的、审美的，也是逻辑、理性的。而小说之思的最终目的是让一切发声，正如在"繁复"特质最后，卡尔维诺激情地说："我把小说颂扬为一张大网，现在该结束我的颂词了。也许有人会反驳说，作品愈是接近多样化的可能性，愈是会远离这样的统一性：作者的个性、真挚和诚实的统一。我的回答则恰恰相反。我们是什么？我们中的每一个人又是什么？是经历、信息、知识和幻想的一种组合。每一个人都是一部百科辞典，一个图书馆，一份物品清单，一本包括了各种风格的集锦。在他的一生中这一切都在不停地相互混合，再按各种可能的方式重新组合。也许我最想给予的另一种答复：但愿有部作品能在作者以外产出，让作者能够超出自我的局限，不是为了进入其他人的自我，而是为了让不会讲话的东西讲话，例如栖在屋檐下的鸟儿，春天的树木或秋天的树木，石头，水泥，塑料……这难道不是奥维德论述形式的连贯性时追求的目标吗？这难道不是卢克莱修把自己与自然、与一切事物等同起来时所追求的目标吗？"[1]卡尔维诺是一个原子论最为坚定的追随者，他以同一性与亲近性的方式去感知万事万物，他在自己小说理论的最后与卢克莱修、奥维德拥抱了。这也是繁复最终要实现的目标。如果说"在塞万提斯的时代，小说探讨什么是冒险；在塞缪尔·理查森那里，小说开始审视'发生于内心的东西'，展示感情的隐秘生活；在巴尔扎克那里，小说发现人如何扎根于历史之中；在福楼拜那里，小说探索直至当时都还不为人知的日常生活的土壤；在托尔斯泰那里，小说探寻在人做出的决定和人的行为中，非理性如何起作用。小说探索时间：马塞尔·普鲁斯特探索无法抓住的过去的瞬间；詹姆斯·乔伊斯探索无法抓住的现在的瞬间。到了托马斯·曼那里，小说探讨神话的作用，因为来自遥远的年代深处的神话在遥控着我们的一举一动"。[2]那么在卡尔维诺这里，小说便是隐匿自我，让万物发声，聆听宇宙的声音。

（四）"繁复"的实践

卡尔维诺在"繁复"的阐述中这样写道："这些考虑是我所谓的'超级小说'的基础；我的《寒冬夜行人》便是我努力创作的这种小说之一。我的目的在于用十个故事的开头说明小说的实质。这十个故事展开的方式差别很大，但问题的核心只有一个，即它们都对同一种形式施展影响。这个形式决定着

1　伊塔洛·卡尔维诺：《帕洛马尔》，萧天佑译，见《卡尔维诺文集》，译林出版社，2001年，第418页。

2　米兰·昆德拉：《小说的艺术》，董强译，上海译文出版社，2004年，第5—6页。

它们又反过来被它们所决定。"[1]超级小说，即包容一切的小说，同时包容一切小说的小说。它不仅仅是对世界多样事物的网罗，同时也是对各种小说可能的综合。卡尔维诺将这样的野心附着在他的作品《寒冬夜行人》上。这部作品发表于1979年，可以说是卡尔维诺精力旺盛时期最为成熟的作品，它从内容到形式彻底地打破了原有小说的模式，卡尔维诺在这里借人物西拉·弗兰奈之口说："我真想写一本小说，它只是一个开头，或者说，它在故事展开的全过程中一直保持着开头时的那种魅力，维持住读者尚无具体内容的期望。这样一本小说在结构上又有什么特点呢？写完第一段后就中止吗？把开场白无休止地拉长吗？或者像《一千零一夜》那样，把一篇故事的开头插到另一篇故事中去呢？"[2]这也是卡尔维诺的一种策略。他希望在这本小说里穷尽一切小说，可如何将各种小说融在一本作品中去呢，他显然是借用了《一千零一夜》故事套故事的手法。这本书以第二人称"你"的男读者与一个本来也可以成为"你"，却因为故事发展需要，而不得不给了一个名字的女主角柳德米拉，因在书店买了一本装订错误只有开头没有后文的小说，开启了一场对小说的追寻之旅。全书共十二章，有十个只有开头的故事。这十个看似互不相关的故事因为主人公的追寻之旅连缀在一起，在这十个故事之上又叠加了男主人公对女主人公柳德米拉的爱与追寻。在结构上如同一个树干上的十个分权，每一个分权都包蕴着一个完全不同的故事与世界的方向，故事没有后文，发展我们不得而知。它像一张无穷的网，

1　伊塔洛·卡尔维诺：《美国讲稿》，萧天佑译，见《卡尔维诺文集》，译林出版社，2001年，第415页。

2　伊塔洛·卡尔维诺：《寒冬夜行人》，萧天佑译，见《卡尔维诺文集》，译林出版社，2001年，第155页。

每一个故事就是一个网结，它不是封闭的，而是向四方延展，具有多种可能的向度，每一种延展，每一个方向，又引发下一种可能。卡尔维诺试图在《寒冬夜行人》中综合一切小说的可能。然而这种综合并不是一种简单的并置、罗列，而是实现一种模数[1]式的、组合式的结构。在数量有限的基数上，进行无穷变换、组合。这也是卡尔维诺一直倡导的晶体模式的再现。

卡尔维诺在《寒冬夜行人》的十个故事中也试图从内容上穷尽小说的各种类型，比如侦探题材、战争题材、犯罪题材、历史题材、心理题材、现实题材、爱情题材等。可是，这些小说我们似乎又很难在题材上给一个确切的定位，因为它们本身就包含着太多的因素，再加上它们都只有一个开头，完全可以发展成别的题材，这样就使得小说发展之路有了无限可能性。我们似乎看到小说的种种开头引发我们对小说可能性的无穷想象，以至于有限的小说样式包含了小说所有的变化。《寒冬夜行人》中这未完成的十个故事以及勾连它们的男主人公追寻柳德米拉的爱情故事为我们呈现了连接无穷的或者整个宇宙的十一个世界。这十一个连接无穷的世界不是线性排开、依次推进，而是并列地在空间层面平行展开，正如博尔赫斯的《交叉小径的花园》[2]。它为我们呈现的是空间的一种

1　卡尔维诺的注释：模数是建筑上的一个术语，是一种可按一定比例递增的单位，按模数生产的材料和设备，如暖气片，在施工中可按需要组合，十分方便，能够提高施工速度。

2　博尔赫斯力图建立一种宇宙图式，一座用文字和幻想构建的时间的迷宫，小说《交叉小径的花园》正是这一观念的集中体现。从表面上来看，这很像一篇间谍小说，它讲述了一战期间在英国为德国当间谍的主人公俞琛在同伴被捕、自己被追杀的情况下，为了把重要情报报告知德国上司，而不惜杀死汉学家阿尔贝的经过。故事的讲述又以俞琛被捕后狱中供词的方式展开，且以欧洲战争史上的一个重大事件的推迟为切入点，引人入胜。但作者真正的意图却在于阐述自己的时间观念，所讲的故事只不过是自己的时间观念的一个例证。

错综与并置。就像卡尔维诺在谈论博尔赫斯的时间观时说：
"多样化的、分出许多枝杈的时间的观点……形成一个令人头晕目眩的相互分离、相互交叉又相互平行的不断扩大的时间网。"[1] 这十一个故事里的人，不是彼此分离的，他们其实是同一个人也不是同一个人，他们在并置的空间里，既做着这个又做着那个。而最终所有小说都在诉说着一件事，各种人物不过是一个人物身份的变换，各种小说形式最终都在形成一个统一的小说（或者说超级小说）。正如文中所做的，将这十个故事题目连在一起，又变成了另一个小说的开头——"寒冬夜行人，在马儿堡市郊外，从陡壁悬崖上探出身躯，不怕寒风、不顾晕眩，向着黑魆魆的下边观看，一条条相互连接的线，一条条相互交叉的线，在月光照耀的落叶上，在空墓穴的周围。"这是一个无限膨胀和没完没了的小说，它试图穷尽真实世界和小说世界。

　　而这个无穷无尽的世界是作者在试图清除"我"的个人主体局限的努力。《寒冬夜行人》中的小说家西拉·弗兰奈说曾设想这样一个场景：一种没有自我存在的写作，一种清除了自我黏带的种种印记的（心理的、风格的、修养等）的写作。弗兰奈设想在纸张与写字的手之间没有作者的存在。手自动握着笔在白纸上书写，书写成为一种主体不在场的行为。由于自我的存在，自我驱使的书写就一定会对小说进行限制。一旦有限制，就不能包蕴万物，以至无穷。所以卡尔维诺借人物之口，想象没有人存在的小说书写。在这样一个极度自由、纯粹的写作中，让文字自然呈现万物。

　　1　伊塔洛·卡尔维诺：《美国讲稿》，萧天佑译，见《卡尔维诺文集》，译林出版社，2001年，第414页。

卡尔维诺的其他几部作品，《看不见的城市》《命运交叉的城堡》《帕洛马尔》都带有百科全书的色彩。《命运交叉的城堡》在内在机制上与《寒冬夜行人》很相似，正如卡尔维诺说：“对小说可能呈现的多样性进行取样，也是我另一本小说《命运交叉的城堡》的基础。这本小说的目的是描写一部对小说进行大量翻版的机器，而这部机器的出发点则是塔罗牌中可作各种解释的图像。”[1]文中设想了在中世纪的一个不确切的时间里，一些素不相识的旅人在一座城堡中相聚，他们失去了语言能力，只能用手中的塔罗牌述说自己的遭遇。塔罗牌如同有限的字母，经过不同的组合，将自身的意义不断放大。同样的一张塔罗牌在不同的组合中有着完全不同的意义。在有限的塔罗牌的无限组合中，引发出无穷多的故事。这可能也是卡尔维诺所谓的“超级小说”的一种样式。而《帕洛马尔》可以说是卡尔维诺从内容上对无限世界进行模拟，想发挥小说的认知功能，以及最终在小说中绘制世界地图的尝试。《帕洛马尔》分为二十七小节，从自然界到人的经验层面到纯精神的默思，卡尔维诺试图将小说的触角伸向各个层面。从视觉经验展开，进而转入语言、符号等领域，最后走进了思辨层面，将宇宙、时间、无限、自我与世界纳入考量的范畴，为我们展现了一个可以无限可分的细碎的却又可以无限拓展的世界。帕洛马尔本身是美国一台天文望远镜的名称，[2]这在小说中是有注解的。小说中的主人公帕洛马尔先生在小说中的种种活动就如同

1　伊塔洛·卡尔维诺：《美国讲稿》，萧天佑译，见《卡尔维诺文集》，译林出版社，2001年，第415页。
2　卡尔维诺解释：帕罗马是美国加利福尼亚州一座海拔两千多米的山峰，山顶的帕罗马天文台装有世界上直径最大的天文镜。小说主人公借此名，按意大利语音译为“帕洛马尔”。

这台望远镜，他在不断观察世界、认识世界，包括对大自然的认识，对自我的认识，到最后对死的认识。小说为我们呈现了一个广博的脉络，按着这个脉络我们试着在小说中认识世界。卡尔维诺在小说中绘制了世界地图，带读者遨游其中。小说中的三大章——帕洛马尔休假、帕洛马尔在城里、帕洛马尔沉思，如晶体的三个晶面，而每一面又分别生发了三个更小的晶面。而更小的晶面又在继续生成，以至于把读者带到世界最微小的层面，同时又在阅读完后，回到了世界的整体。卡尔维诺在严整的小说结构中注入了生成功能，犹如水晶不断生成，最终以有限的微小去包蕴无限。所以说《帕洛马尔》无论是在内容上还是结构上，都完美体现了卡尔维诺所提倡的"繁复"的特质，和由"繁复"所引发的人类对无限宇宙的认识的渴望，以及小说曾经丧失却始终是其最内在的带有本原气质的认识性功能。卡尔维诺受到了意大利文学传统的浸润。从但丁开始，作家就试图在文学作品中创建一本百科全书，它不但具有审美功能、道德功能，更重要的是具有认识功能，如但丁引导人们在阅读《神曲》中达到对世界的认识。此时阅读不再是一种阅读，而是一种认知过程，当然这种认知伴随着情感与体验，是被吸引的过程，是精神极度愉悦的过程。卡尔维诺了解这股暗流，并将文学家与科学家集合起来，同等看待他们。卡尔维诺甚至将伽利略放在文学家中，认为伽利略开启了意大利的某些文学传统。卡尔维诺尽量将眼界放宽，如同一张大网，将一切人类知识包容、黏合，而不是分化。他将各领域内容纳入小说中，不愿意将小说局限在传统的文学定义里面。他试图放大、扩展本来就无法细分的世界本身和知识本身。《帕洛马尔》中，容纳了一切细碎之物，博大之物。小到海浪、裸胸的女人、乌龟的交媾、壁虎、沙庭的沙子、一公斤半鹅油、奶酪、布鞋、白猩猩，大到月亮、行星、大地、宇宙，甚至是人的死亡，全部可以在小说中弥合。而它同时又不是封闭的，还在不断扩展，召唤万物。书中的主人公帕洛马尔，这个略去了生活层面的可爱先生，将各种思索呈现给我们。《帕洛马尔》是帕洛马尔的思索笔记。我们进入万物的同时也是进入帕洛马尔的思索。帕洛马尔本身就是一本百科全书，我们每个人也是。当我们与小说相遇，与帕洛马尔相遇，这种行为本身就是一种弥合，一种扩展，晶面的再生。于是开放的《帕洛马尔》衔接着我们的生活，继续呈现着多样的世界，而世界、我们（读者）、书本在此合而为一。

七、补 充

（一）开头与结尾

"开头与结尾"不是《美国讲稿》中的第六讲，而是卡尔维诺为了这次讲演而做准备的手稿中的一部分。《子午线》杂志编辑M.巴棱吉发现了这篇手稿，把它作为附录发表。而这一部分与前面所讲的小说的五个特质关系紧密，并有所生发，若不是卡尔维诺的仓促离世，也许它会以更完整的面貌示人。然而仅就这残篇也同样具有可挖掘的价值。

卡尔维诺认为，在我们动笔之前，我们拥有整个世界，即我们每个人都经历着的那个世界，一个浑然一体，没有开头和结尾的世界。这里存在着各种各样尚未表达的可能性，而小说家的作品就来源于这样一个广博的世界，小说的开头，就是抛弃众多可能性的时刻。写作一旦开始，就进入了另一个世界——词语的世界，这是一个与我们生活着的世界完全不一样的世界。开头对任何文学作品来说都是一个不同寻常的地方，它是真实世界与幻想世界的接缝处。卡尔维诺描绘出了几种不一样的小说开端：第一种，用《堂吉诃德》《鲁滨逊漂流记》《格列佛游记》来说明，小说家们以介绍人物的姓名和身份为开端，是为了不让他讲述的故事与他人的命运发生混淆，因为小说家知道，他的故事也是来自这个包蕴无限的宇宙。这样的小说开端在卡尔维诺看来，是小说家对包罗万象的宇宙的一种致敬。第二种，小说家慢慢舍弃使用某种仪式或某种门槛作为开头来提示作品之外的那个世界。因为世界是连续不断的，每个所谓的开头都是作家的一种臆想，那么小说从何开始都是合乎情理的。而这些作家都是典型的现实主义小说家。第三种，如罗伯特·穆西尔、博尔赫斯等，"他们在确定好比例尺、专注于描述自己那个故事时，还要以一种讥讽的方式向广袤的宇宙告别"[1]。还存在另外一种开头，卡尔维诺称之为"繁复"型开篇。"这种类型从普通信息开始，如百科全书中的一个条目、某篇论文中的一个章节，或者是对某种风俗习惯、环境类型或某个机构的描述；然后给这个普通信息举例，着手讲述特定的故事。"[2]比如霍桑的《红字》。

而有关小说的结尾，卡尔维诺说："小说的结局应该化解对现实的幻想，让人记住小说属于文字世界，它叙述的事件实质上是留在纸上的言语。"[3]尽管传统的叙事形式给人一种完整的印象，比如童话故事、传记体小说、教育性小说、警探小说，而其他类型的长篇小说或者短篇小说大都无法干净利落地结束。在卡尔维诺看来，一切小说结尾中堪称最重要的结尾是那种最后怀疑整个故事，怀疑小说的价值观念，最终将一切引向灰烬与虚无的结尾。卡尔维诺认为，结尾不像开篇，很难达到独具特色的效果，"因为小说的开篇就像开始进攻那

1　伊塔洛·卡尔维诺：《美国讲稿》，萧天佑译，译林出版社，2012年，第126页。

2　伊塔洛·卡尔维诺：《美国讲稿》，萧天佑译，译林出版社，2012年，第133页。

3　伊塔洛·卡尔维诺：《美国讲稿》，萧天佑译，译林出版社，2012年，第135页。

样，觉得有必要充分展现自己的能量。开始写小说就仿佛进入另外一个世界，进入一个有着自己独特的物理性能、感知性能和逻辑规则的世界"[1]。这也能解释卡尔维诺创作《寒冬夜行人》的初衷。

（二）相关的两个问题

卡尔维诺谈小说的开头与结尾，其实是在探讨小说的边界问题以及小说与真实世界的关系。如果说这个世界是一个混沌的充满可能性却没能清晰表述的包罗万象的世界，那么小说一旦开始，便存在着两种意思：第一，从混乱中、无数的可能性中剥离出一种可能性来，使得小说家所讲的这个故事跟世界上存在的千千万万相互联系的故事区别开来。第二，尽管小说以剥离的方式开端，但是也恰恰证明了小说不可能完全与它脱胎的世界彻底分离开来，真实世界的包罗万象的气质也必然会影响到小说的开端以及它的书写。

小说的开头是小说家的一个主动行为。开头不是一个线性的过程，它带有回归与追溯的特质。每一部小说开头实际上是已有的一切事物与新产生事物的相互作用。它虽然带了已知的、存在着事物的气息，但它同时也是最具有独特性和意义生成性的。如果作者不去书写，那么有可能成为小说的故事会永远地隐匿在无数的可能性的故事之中，书写的过程，就是对故事赋形的过程，给予其生命的过程，同时也是意义生成的过程。卡尔维诺说："文学作品就是这些微小的点，宇宙在这里

1　伊塔洛·卡尔维诺：《美国讲稿》，萧天佑译，译林出版社，2012年，第138页。

结晶成某种形式，获得某种意义，但还不是固定的、明确的意义；它也不是僵化了的不能动弹的死物，而是一种具有生命的有机体。"[1]然而文学不得不面对一个宇宙的熵的大背景，即一切都处在不可逆转的熵的漩涡之中，最终走向虚无。就如马拉美所认为的，这些完美的文学结晶也最终会跟宇宙一样，被否定、不存在和虚无。然而卡尔维诺还是坚持小说书写的意义，因为尽管小说是偶然性的产物，是虚无的产物，并且知道偶然性和虚无会取得最终的胜利，然而小说自身却包含一个因素，即对偶然性的反抗，对意义的执着。从中，我们可以感受到卡尔维诺的坚持。卡尔维诺在谈小说开头与结尾的过程，就是在讲述文学对意义追寻的过程，以及与熵的对抗过程。小说的开头与结尾都包裹在浓浓的虚无里，它仿若被海水包围的小岛，卡尔维诺意味深长地说："也许世界上真的第一次出现了一个要讲完一切故事的作家。但是要把一切故事讲完，总还剩点东西要讲，还得继续讲下去。"[2]

与此同时，小说的开头意味着同这个包罗万象的世界的剥离，但又不可避免地带着包罗万象性。所以才有了卡尔维诺的四种小说开头的分类。古典小说的作者喜欢在作品开头强调其作品与世界万物的密切联系。比如《荷马史诗》的开篇虽然暗示了以阿基琉斯（也译作阿喀琉斯）为主线，但并没有忘记与此并行的成千上万的其他事件。后来一些经典小说的开头在交代故事人物的身份时代表了一种对此故事之外的别的故事的尊重，作者急于把自己的故事与千万个故事区别开来。而19世

1　伊塔洛·卡尔维诺：《美国讲稿》，萧天佑译，译林出版社，2012年，第140页。

2　伊塔洛·卡尔维诺：《美国讲稿》，萧天佑译，译林出版社，2012年，第141页。

纪现实主义小说家在自己独特的对真实的理解观念下，认为小说就是从生活中撕下的一篇内容，所以小数的开头更自由，比如从事件的中间，从对话的一半，从任何时候都被允许。它试图通过小说最真实地模拟世界。而现代小说家更直接地在小说中呈现一个包罗万象的宇宙，或者直接以百科全书的方式打开小说。那么从这些梳理中我们似乎可以得出两点：小说是从那个包罗万象的世界中来的；小说在不同层面、不同角度回应和观照这个包罗万象的存在，直到小说开始试图把自己构建成包罗万象的所在。就如同阿摩司·奥兹带着小说家的狡黠所说的那样："简而言之，如果这个故事要完全履行其理想的职责，那么就必须至少一路追溯过去，一直追溯到宇宙大爆炸这一宇宙的高潮期，可以推测，在这一刻，所有小的爆炸也开始了……"[1]而这也就必然将话题引到了我们上面提及的小说"繁复"上去了。所以说卡尔维诺有关"开头与结尾"的专注点是放在了在小说诞生之前与诞生之后的外围边界问题上，而各种可能性还潜藏在世界之中。

1　阿摩司·奥兹：《故事开始了》，杨振同译，译林出版社，2012年，第12页。

八、卡尔维诺小说理论指引下的
独特写作手法

卡尔维诺是一个试图穷尽小说各种可能性的作家，他不会安于一种写作状态，更不会去重复自己。他曾在接受访问时说："让我引以为乐的是尝试新奇事物……我教我的读者习惯于期待看到新的东西，他们知道我的实验配方满足不了我，要是翻不出新的花样我就觉得不好玩。"[1]所以当他创作了新现实小说、寓言小说之后，开始寻找一种新的小说表达方式。1967年，卡尔维诺移居巴黎。而那时，法国正好是世界文学理论的重镇。卡尔维诺不仅与一些文论大师如罗兰·巴特交往密切，同时还与由索莱尔、法利耶等人在巴黎创办的先锋文学理论团体——Tel Quel[2]有密切交往。卡尔维诺加入了由他极为推崇的大师雷蒙·格诺等人在1960年创立的文学团体——

1　伊塔洛·卡尔维诺：《巴黎隐士》，倪安宇译，时报文化出版企业股份有限公司，1998年，第281页。

2　Tel Quel：由索莱尔、法利耶等人于1960年在巴黎创办的先锋派文学理论团体。其名字源于尼采的话："我想拥有这个世界，我想按照它本来的样子拥有它，我总是想拥有它，永远拥有它。"原话中"它本来的样子"原文为"Tel Quel"。该团体主张对文艺作用及其语言进行结构分析，并倡导创造性的阅读法。罗兰·巴特、德里达等人都与该团体过从甚密。

OULIPO[1]（Ouvroir de Litterature Potentielle，即潜在文学的创造实验工厂）。该团体试图寻找"潜在文学"，开发作品的无限可能。这个团体也有游戏成分，他们更倾向于把小说或其他文学看成是文字游戏或者字母游戏。可以说巴黎的生活带给了卡尔维诺在小说诗化以及小说书写上的巨大改变，他创作了文体突破极大的《看不见的城市》《命运交叉的城堡》《寒冬夜行人》，这种改变使得卡尔维诺成为真正意义上的文体实验大师。

同时，也因为这段时间的创作，学界将卡尔维诺定位为后现代主义小说家，而本章是想在卡尔维诺独特小说理论基础上探讨其独特的小说书写手法及其文体实验。卡尔维诺的小说手法并未如以往的探讨所说，仅仅是一种后现代主义思想的体现，它是建立在卡尔维诺自己独特的小说理论基础之上的。所以本章前半部分会详细分析在卡尔维诺小说理论精神的指引下而产生的新的、不同于传统的小说书写手法与技巧（或者我们也可以理解为他的小说理论与小说创作是相互激发，这里并没有一个先后的顺序）；后半部分会将这些文体实验、创作手法与后现代主义小说概念做比较，重新探讨后现代主义小说与他的小说文论、创作之间的关系。本章将着重以卡尔维诺于1972年后创作的几部叙事技巧更为精深的小说为例来展开探讨。

（一）"轻"指引下的对传统小说模式的解构手法

卡尔维诺提倡"轻"的特质中一个核心的思想是原子的

1　OULIPO：由法国人雷蒙·格诺、弗朗索瓦·勒利奥奈等发起，创立于1960年。参加者有十几个作家和数学家，其中比较有名的有乔治·佩雷克、雅克·本斯、克洛德·贝尔热等。

偏斜运动。它蕴含着对传统的颠覆、断裂、解构。在卡尔维诺小说书写中具体表现为元小说和作者的消解。

1.元小说

卡尔维诺虽然不是元小说的开创者，但绝对是将元小说的技巧推向极致的小说家。有关元小说有不同的理解，但学者普遍认为其特点是倾向于把自己的内在结构作为语言来进行有意识的反映。元小说呈现出与传统小说完全不一样的观念。它不仅仅是小说书写的新技巧，更是小说家对世界、小说的另一种维度的认知。元小说或自我意识一直都潜藏在作者的创作中。传统的小说，尤其是19世纪批判现实主义作品将这种意识压制起来，而卡尔维诺在自己的小说中将其完全释放。最能体现元小说特征的还属《寒冬夜行人》。

卡尔维诺在《寒冬夜行人》中大胆地运用了第二人称视角，搭建了一个对话平台。在这个平台上，隐匿在传统作品之中的作者、读者能够堂而皇之进入文本中，开启一个对话机制。在这个平台，作者放弃了对文本霸权，和读者共同探寻故事的走向。书中的人物也从故事的讲述中解放出来，一起与读者探讨故事的进程。这就构成了元叙述的第一个基础层级，故事里的自我意识、自我暴露。比如在第二章"在马尔堡市郊外"中有这样一些叙述："总之，这里的一切都很具体，都很清楚，记述得很符合烹调技术，起码给读者一种颇有技术的感觉。"[1]"小说中的人物形象渐渐明朗起来，因为作者对他们的行为进行细致的描写并援引他们的插话、对话。例如洪德老

1　伊塔洛·卡尔维诺：《寒冬夜行人》，萧天佑译，见《卡尔维诺文集》，译林出版社，2001年，第32页。

汉说……"[1]"这本小说仿佛有意使库吉瓦家厨房里时时刻刻有许多人……"[2]卡尔维诺在《寒冬夜行人》里穿插了十个只有开头的故事，故事里第一人称主人公频繁地从故事的叙述进程中跳出，与真实读者或主干小说主人公"你"探讨正在进行着的故事。其不断打断读者，不让他们沉浸在故事叙述，让读者开始从作者的角度去思索整个故事的谋篇布局。以往小说所努力营造的绝对逼真的氛围崩塌了。故事人物不断与读者进行对话，让故事充满了虚构感与荒谬感，类似于"回"字的方阵，恍若叙事的迷宫。

在小说的主干进程中，卡尔维诺特意加了"西拉·弗兰奈里日记选"一章。在这章中有这么一段神奇的叙述："我产生了这样一个想法，即写一本仅有开头的小说。这本小说的主人公可以是位男读者，但对他的描写应不停地被打断。男读者去买本作家Z写的新小说A，但这是个残本，刚念完开头就没有了……他找到书店去换书……我可以用第二人称来写这本小说，如'读者你'……我也可以再写进一位女读者，一位专门篡改他人小说的翻译家和一位年迈的作家。后者正在写一本日记，就像我这本日记……但是，我不希望这位女读者为了躲避那位骗子翻译家最后落于男读者的怀抱。我要让男读者去寻找骗子翻译家的踪迹，后者躲在一个遥远的地方，而让作家与女读者单独待在一起。当然，如果没有一个女主人公，男读者的旅行会枯燥乏味，必须让他在旅途中再遇到一个女人。女读者

1　伊塔洛·卡尔维诺：《寒冬夜行人》，萧天佑译，见《卡尔维诺文集》，译林出版社，2001年，第33页。

2　伊塔洛·卡尔维诺：《寒冬夜行人》，萧天佑译，见《卡尔维诺文集》，译林出版社，2001年，第33页。

可以有个姐姐……"[1]这一段叙述是对《寒冬夜行人》整体架构的和盘托出，它甚至预设了小说的未来发展进程。之后，男主人公"你"果然去寻找骗子翻译家，并在旅途中碰到了女读者的姐姐。这既可以看成是对《寒冬夜行人》的戏仿，也可以看成是对它的解构。卡尔维诺借助小说中的人物完成了这种带有玩笑式的自我暴露，这让人想到了博尔赫斯无穷后退的叙述模式，如《阿莱夫》里的类似于球体的阿莱夫，它包含了整个宇宙，同时也包含了它自己。"我看到了阿莱夫……在阿莱夫中看到了世界……阿莱夫中的阿莱夫。"[2]这种写作模式可以理解成迷宫体验、解释的永无止境、互文，也可以是一种宇宙观，还可以是一种游戏态度，就像卡尔维诺所说的"好玩"。这种模式无意于在小说中搭建所谓真实的场景，搭建一种让读者信服的逼真，而是以游戏的态度将之拆穿，是对作品自身的反思。

　　元小说是理论与虚构的整合，它一般在小说叙述中穿插进某些有关小说创作的理论。它是"一种施为的（performative）而不是陈述的（constative）叙事学，就是说，它并不试图陈述关于客观事物叙事的真相，而是要把关于叙事想说的东西表现出来，尽管它自己也是一种叙事"[3]。"西拉·弗兰奈里日记选"一章几乎是卡尔维诺小说理论的直陈。他将自己对小说的独特理解在这章中毫无保留地借弗兰奈里之口表述出来。第一，他提及了自己小说理论的核心——

　　1　伊塔洛·卡尔维诺：《寒冬夜行人》，萧天佑译，见《卡尔维诺文集》，译林出版社，2001年，第173—174页。
　　2　豪·路·博尔赫斯：《阿莱夫》，见《博尔赫斯全集》（小说卷），王永年、陈泉译，浙江文艺出版社，2000年，第336页。
　　3　马可·柯里：《后现代叙事理论》，宁一中译，北京大学出版社，2003年，第60页。

"轻"。"不用文字表达的客观世界现在充分体现在这只蝴蝶身上,而我的书应像这只蝴蝶一样,具体、集中而轻盈地反映物质世界。"[1] 第二,小说的迅速。"我真想写一本小说,它只是一个开头,或者说,它在故事展开的全过程中一直保持着开头时的那种魅力,维持住读者尚无具体内容的期望。"[2] 第三,让物发声,超越自我局限的小说创作。"我也希望把我自己从作品中抹掉,并为每一本书找到一个新我、新的声音、新的姓名,获得一次新生。但是,我的目的是在小说中捕捉到不能阅读的物质世界,那里既不存在任何中心,也不存在我。"[3] 卡尔维诺将这些小说理论嵌入《寒冬夜行人》的故事中,它既是整个故事进程中的一部分,又是对这部小说创作的明示。小说是这些构想的具体实践过程,是一种诗意地表达理论的实验。然而这种小说理论又与小说书写是不能分开的,这是一种小说的理论,也是一种理论的小说。那么元小说的自我拆解、自我暴露以及小说理论的直接进入不就是一种对真实的否定吗?笔者的回答是肯定的,这种不确定性,这种对小说创作的公开暴露,对故事本身的拆穿与暗讽并未导致对严肃性的怀疑。只是在卡尔维诺的心中,真实的世界已经不再是现实主义作品中为我们描绘的样子了。当然,元小说的运用,是卡尔维诺对小说由来已久的一种手法的重拾,它经历了漫长的沉默后,开始重新发声。卡尔维诺借助"轻"的原则,开始颠覆他认为窒息小说生命的东西。具体说便是19世纪现实主义小说中

1　伊塔洛·卡尔维诺:《寒冬夜行人》,萧天佑译,见《卡尔维诺文集》,译林出版社,2001年,第150页。

2　伊塔洛·卡尔维诺:《寒冬夜行人》,萧天佑译,见《卡尔维诺文集》,译林出版社,2001年,第155页。

3　伊塔洛·卡尔维诺:《寒冬夜行人》,萧天佑译,见《卡尔维诺文集》,译林出版社,2001年,第158页。

确立的一系列规则，元小说这种手法，是他试图对这一规则进行冲击的努力。

2.作者的消失

小说之所以能够"轻"，是因为它具有强大的对传统的颠覆性。如果一直在传统的遮蔽之下，也许沉重就是小说唯一的结局。卡尔维诺书写小说时在超越传统，超越自我。

学者迈克尔·伍德在《沉默之子》中说卡尔维诺是罗兰·巴特梦想成为的作家，认为他们二者是一体两面的。罗兰·巴特的理论刚好与卡尔维诺的小说创作完美匹配在一起。我们也承认，卡尔维诺自1972年以后创作的几部作品确实深受罗兰·巴特理论的影响。早在1953年，罗兰·巴特在《写作的零度》中针对萨特的《什么是文学》提出了零度的写作或者说是中性的写作。"语言结构是某一个时代一切作家共同遵从的一套规定和习惯……语言结构在文学之内，而风格则几乎在文学之外：形象、叙述方式、词汇都是从作家的身体和经历中产生的，并逐渐成为其艺术规律机制的组成部分。"[1]所以说语言结构是历史与社会的整体维度，而风格是作者的私人维度。作者身处社会不可避免地会受到外界影响，然而罗兰·巴特还是强调作者的自由姿态——一种直陈式的写作。而这个概念其实与其后期的《作者之死》有着隐隐的呼应。罗兰·巴特于1968年发表了《作者之死》，这时他已经不仅仅在写作里营造一个零度的乌托邦，他还试图通过写作或者书写将作者的主体性地位消解。他说："写作，就是使我们的主

1　罗兰·巴尔特：《写作的零度》，见《罗兰·巴尔特文集》，李幼蒸译，中国人民大学出版社，2008年，第7—8页。

体在其中销声匿迹的中性体、混合体和斜肌，就是使任何身份——从写作的躯体的身份开始——都会在其中消失的黑白透视片。"[1]作者不再是文本的中心与神话，他只是文本的"造访者"，而非创造者，是"现代的抄写者，在其先辈哀婉的眼光里，由于他埋葬了作者，便不会再相信他的手慢得赶不上他的思想或他的激情，因此，也就不会再相信他在建立一种必然性规则时应该强化这种迟缓和无止境地'加工'其形式；相反，在他看来，他的手由于摆脱了任何声音和只被一种纯粹的誊写动作（而非表现动作）所引导，因此可以开拓一种无起因的领域——或者至少，这种领域只有言语活动，这种起因无别的，也就是说，这种说法本身也在不停地怀疑任何起因"[2]。而对主体的消解这一认识，卡尔维诺在《寒冬夜行人中》有过极为相似的表达。他借人物弗兰德之口明确地表达出来："假若没有我，我写得多么好啊！如果在白色的打字纸与沸腾的语词和奔放的故事之间没有人来写，没有我这个碍手碍脚的人存在，那该有多好啊！风格、爱好、哲学思想、主观意愿、文化修养、个人经历、心理因素、才能、写作技巧，等等，所有这些能使作品打上我的烙印的成分，我觉得它们简直是个笼子，限制我任意发挥。假若我只是一只手，一只折断的手，握着一支笔写作……那么，谁支配着这只手呢？一群读者？时代精神？集体的无意识？不知道谁在支配这只手。我之所以要取消我，并非要这只手成为某种确定的东西的代言人，只是为了让写作属于应该写出的东西，让叙述成为能够为

1　罗兰·巴特：《作者的死亡》，见《罗兰·巴特随笔选》，怀宇译，百花文艺出版社，2009年，第294页。

2　罗兰·巴特：《作者的死亡》，见《罗兰·巴特随笔选》，怀宇译，百花文艺出版社，2009年，第298—299页。

无人叙述的行为。"[1]让小说成为一种无人的写作，没有主体的写作，这完全颠覆了传统的写作观，似乎有点本末倒置的意思。在传统的概念里，作者如上帝一样，是小说意义的赋予者，他从绝对意义上操控着小说的发展和人物的性格。小说就是他的产物，打上了鲜明的个人印记，作者是小说意义的最终解释者。然而正如罗兰·巴特所说，"作者是一位近现代人物，是由我们的社会所产生的"[2]，不是古已有之的，而是在历史中慢慢建构起来的。作者作为稳固的意义之源在时代逐渐走向多元而不是真理的一极时又开始被慢慢瓦解。我们看到卡尔维诺借助小说对传统作者地位的颠覆，就像小说中的骗子翻译家马拉纳所言："封面上作者的姓名有什么要紧的呢？让我们把思想向前推进三千年，谁知道我们这个时代的书刊到那个时候哪些会保存下来，哪些作家的名字那时还有人知道呢。有些书会很著名，可是会被仿做无名氏的作品，就像我们今天对待吉加美士史传那样；有些作家会一直很有名，可是他们的著作却全然无存，就像苏格拉底的情形一样；或者所有幸存的作品全部归于某个神秘的作者，例如荷马。"[3]书中马拉纳这个人物利用书名、作家的姓名、翻译、封面、扉页、开头、结尾等制造混乱，制造伪书，《寒冬夜行人》里的那十个故事根本找不到原作者，所以男读者的追寻之旅注定是一场

1　伊塔洛·卡尔维诺：《寒冬夜行人》，萧天佑译，见《卡尔维诺文集》，译林出版社，2001年，第149—150页。

2　正如罗兰·巴特所说："我们的社会在与英格兰的经验主义、法国的理性主义和个人对改革的信仰一起脱离中世纪时，发现了个人的魅力，或者像有人更郑重地说的那样，发现了'人性的人'。因此，在文学方面，作为资本主义意识形态的概括与结果的实证主义赋予作者'本人'以最大的关注，是合乎逻辑的。"

3　卡尔维诺：《寒冬夜行人》，萧天佑译，见《卡尔维诺文集》，译林出版社，2001年，第89—90页。

孤独之旅。那么在没有作者的世界里，小说如何运行？作者消失了，小说该何去何从？事实上，小说的创作不可能离开作者，卡尔维诺当然明白这一点。那么我们应该站在哪种角度去理解作者的消失呢？卡尔维诺让作者消失，最确切的意思是尽量地排除作为个体对客体认知的主观倾向，静听宇宙的声音、自然的声音，而不是用自我粗暴地拷问大地。所以很明显，这里的消失不是说让作家死亡，而是让小说自行书写。《帕洛马尔》便是卡尔维诺试图让作家消失之作。在小说中，帕洛马尔以陌生化的方式，重新观察宇宙、自然。他尽量滤去主观的因素，让万物发声。卡尔维诺没有在整部作品中强行发声，他只是安静地做着帕洛马尔的思想笔记，或者说帕洛马尔就是卡尔维诺，这既是一本小说，也是一本思想笔记。他想打破小说中作者无处不在的传统，消解作者自以为是的主观判断权威，甚至他想改变把小说当作一种艺术品的认识，以客观的角度进行书写，小说书写不是一种客体的创作，因为那样会带着作者的自大，作者只是一个谦逊的思想记录者而已。所以我们会发现，解读到这里，卡尔维诺所追寻的作者的消失又与罗兰·巴特这些理论家的观点是有出入的。他们探讨的角度完全不一样。在卡尔维诺这里，作者的消失意味着他不再是神的存在、绝对权威的存在，不再是人本主义的无限扩张、人对物的压迫。他善于倾听，善于接纳不确定性，善于隐匿自己。这是作者的一种蜕变，而不是消失。这样，卡尔维诺与之前所说的后现代文论家截然区别开来了。

（二）"精确"指引下的小说"晶体模式"

确切地说，晶体模式是从"精确"中直接演化而来的。

它是"轻""迅速""精确""易见""繁复"特质在小说中的呈现方式，可以说晶体模式小说是卡尔维诺小说理论的具体体现，它与卡尔维诺的小说理论是一体两面的关系。有关晶体模式背后的深层思路在"精确"这一章节中已经详尽论述，本节着重从小说技巧层面对这个问题进行展开。晶体模式中隐含着卡尔维诺两个层面的小说书写特征：排列与组合，晶面写作。

1.排列与组合

晶体结构稳定而有规则，可以通过有限分子的不同排列组合形成不同的形态，这启发了卡尔维诺。卡尔维诺曾在《控制论与幽灵》的演讲中这样说："作者消失了——那无知的被宠坏的孩子让位于更有思想的人，这样的人深知作者只是一台机器，并知道这台机器怎么工作。"[1]而这样的想法在《寒冬夜行人》中也以幽默的笔法被再次强调。卡尔维诺在这里设置了一个由马拉纳开创的文学公司，"文学作品均一化电子创作公司……我已经说服这位惊险小说的老作家把他那部写不下去的小说开头委托给我，我们电子计算机可以毫不费力地把它写下去，我们的计算机有种程序，能根据作者的观念和写作特点把原著的素材展开"[2]。这种看似荒诞的构想却道出了卡尔维诺对排列与组合的偏爱。他曾多次表示文学可以在有限的要素间不断排列与组合，形成各种小说样式。用有限的要素组合无限，就像伽利略谈及字母时所说："在一切奇妙发

---

[1]　Italo Calvino. *The Uses of Literature*. Translated by Patrick Creagh. New York: Harcourt Brace Jovanovich, 1986, p.16.

[2]　伊塔洛·卡尔维诺：《寒冬夜行人》，萧天佑译，见《卡尔维诺文集》，译林出版社，2001年，第104—105页。

明之上，最卓越的才智之士是第一位发明这样一种沟通方式的人，他把最内在的思想传递给无论多遥远的时空的另一个人；与东印度群岛的人谈心，与仍未出生或一千年或一万年后出生的人谈心。再想想它多么简单：无非是在纸上组合二十个不同的小字母。这肯定是人类一切发明中最奇妙的。"[1]卡尔维诺对此特别推崇，他提倡的晶体文学模式，其中包含的一个很明显的意蕴便是晶体可以通过自身元素的再结合而自我生成，这种生成是按照规则的几何图形形成的周期性的排列、组合。卡尔维诺认为理想文学也应该是具有这样严整的结构，同时能够根据要素进行排列组合，从而达到增殖，以至无限。他曾说："文学不过是一些要素与功能的各种变化与转化，是一种各种可能性组合的游戏。"[2]而这种奇妙的自我生成似乎暗示了作者可以隐去，文学拥有着自我生成的机制。比如在《命运交叉的城堡》里，整个故事的进行几乎脱离作者，而由有限的塔罗牌的无限组合完成。其中这样写道："世界根本就不存在，没有一个一下子就成为全部的全部：元素是有限的，它们的组合却可以成千上万地倍增，其中只有一小部分找到了一种形式和意义，在一团无形式无意义的尘埃中受到了重视；就像七十八张一副的塔罗牌，只凭其摆放顺序就可以出现一个故事的线索，将顺序变化后，就能够组成新的故事。"[3]塔罗牌成了上文中所提及的叙事机器或者小说机器，在有限的素材中，故事自动生成，并无限增殖。塔罗牌共78张，每张牌

1　伊塔洛·卡尔维诺：《伽利略的自然之书》，黄灿然译，见《为什么读经典》，译林出版社，2012年，第98页。

2　Italo Calvino. *The Use of Literature*. Translated by Patrick Creagh. New York: Harcourt Brace Jovanovich，1986，p.22.

3　伊塔洛·卡尔维诺：《命运交叉的城堡》，张密译，见《卡尔维诺文集》，译林出版社，2001年，第97页。

的牌面上都有图案，于是承担了相应的叙事因子。故事中在森林中迷失方向的路人来到了城堡，在失语状态下通过一组组随机组合的塔罗牌来讲述自己的故事。塔罗牌数量不变，但由于不断地重新组合排列，出现了一段段截然不同的故事叙述。卡尔维诺说："现在，整个方阵已完全被塔罗牌和故事所填满。这一套牌都摆上了桌面，而我的故事还没有讲呢。我无法在其他故事的纸牌中辨认出我的故事，因为它们已经交错穿插得非常复杂了。事实上，一个一个破译这些故事已经使我一直到此刻都忽略了最突出的讲述方式，即每个故事都与另一个故事相对，一个同桌摆出他的牌行后，另一个则从其尾端反向引出自己的另一个故事。因为从左向右或从下向上讲述的故事，也可以被从右向左、从上向下地解读，反过来也是如此：同样的牌出现在另一行不同的序列中往往变换其意味，而同一张塔罗牌又同时被从东南西北四个基本方位开始讲故事的人所使用。"[1]作者的声音似乎越来越微弱，最终消失在文本自动生成之中。而与此类似的《寒冬夜行人》中的那十个故事，也在文中暗示是由文化公司的电脑在确定了作家特质后进行排列组合生成的。这像极了水晶的生成，这是一个带有自我编制的生成系统。这给了卡尔维诺启示，他试图将文学理解成一种通过充分探索和利用自身因素与素材所具有的可能性而最终形成的一种排列与组合游戏。故事成倍地产生，就如同世界的模样，可以说排列与组合最终指向整个宇宙。它是卡尔维诺试图用无限小包蕴无限大的一种方式，也是繁复小说特质的一种实现方式。

1　伊塔洛·卡尔维诺：《命运交叉的城堡》，张密译，见《卡尔维诺文集》，译林出版社，2001年，第44页。

2.晶面写作

水晶拥有着精确的晶面和折射能力。在卡尔维诺看来，它是秩序的象征。它强大的折光能力，又使其能以有限掌握无限。而在这一精神指引下，卡尔维诺的小说脱离了传统的线性小说书写模式，试图通过一个个片段的书写（类似于晶面）去创造一个形式上严整的小说。小说的每一个片段都独立成章，如同一个切面，并具有折光能力，相互影射，构成一个井然有序且恢宏的宇宙。每个晶面如同世界的不同切面，从不同层面、不同角度进入世界。晶面写作不是从一维去展开，它搭建的是一个多维的空间体系，在空间蔓延，而不是时间上的延续。晶体是一个多元共生的模式，每个晶面都是高度的浓缩，没有主次之分。这个严整的体系没有沉重之感，因为它是建立在片段书写之上的。每一个晶面都可以独立成篇，但又与别的晶面相互呼应与折射，从而形成一种独特的轻盈的行文方式。所以晶面写作里包含了卡尔维诺的全部小说理论。

1952年，卡尔维诺首次尝试了晶面写作，创作了《马科瓦尔多》，其后的几部重要小说也均采用了这种写作方式。从《马科瓦尔多》到《时间零》，卡尔维诺着重以晶面的方式、片段化的方式呈现讲述的素材，涉及范围很广，然而在整体建构方面还有些松散。直到《看不见的城市》，这种写作方式才真正成熟起来。我们从他小说的目录中就能够看到他写作的转变。《看不见的城市》是如此规划的：

第一章

……

城市与记忆 之一

城市与记忆 之二

城市与愿望 之一

城市与记忆 之三

城市与愿望 之二

城市与标志 之一

城市与记忆 之四

城市与愿望 之三

城市与标志 之二

细小的城市 之一

……

第二章

……

城市与记忆 之五

城市与愿望 之四

城市与标志 之三

细小的城市 之二

城市与贸易 之一

……

第三章

……

城市与愿望 之五

城市与标志 之四

细小的城市 之三

城市与贸易 之二

城市与眼睛 之一

……

第四章

……

城市与标志 之五
细小的城市 之四
城市与贸易 之三
城市与眼睛 之二
城市与名字 之一

……

第五章

……

细小的城市 之五
城市与贸易 之四
城市与眼睛 之三
城市与名字 之二
城市与死者 之一

……

第六章

……

城市与贸易 之五
城市与眼睛 之四
城市与名字 之三
城市与死者 之二
城市与天空 之一

……

第七章

……

城市与眼睛 之五

城市与名字 之四

城市与死者 之三

城市与天空 之二

连绵的城市 之一

……

第八章

……

城市与名字 之五

城市与死者 之四

城市与天空 之三

连绵的城市 之二

隐蔽的城市 之一

……

第九章

……

城市与死者 之五

城市与天空 之四

连绵的城市 之三

隐蔽的城市 之二

城市与天空 之五

连绵的城市 之四

　　隐蔽的城市 之三

　　连绵的城市 之五

　　隐蔽的城市 之四

　　隐蔽的城市 之五

　　……

　　如果我们给每个主题一个符号，即记忆（a）、愿望（b）、标志（c）、细小的城市（d）、贸易（e）、眼睛（f）、名字（g）、死者（h）、天空（i）、连绵（j）、隐蔽（k），那么各章的排列顺序将如下：

a4，b3，c2，d1

a5，b4，c3，d2，e1

b5，c4，d3，e2，f1

c5，d4，e3，f2，g1

d5，e4，f3，g2，h1

e5，f4，g3，h2，i1

f5，g4，h3，i2，j1

g5，h4，i3，j2，k1

h5，i4，j3，k2

i5，j4，k3

j5，k4

k5

　　我们可以看到卡尔维诺在整个小说结构上的美学追求，它以晶状体分布。卡尔维诺将形形色色的城市归纳为十一个主题，而又在这十一个主题上扩展出五个方面。这样就增殖为五十五个层面，就像五十五个晶面。而这五十五个晶面又会在原有的基础上继续生长以至无穷。每一个晶面不仅仅折射一个城市，同时也是折射出所有的城市。五十五个晶面既是对五十五个城市的描绘，同时也折射出世间所有城市的样子。《看不见的城市》是城市的博物馆，是城市的迷宫。

而在《帕洛马尔》中，这种晶面写作就更加自如。《帕洛马尔》的目录如下：

一.　　　　帕洛马尔休假

一. 一.　　　在海滨

一. 一. 一.　海浪

一. 一. 二.　裸胸的女人

一. 一. 三.　闪光的剑

一. 二.　　　在庭院里

一. 二. 一.　乌龟交媾

一. 二. 二.　乌鸫啭鸣

一. 二. 三.　无法计量的草坪

一. 三.　　　观天象

一. 三. 一.　黄昏的月亮

一. 三. 二.　眼睛与行星

一. 三. 三.　观察星辰

二.　　　　帕洛马尔在城里

二. 一.　　　在阳台上

二. 一. 一.　观察大地

二. 一. 二.　看壁虎

二. 一. 三.　椋鸟的入侵

二. 二.　　　购物

那么按照简单的图式显示的话，应该是如下呈现：

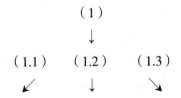

（1.1.1；1.1.2；1.1.3）（1.2.1；1.2.2；1.2.3）（1.3.1；1.3.2；1.3.3）

（2）
↓
（2.1）　　（2.2）　　（2.3）

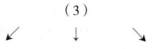

（2.1.1；2.1.2；2.1.3）（2.2.1；2.2.2；2.2.3）（2.3.1；2.3.2；2.3.3）

（3）

（3.1.1；3.1.2；3.1.3）（3.2.1；3.2.2；3.2.3）（3.3.1；3.3.2；3.3.3）

　　同时在目录前，卡尔维诺对自己的布局做了说明："目录中标题前的数字一、二、三，不论它们处于第一位数、第二位数或第三位数的位置上，都不仅表示顺序，而且还表示三种不同的主题，三种不同的经验或思考。这些主题以不同方式相互结合，贯穿本书各个部分。与'一'相对应的一般是视觉经验，以自然界的各种形状为题材，文字以描写为主。与'二'相对应的是人类学、广义的文化以及涉及视觉、语言、意义、符号等因素的经验，文字偏重叙述。第'三'类涉及宇宙、时间、无限、自我与世界的关系及思维的性质等因素，属思辨经验，文字也由描写、叙述转为默思。"[1]我们很清楚地看到《帕洛马尔》的布局。整部小说建立在三大板块之上，每个主题又分裂成三个部分，每个部分又分裂成三

　　1　伊塔洛·卡尔维诺：《帕洛马尔》，萧天佑译，见《卡尔维诺文集》，译林出版社，2001年，第229页。

个更小的层面。这样全书一共二十七章，如同水晶的生长，不断严整地生成越来越多的晶面，这就是卡尔维诺一再声称的"乘方文学"。虽然这里从始至终存在一个人物帕洛马尔先生，但是显然卡尔维诺关注的不是这个人的心理或社会层面，也不关注围绕着他发生了什么线性连锁的故事，而是将帕洛马尔对世界的观察以片段化的方式呈现，或者说是场景式的呈现。卡尔维诺的笔飞翔在场景之上，场景是熠熠发光的最为精华的碎片，它拥有密集的美、浓缩的美。每一个章节都是观察与思考的切面。这些切面也并非散落在各个章节中，而是被纳入一个严整的模式中，不能随意调换位置。这里既有卡尔维诺对传统线性叙事模式的反思，对速度写作（浓缩）的青睐，又有他对整个宇宙的思索。卡尔维诺在谈到"精确"时认为宇宙是一个熵的运行体，他对小说内容本身也不再坚持自我对世界的强行赋形，而是随时随地，保持自由形态，对具体事物具体赋形。但与此相反的是，卡尔维诺为《帕洛马尔》构建了一个极为严整的模式。究其原因，其中不免有其对追寻意义的坚持，同时，作为小说家，他认为小说是智性参与的结果，而非迷醉中的无意识写作。所以小说也是小说家经过严密思索后的结晶，它应该拥有完美和严密的形式。

（三）"繁复"指引下的杂糅手法

在繁复精神统摄下的小说书写必然会呈现出与传统小说不一样的书写方式。这种书写方式更多地体现在全方位的杂糅。通过各个层面上的杂糅，将小说推向所谓的"超级小说"。而这种杂糅叙事表现在叙事视角的多角度杂糅以及互文。

1.叙事视角的多角度杂糅

卡尔维诺使用叙事视角多角度杂糅手法最为突出的作品当属《寒冬夜行人》。小说开篇的第一句话："你即将开始阅读伊塔洛·卡尔维诺的新小说《寒冬夜行人》了。"[1]其直接将第二人称"你"在读者毫无防备之时引入文本中来。"你"首先给读者的感觉是叙述者在暗指读者，这是一种对话式的表达。然而随着阅读的推进，读者明显感觉这个"你"尽管有读者的影子，但他完全是在叙事者的掌控之中，他不是自由的、神秘的、与叙述者平等对话的"你"。他更像是叙述者假借读者的形象在小说中塑造的一个人物，更确切地说就是小说里的那个渴望阅读的男读者。这个叫作"你"的男读者在小说中经历了一连串离奇的故事，最终和女主角柳德米拉舒服地躺在一张床上看《寒冬夜行人》。这个第二人称的"你"在这里具有两种功能：一种是超出小说之外的指涉性，指向读者；一种是它的叙述对象，或者说书里的主人公（尽管不是传统意义上的主人公，更确切地说是故事的一个主线中的主人公）。这也就直接激发了读者在阅读这个"你"时会有两重心理体验：一是告诉自己"你"并不是自己，只是小说设置的一个人物；二是总在不自觉的情况下，认为小说中的"你"就是对自己的指涉，甚至会拿自己与小说中的"你"比对。与此同时，这个"你"又与叙述者构成了一种对话模式。如果是传统意义上的第三人称主人公，叙述者在叙述时，与这个人物之间的关系相对稳定，叙述者具有权威性。他对人物的描述是不经探问地强行安排，是自己意志的彰显。而在这里，通过第二人

1　伊塔洛·卡尔维诺：《寒冬夜行人》，萧天佑译，见《卡尔维诺文集》，译林出版社，2001年，第7页。

称的主角设置，会形成一种对话机制。这种对话也带有双重性，叙述者与小说人物"你"对话，同时也是与"你"所代表的读者进行对话。最终形成了一种灵动的、不封死在任何一个角度的叙事。

比如："喏，你现在已准备好开始看第一页前几行了。你希望立即能看出作者那独特的风格。遗憾，你没看出来。你又仔细想想，谁说这位作家有种独特的风格呢？恰恰相反，大家都知道，他的作品每一本书都不相同。"[1]在这样一句叙述中包含了五个维度：现实中的卡尔维诺、叙述者、叙述者笔下的小说家卡尔维诺、小说层面的"你"，以及现实层面的"你"。这些维度不是等级分明、互不干涉的，它们在各自的维度叙述，同时随意进出别的维度。比如读者捧起来的这本书的确是真实世界里一个叫作卡尔维诺的作家的作品，而在书中又同样存在一个卡尔维诺。那么我们可以认为他们是存在于两种维度，完全不是一个人，但接下来，"他的作品每一本书都不相同"这句话似乎又在隐射着现实中的卡尔维诺，因为他身上的确有这样的特质，但同时我们还可以理解为书本里虚拟的卡尔维诺与现实中的卡尔维诺有着相似的写作手法。这样的叙事让指涉变得暧昧不清却意义丰富，读者体验到的是一种多重想象空间。小说也从单一的叙述维度中解放出来，以尽可能多的维度去拓展小说与事件的关系。小说不是事件的透明叙述，它以自己独特的视角去穷尽事件的各种可能性。这样就形成了一种视角的杂糅，或者说视角的繁复。

在第一个小故事《寒冬夜行人》中，有这样的描述：

1　伊塔洛·卡尔维诺：《寒冬夜行人》，萧天佑译，见《卡尔维诺文集》，译林出版社，2001年，第12页。

"我就是小说的主人公，在小吃部与电话亭之间穿梭而行。或者说，小说的主人公名字叫'我'，除此之外你对这个人物还什么也不知道；对这个车站也是如此，你只知道它叫'车站'，除此之外你什么也不知道……"[1]"你看这篇小说已看了几页了，应该向你交代清楚，我在这里下车的这个火车站，是过去的火车站呢，还是现在的火车站。可是，书中的文字描述的却是一种没有明确概念的时空，讲述的是既无具体人物又无特色的事件。当心啊！这是吸引你的办法，一步步引你上钩你还不知道呢，这就是圈套。也许作者和你一样，还未考虑成熟，你这个读者不是也还搞不清楚，读这篇小说会给你带来什么欢乐吗？"[2]卡尔维诺在第一个只有开头的故事里继"你"之后，又以另一个独特的视角"我"进入，他们属于不同叙述范畴，在《寒冬夜行人》中独立的小故事与整体的故事基本上是没有交集的，这独立的十个故事的开头都是小说主人公"你"在阅读小说，可以说两个人物处于不同的层级。然而在我刚才引出的这段文字中，我们发现一个叙事混杂的情况。在独立故事中的"我"开始越位同读者说话，这个读者可以是真实读者，也可以是主干故事中"你"。"我"既是此小说的主人公，同时又是此小说的叙述者，他是这样自我介绍的："我就是小说中的主人公，……小说的主人公名字叫'我'。"他仿佛对故事的发展了如指掌，他在叙述自己的行为，同时在跟真实的读者或"你"交流。然而紧接着，"这是吸引你的办法，一步步引你上钩你还不知道呢，这就是

1　伊塔洛·卡尔维诺：《寒冬夜行人》，萧天佑译，见《卡尔维诺文集》，译林出版社，2001年，第14页。
2　伊塔洛·卡尔维诺：《寒冬夜行人》，萧天佑译，见《卡尔维诺文集》，译林出版社，2001年，第14页。

圈套。也许作者和你一样，还未考虑成熟"[1]。这句话似乎又暗示"我"只是小说中的一个人物，"我"的命运还是交付在另一个人——作者手中。而这个作者也具有含混性，也许指次级小说的作者，或者指整个《寒冬夜行人》的作者。"我能上哪儿呢？外面那个城市还没个名字，我们还不知道它将被排斥在这本小说之外呢，还是被包含在这本小说的文字之中。"[2]"我若讲话，我的每一句话都会留下来，可能直接或间接地为人引用。也许正因为如此，作者才连篇累牍地提出各种设想而不写下任何对话，让我在这层铅字组成的密密麻麻的昏暗的掩体之下悄悄通过、逃之夭夭。"[3]"我"作为次级小说《寒冬夜行人》的主人公跳出小说的范畴来思考作者为何如此安排的原因。"我"作为一个独立意识既活在次级小说之内，又活在其外。那么这里存在七个维度：卡尔维诺、叙述者、主干小说中的"你"、虚构的卡尔维诺、次层级小说《寒冬夜行人》的作者、次层级《寒冬夜行人》中的主人公"我"、真实读者。从形式上看，它似乎是一环套着一环，然而我们发现，这里面层级的划分是不稳定的，它是可以随时越界变换身份的。作为读者，我们拿不准这些维度具体的指向。以往的阅读经验在这里完全断裂，读者如同走进一个叙述的迷宫。这个迷宫里，各个维度的传统设置开始崩塌，它们不再安分于自己领域，不断地向外指涉，同时这种指涉又带有含混气质。叙事视角的不断转换、越级叙述，形成了一个多

1　伊塔洛·卡尔维诺：《寒冬夜行人》，萧天佑译，见《卡尔维诺文集》，译林出版社，2001年，第14页。

2　伊塔洛·卡尔维诺：《寒冬夜行人》，萧天佑译，见《卡尔维诺文集》，译林出版社，2001年，第16页。

3　伊塔洛·卡尔维诺：《寒冬夜行人》，萧天佑译，见《卡尔维诺文集》，译林出版社，2001年，第16页。

元、混杂的叙事百科全书。在小说中穿插的这十个只有精彩开头没有结尾的小故事几乎都是运用这样的叙述方式，这里没有绝对的单一的维度，它是多维度展开的，而维度之间又是相互渗透，具有灵动性，而不是僵死与绝对的。后现代主义者认为这种书写方式是对真实的一种颠覆，它将现实与虚构拉通，成为一种语言的自我指涉。然而在卡尔维诺看来，唯其如此才能够真正接近真实。这或许是一种最为现实主义的态度，就像《伪币制造者》讲述了一个前后逻辑一致的线性事件，那不是小说，那是故事。故事往往是对真实的抽离与虚构，传统的现实主义是对现实的建构，而不是再现。小说只有建立在网状般的叙事，多重视角的杂糅之上，才有可能无限接近真实。

2.互文

繁复暗含了对各种文体杂糅的渴望，以及对各种书籍合成一本书的宏愿。如博尔赫斯所说："所有人，在不能自已的交媾时刻都是同一个人。所有人，在重复莎士比亚的话时，都是威廉·莎士比亚。"[1]小说家似乎开始形成一种观念，即宇宙就是一本书，或者书就是宇宙。所有的小说家都在致力于那世界上唯一的一本书的创作。既然这个世界上所有的书都是指向同一本书，那么它们必然是互相指涉、互相印证、互相对话的。正如朱丽叶·克里斯蒂娃所认为的，这是一种空间上的组合（syntagmatic relationship）与时间上的聚合（associative relationship）。事实上每一种语言，都连接着别的、种种可能性的知识。一切都处在相互联系而无法割

---

1 豪·路·博尔赫斯：《特隆、乌克巴尔、奥比斯·特蒂乌斯》，阙如译，见《博尔赫斯全集》（小说卷），浙江文艺出版社，2000年，第86页。

裂的状态。世界万物天然地联系在一起，相互呼应，交错应和，这也是卡尔维诺提出小说"繁复"特质的初衷，那么这种小说特质必然也暗含了对各种文本的杂糅、呼应。互文并不是一个新的概念，它在小说初创阶段就已经存在。比如乔叟在《特罗勒斯和克丽西德》[1]中处理特洛亚沦陷时是这样写的："至于这个城国如何被毁，不属于我所述的范围，离我的题旨太远，也不必耽误你们的时光，谁若要知道其中的底细，尽可读荷马或德昌士，或狄克底斯的诗作。"[2]小说家不避讳在自己的小说中提及自身文本之外的丰富的世界，同时也承认自己的小说就存在于这样的一个相互关联的世界中，它不是孤立的岛屿，而是与外在世界有着深刻的联系。互文不仅仅是一种文本之间的指涉，也是一种对外部世界的指涉，文本的互相指涉已经融入一切事物之中。

于1972年创作的被外界称为"最美丽的书"的《看不见的城市》是卡尔维诺突破以往的风格，采用另一种创作手法的开拓性作品。1983年3月29日，卡尔维诺在纽约哥伦比亚大学写作硕士班的一次讲座中这样说道："《看不见的城市》就像是由马可·波罗向鞑靼人的皇帝忽必烈汗所做的一系列的旅行汇报。（在真实历史中，成吉思汗的后裔忽必烈是蒙古人的皇帝，但可马·波罗在他的书中称他为鞑靼人的大汗，而这在文

1　《特罗勒斯和克丽西德》，是根据薄伽丘的《菲洛斯特拉托》诗歌改写而成的一部重要传奇，也是乔叟的第一部现实主义作品。叙说特洛伊王子特罗勒斯和一个贵族寡妇克丽西德的恋爱故事，他俩曾经海誓山盟，永不变心，但当克丽西德作为交换战俘的人质到了希腊军营后，竟爱上了希腊将领，背弃了她对特罗勒斯的承诺。特罗勒斯要与情敌决斗，结果战死在希腊军营。作者站在新兴市民阶级的立场，宣扬追求爱情和幸福是人的权利和天性。

2　乔叟：《特罗勒斯和克丽西德》，见《乔叟文集》（上卷），方重译，上海译文出版社，1979年，第101—102页。

学传统中被保留了下来。）我并不打算追寻这位幸运的威尼斯商人的旅程，他在十三世纪到达了中国，然后作为大汗的使者访问了远东的很大一部分地区。现在，东方是一个已经留给专业人士的主题，而我不是这样的人士。但是在所有的世纪里，有一些诗人和作家从马可·波罗的游记中获得启发，就像从一个幻想性的异域情调的舞台背景获得启发一样：如柯勒律治的一首著名的诗、卡夫卡的《皇帝的圣旨》、布扎第（也译作布扎蒂）的《鞑靼人的沙漠》。只有《一千零一夜》能够肯定自己有一个相同的使命：这部书变得就像是一些想象出来的大陆，在这里，另一些文学作品找到它们的空间；这是些'别处'的大陆，在今天，'别处'可以说已经不存在了，整个世界趋向于变得一致。"[1]我们从这段话中可以看出卡尔维诺对文学的理解。现代文学已经不可能如《一千零一夜》那样去想象一个全新的世界，大部分作品的世界都已经在别的文本中出现过了，而这并不影响文学的继续发展。文学就在已有的世界里继续互相激发、互相呼应，创造相似却又不相似的世界。我们看得出卡尔维诺的《看不见的城市》与另外一本书《马可·波罗游记》之间的微妙关系。《看不见的城市》创作的一个重大的诱因是《马可·波罗游记》，它为《看不见的城市》提供了架构以及人物的设置，然而《看不见的城市》呈现的又是完全不同于《马可·波罗游记》的小说风格以及主题。就像卡尔维诺自己说的，《马可·波罗游记》是一个灵感的契机，是一个梦爆发的缘由。整本书神秘的东方背景恰恰是

1　《看不见的城市》于1972年出版，从1972年底到1973年初，卡尔维诺曾在多家报纸的文章和访谈中谈到它。这段文字是卡尔维诺于1983年3月29日在纽约哥伦比亚大学写作硕士班的一次讲座中的讲话。它以1972到1973年的两次访谈为基础，并且大部分在意大利没有发表过。

《看不见的城市》的切入点。而我们最关心的还是卡尔维诺如何借助《马可·波罗游记》创作了《看不见的城市》。《看不见的城市》是这样切入的：

当马可·波罗描述他旅途走访过的城市时，忽必烈汗未必全都相信，但是有一点可以肯定，那就是这位鞑靼君王听我们这位威尼斯青年的讲述，要比听任何信使和考察者的报告都更专心，更具有好奇心。在帝王的生活中，会在因征服的疆域宽广辽阔而得意自豪之后，反而因为意识到自己将很快放弃对这些地域的认识和了解而感到忧伤和宽慰；会有就像一个雨后落日时分的大象的气味和火盆里渐冷的檀香木灰烬带来的空落落的感受；会有一阵眩晕，使眼前地球平面图上山脉与河流的曲线颤抖起来；会将报告敌方残余势力节节溃败的战报卷起来，打开从未听人提过姓名的国王递来的求和书的蜡封，他们甘愿年年进贡金银、皮革、玳瑁，以换取帝国军队的保护：这个时刻的他，会发现我们一直看得珍奇无比的帝国，只不过是一个既无止境又无形状的废墟，其腐败的坏疽已经扩散到远非权杖所能救治的程度，而征服敌国的胜利反而使自己承袭了他人的深远祸患，从而陷入绝望。只有马可·波罗的报告能让忽必烈汗穿过注定要坍塌的城墙和塔楼，看清一个图案精细，足以逃过白蚁蛀食的窗格子。[1]

紧接着，卡尔维诺开始描述形态各异的城市，每个城市的描述被压缩在一个极短的篇幅当中。而《马可·波罗游

1　伊塔洛·卡尔维诺：《看不见的城市》，张宓译，见《卡尔维诺文集》，译林出版社，2001年，第139页。

记》中也的确记载了各种东方城市，甚至将一些看似奇幻的事情放进了游记。卡尔维诺没有对原著的人物姓名、地位、人物关系，以及大体的故事元素做过多改动，而是把它们承接下来。同时卡尔维诺抛弃了原著过于散漫的讲述，赋予每一个城市精致的轮廓，同时清除了原著的枝蔓，让马可·波罗与可汗从具体的存在变成了纯粹思维的存在。最终形成了卡尔维诺对经典的改写或者戏仿。虽然我们承认《看不见的城市》有着自己完全独立存在的价值，然而它却不能完全脱离《马可·波罗游记》这本书。它在某种意义上是对《马可·波罗游记》的另一种呼应，读者不可能在完全不了解《马可·波罗游记》的前提下完全看懂《看不见的城市》。卡尔维诺这样写道："一个文学文本自身并不是一个'有机统一体'，而是与其他文本的关系，而其他文本反过来又是与另外文本的关系……"[1]两个文本相互交织，形成一个更大的视域。《看不见的城市》是《马可·波罗游记》忧郁的回忆，正像米歇尔·施奈特所说："现代艺术作品似乎和以往的作品之间维持着一种从根本上怀旧的关系。它并不同它本身、它的作者、它的时代相协调，它是古典作品投射的影子，那些作品在这协调中熠熠生辉。不管它有多新，它也是回忆，向一去不返的以往示意。姗姗来迟者思念着一段或许神秘的时代，那个时候，艺术品没有忧虑、没有原因地存在着。"[2]在这样的一种回忆中，书的体积不断膨胀。与此同时，书本上的城市与真实的城市形成一个呼应。我们把这看成一种宽泛意义上的互文。

1　伊塔洛·卡尔维诺：《命运交叉的城堡》，张密译，见《卡尔维诺文集》，译林出版社，2001年，第124页。

2　蒂费纳·萨莫瓦约：《互文性研究》，邵炜译，天津人民出版社，2003年，第62—63页。

　　《寒冬夜行人》将这种互文推向极致，形成一种文体与内容的双重杂糅。《寒冬夜行人》讲述了男读者阅读小说时，发现这是一本只有开头、装订错误的书，于是去找书店老板换了一本所谓正确的书，而换回来的是完全不一样的另外一本小说，它也只有开头。男主角在一系列寻找拥有完整故事的冲动中，不断看到完全不一样的只有开头的小说残本。本来是寻找《寒冬夜行人》的小说，可是找来的永远是别的作家的小说，于是本来应该是一部完整的《寒冬夜行人》却在不断地与别的小说的拼贴中扩展自己的内容。真书与伪书相互掺杂，男读者因阅读而卷进了一场小说的迷宫。最终这看似毫不相干的真假小说的题目连起来却成了另一个小说的开头。这样整部小说就形成了一个大型的互文结构。小说中套小说，小说真真假假。所有的小说最终汇为一体，就像河水流向大海。只有开头的十个故事拼贴在主干小说之中，形成互文；而这十个故事，是卡尔维诺分别对现实主义小说、存在主义小说、魔幻现实主义小说等的戏仿，这构成了第二个层面的互文；而故事在男主角对完整小说的追逐中，对女主角柳德米拉的追求中带有对侦探小说、间谍小说、政治小说等的杂糅和戏仿。正如刚才所说，十个小说最终汇成了新的小说。男读者手中的这本《寒冬夜行人》又是对真实的、读者手中正在阅读的《寒冬夜行人》的一种戏仿。可以说，《寒冬夜行人》整个框架的搭建参考了《一千零一夜》。对这个古老的框架、故事嵌入故事的模式，卡尔维诺着迷已久，并在众多场合谈及。《寒冬夜行人》在《一千零一夜》原有的基础之上增添了更为复杂的模式，实现了对它的现代改写，从而在全文形成了多个层面上的互文。而这几个层面又好似相互流动、互相影射的。所以整个作品成了互文的盛宴，读者在眼花缭乱的互文的小说中试图去穷尽小说的各种可能，从而使卡尔维诺的《寒冬夜行人》成为一本真正具有"繁复"特质的小说。

（四）卡尔维诺的小说与后现代主义小说的疏离性表征

探讨到这里，我们似乎无法回避一个问题，那就是卡尔维诺的小说与后现代主义的关系。上文所探讨的在卡尔维诺独特小说理论指引下的小说独特书写手法与模式似乎与后现代主义小说常用的手法相似。那么卡尔维诺的小说创作是否就是后现代主义的理论应用呢？抑或是二者之间存在一种疏离？如果有，那么这种疏离又表现在哪里？

1.后现代主义小说

谈及后现代主义，似乎有种迷宫般的感觉，它概念的驳杂，有一种众声喧哗之感。本文无意于重新对后现代主义的概念做梳理，只是在前人比较重要的观点上加以提炼，从而引出与卡尔维诺小说差异性之探讨。

哈桑把后现代主义看成一种既是历史性又是共时性的建构。他以后现代主义的观点重新梳理文学史，这样，他便在历史上重新找到了带有后现代主义特质的文学，尽管这种文学在以前的定位中并不属于后现代主义范畴。比如他从传统的作家及作品中看到了后现代主义的因素，并且重新在现代作家的作品中读取这种信息。例如劳伦斯·斯特恩的重新发现，正如他所说的："真实地讲，这种寻找先驱的行为意味着，我们已经在思想中确立了后现代主义模式，一种属于文化和想象的特殊类型，然后着手去'重新发现'各种作者、各个时期与这一模式之间的类似之处。"那么我们会问后现代主义的模式是什么？哈桑重新梳理传统的标准是什么？让-弗朗索瓦·利奥塔德认为，后现代主义并非简单的是个时间概念，它既可以处在后现代主义阶段，也可以不处在后现代主义阶段，它可以超出时代，在精神上提前发生。"后现代不是一个新的时代，而是对现代性自称拥有的一些特征的重写，首先是对现代性将其合法性建立在通过科学和技术解放整个人类的视野的基础之上的宣言的重写。"[1]然而这种重写的特征是什么，尤其是作为后现代主义小说重写的特征是什么？在琳达·哈琴看来，后现代主义的本质就是矛盾。这个观点也得到一些主要的学者的认同。"一个后现代艺术家或作者处在一个哲人的位置上：他所写的文本、所产生的作品原则上不被先行建立的规则所支配，他们不能按照一种确定的意见，凭借将熟悉的范畴用在文本上而受到裁决。那些规则与范畴正是艺术作品本身在寻找的。"[2]所以在这样的观点下，后现代主义小说应该是："'过去的在场'（即对过去的创作规则的批判性享有，既讽刺又对话、既批判又重复）、出自一个它想颠覆的系统、异类并陈、编史的元虚构（既玩味于自我意识，又想联系世界）、既解构元叙事又成为元叙事的继续、在反对秩序中建立秩序、艺术与生活共谋、艺术门类之间的后现代越界、界限不明而又相互对抗、对话语的混合及相互拆台、虚构并且反虚构、超文学的争辩空间（理论与文学话语混杂于一处，面目难分）、合作又挑战、维护又破坏、既不遵守规则又自身在寻找

1　让-弗朗索瓦·利奥塔德：《何谓后现代主义》，见《后现代主义文化与美学》，王岳川、尚水编，北京大学出版社，1992年，第165页。

2　Linda Hutcheon. *A Poetics of Postmodernism: History, Theory, Fiction*. New York and London: Routledge, 1988, p.15.

一种规则。"[1]所以从这个角度看，我们也许可以小心地把后现代主义小说定义为一种矛盾与悖谬的文学，或者说矛盾与悖谬是后现代主义小说的精神。

2.卡尔维诺的小说与后现代主义小说的疏离性表征阐释

后现代主义小说的矛盾与悖谬的精神的确存在于卡尔维诺的小说中。在《看不见的城市》之后的作品中，卡尔维诺开始明显颠覆传统的小说写作。其小说有些类似于巴特所提倡的可写文本。"一个无所谓的次序的文本当然也就是一个无头无尾的文本，因为次序总是和时间性相连，总是遵从着逻辑，遵从着潜在的规则系统，毅然决然地放弃次序，也就是放弃规则、系统和逻辑，总之，就是放弃形而上学。"[2]其意义变得流动起来，不再是唯一的确定的，文本变成了一场嬉戏与享乐。就像卡尔维诺所说："链条的起点，即第一个真正的写作主体，看上去离我们越来越远，越来越淡漠，越来越模糊：或许，他是一个自我的幽灵，一个空洞的场所，一种缺席。"[3]和理想作家形象弗兰奈里一样，卡尔维诺也反对形而上学的第一概念，而坚持一种彻底的语言历史主义。然而这样是否就可以将卡尔维诺定义为一个典型的后现代主义小说家抑或是先锋小说家？卡尔维诺曾经是这样谈及后现代主义的："美国确实有人说我是后现代主义派。有许多人就后现代主义问题发表了许多著作、论文，但什么是后现代主义，我至今仍不甚了

1　王钦峰：《后现代主义小说论略》，中国社会科学出版社，2001年，第3—4页。

2　汪民安：《谁是罗兰·巴特》，江苏人民出版社，2005年，第192页。

3　哈贝马斯：《后形而上学思想》，译林出本社，2001年，第228—230页。

然。看来，所谓后现代主义，当是乔伊斯以后问世的现代主义。因此，首先得理解什么是现代主义，然后才能理解什么是后现代主义。后现代主义是一个含义相当空洞的标签。现代主义是在跟传统全盘决裂的主张推动下诞生的。后现代主义既然师承现代主义，它就无须彻底否定传统，无须把传统作为敌人来打倒。那就意味着，它从传统中汲取着什么，从传统中看到某些可以借鉴、继承的东西。现代西方文学经历了各种变革，我们不应该忘记这个世纪的文学、文化所经历的全部危机。今天，我们不是很倾向于跟传统决裂，但这又不意味着我们跟十九世纪现实主义文学有着直接的联系，而是说跟十九世纪文学史上发生的一切保持某种连续性。如果我的理解是正确的话，这或许应该是后现代主义的含义；它是'现代主义'的继续，而且应该比它前进一步。需要说明，现代主义这个术语在意大利文学批评辞典中是不存在的，所以我们只是在假定的前提下谈我的看法。我们意大利人有个概念，先锋派。例如超现实主义、未来主义。先锋派是一种运动，它们有自己的纲领、主张，以某种方式跟政治、革命联系。普鲁斯特是对文学形式进行了重大革新的人，但他禁锢于象牙之塔，因而很难说他是先锋派。"[1]这与巴思的观点很相似，他认为卡尔维诺身上拥有着既现代又传统的特点，同时"理想的后现代主义小说，应该多少超越现实主义、非现实主义、形式主义和'实质主义'、纯文学和政治文学、社团文学和垃圾文学之间的争执"[2]。我们从中可以很明显地感觉到，作为小说家，他们不

1　伊塔洛·卡尔维诺：《文学——向迷宫宣战》，见《"冰山"理论：对话与潜对话》（下册），工人出版社，1987，第846—847页。

2　John Barth. *The Friday Book: Essays and Other Nonfiction*. Baltimore and London: The Johns Hopkins University Press，1984，p.203.

愿意被用后现代主义或先锋派这样极具有标签式的头衔去定位自己。一个小说家是一个活生生的个体，小说创作的灵魂是自由的，这本身就与任何标签性的定义相悖。任何一部小说，在空间上向四方敞开；在时间上向未来与过去敞开。没有纯然的与理论界说法一致的小说，如果有，那也绝非是真正意义上的小说。就如同米兰·昆德拉谈及先锋派（前卫派）时所说："前卫派总是抱有与未来和谐同步的雄心。前卫艺术家创作出作品，确实是大胆的，不容易被人接受的，具有挑衅性，被人嘘，但他们创作的时候，确信'时代精神'是跟他们在一起的，确信到了明天，时代精神会证明他们是对的。……跟未来调情是最糟糕的保守主义。"[1]事实上，卡尔维诺不是一个先锋派作家，他也绝不是仅仅跟随时代、理论步伐来调整自己创作步态的作家。从某种意义上说，卡尔维诺是带有学院气质的小说家。一方面，他开创和吸收后现代主义所谓新的手法；另一方面，他绝非为技巧而技巧，为了某个时兴的理论去写小说，他身上继承了西方深厚的人文主义传统以及知识分子独有的使命感。他最为推崇博尔赫斯，不是因为学者们认为博尔赫斯是典型的后现代主义小说家，恰恰相反，吸引卡尔维诺的是博尔赫斯的古典主义情结。[2]同时，卡尔维诺也没有在任何一个场合标榜过自己是一个后现代主义小说家。卡尔维诺一生的创作是不断改变的，他不断尝试新鲜的东西，从他的整体创作来看，他只有一小部分创作与所谓后现代主义小说理论有些许重合，而其余部分是不能用这个概念来诠释的，如他中前期的

1　米兰·昆德拉：《小说的艺术》，董强译，上海译文出版社，2004年，第25页。

2　卡尔维诺曾在《豪尔赫·路易斯·博尔赫斯》一文中说："博尔赫斯的作品拥抱广泛的文学与哲学遗产，具有古典情结。"

寓言小说和后期的思考小说。这些作品彰显出来的是有别于后现代主义小说的特质。即使是在他最具有后现代主义小说特质的作品里，我们也能同样找到与后现代主义小说有出入的地方。

卡尔维诺独特写作手法的形成有如下几点值得我们注意：

第一，卡尔维诺独特的叙事手法有他独有的宇宙观的支持，而绝不是对后现代主义理论的简单运用。比如杂糅叙事和互文手法的运用并不是受到类似德里达为代表的解构主义文本观的影响。后现代主义文本观认为多角度杂糅叙事是对作者中心主义的一种瓦解，是对神话的瓦解，是对单纯逻辑因果叙事的一种反叛，是对形而上的抵牾。而互文则是在瓦解了文学没有确定所指之后，在不断指向别的文本中变化的过程。文学被锁闭在文本之中，符号的所指指向自身或别的文本，而别的文本继续这种游戏，一切都只是符号的狂欢，意义则在指涉的断裂中消解。卡尔维诺在运用这两种手法的时候，其实更多的是对自己所提出的繁复小说特质的一种呼应。卡尔维诺其实是把小说看成一种认知的方式。他说："文学并不了解具体现实，只停留在各个层面。是否有这样的一种现实，它的不同层面仅仅是某一个方面，或者只存在在这些层面上，而这些都不是文学所能决定的。文学探索出这些层面，这种现实对文学来说更好认识，而也许其他的认知方式还无法了解这些层面。"[1] "繁复"隐含了一种小说独有的认识世界的方式，而多角度杂糅叙事与互文手法是对繁复特质的实践以及对小说独特认知方式的实践，而这与后现代主义文本观相差甚远。很多

1　Italo Calvino. *The Uses of Literature*. Translated by Patrick Creagh. New York: Harourt Barcour Jovanovich，1986，p.52.

学者认为卡尔维诺提出对作者的消解受到罗兰·巴特理论的影响，笔者虽然不会全面否认这种影响，但很明显，卡尔维诺提出对作者的消解在很大程度上是建立在他对自我问题的深刻探讨，以及原子论的基础之上的。卡尔维诺畅想在奔腾的文字与打字机之间如果没有作者的主观存在该是一件美事。这里不存在主观或者自我的干扰，自我的消失恰恰是世界的解放。世界在自我的重压下得以舒展。所以我们会发现结果相似的提法，其实背后的原因完全不同，从这个角度看，我们也很难认为卡尔维诺是作者之死的后现代主义文论的验证者。排列组合以及增殖的小说手法，看似具有后现代主义色彩，带有游戏、解构、将文本意义离散化的、对主体消解、对追寻意义的放弃、打乱线性讲述等特质。然而卡尔维诺的这种手法却是来自晶体模式的启发。排列与组合以及增殖恰恰是想通过有限的要素来把握无限，这不是对混乱的模仿，而是希冀通过有序去整合无序，通过规则去赋予秩序，从而得到意义，哪怕是短暂的如川流之中随时可能被吞没的岛屿的意义。从这个角度上看，卡尔维诺不但不是后现代主义文论的实践者，反而是它的对立者。他所运用的被很多学者认为是典型的后现代主义小说手法往往都有着更为深层次的考量，有些甚至与后现代主义文论恰恰相左。即便是在学者看来最具有后现代主义特征的小说《寒冬夜行人》，在小说行文方式上我们仍能看到它对后现代主义的反驳。比如小说中设置的第二人称男主角"你"。这个"你"被很多学者认为是小说叙述边界的一种突破，它完成了读者与作者的融合，现实与虚构的融合，成就了一种对文本的颠覆。而事实上，我们如果仔细阅读，不难看出卡尔维诺在这里无意于颠覆传统。因为他所设置的"你"虽然在人称上与传统主人公不同，看似形成了一种与读者的对话，然而事实是，"你"依然是作者创作的一个主人公，读者几乎没有任何机会去重新定位和改动他的存在。"你"看似无名，独立于文本，但最终依然卷入故事当中，成为一个人物形象。读者不可能完全将自己投射到这个人物之上，这只是作者在小说中设置的一个人物，而事实上这个抽象的男读者随着故事的展开，越来越丰满，越来越远离现实生活中的读者。小说的边界与真实的边界依然泾渭分明。作者的身份看似隐去，邀请读者参与到故事的进程中来，然而事实上，故事的进程始终都控制在作者的手中。正如戴维·洛奇在《小说的艺术》"文本中的读者"一节所说："不论构建程度再怎么复杂精细，受述者[1]终究还只是个修辞上的设置，是个为了控制文本之外的读者，使读者阅读过程复杂化的设置。"[2]所以抽丝剥茧去研究解构主义文本观对《寒冬夜行人》的解读，就会发现其中存在很多生吞活剥的情况，很难完全进行下去。事实上，卡尔维诺在创作这部小说时，也没有任何要实践这些理论的意图，他只是出于自己对小说的理解，在自己已有的小说理论基础之上，寻找一种新的表达。这种表达也许存在与某些理论相似的地方，但也存在明显的裂隙。正如卡尔维诺所说，理论仅仅是用来激发作品的一种灵感而不是其他。

第二，被外界所定位的后现代主义小说只占了卡尔维诺创作的很小一部分，卡尔维诺的很大一部分作品是与后现代主义小说没有任何关系的。例如，他早期的作品《通向蜘蛛巢的小路》，以及为他带来声誉的《我们的祖先》三部曲的

1　戴维·洛奇说："所谓'受述者'是作者在文本中对读者的召唤；或者说，它是文本中读者的替身。"

2　戴维·洛奇：《小说的艺术》，卢丽安译，上海译文出版社，2010年，第95页。

前两部。这些作品完全不能用后现代主义小说理论来界定。再比如，《帕洛马尔》这部他生前最后出版的小说，可以说是摒弃了各种小说技巧，是一种喧哗之后的平淡，它不是传统意义上的小说书写，而是在他原有的小说理念上改写小说的尝试。这篇小说已经完全不同于后现代主义小说，它对技巧的摒弃，平淡至极的叙述以及思想的诘问（对意义的追寻）让我们看到小说新的开阔的疆界，它跟卡尔维诺的小说理论形成一种完美的呼应。而事实上，卡尔维诺的小说哪些更有意义，是《命运交叉的城堡》还是《我们的祖先》三部曲？是《寒冬夜行人》还是《帕洛马尔》？笔者以为卡尔维诺的小说不能单独拿出来评价，他最大特点就是不断改变我们已有的对小说的理解，他的伟大在于对小说边界的探寻。我们不能够将他的作品单个地从他的整个作品脉络中抽出来看，唯有把他们作为一个系统去研究，甚至他们的时间都不能轻易变动。因为随着时间的流淌，卡尔维诺逐渐将对小说独特的理解附着在他的作品上。所以卡尔维诺的每部小说都是作为其小说系统中的一个独特存在，其美学价值在其创作的历史延展中得以呈现。他的全部小说也都是在这种天然联系的系统中才显示其美学意义。所以仅就一两部小说得出的特征给卡尔维诺一生的创作做定位是很不负责的表现，它们是整体且不能被切割的。用后现代主义小说这个概念截取卡尔维诺创作中的一小段，或者先入为主将后现代主义小说理论强行套在卡尔维诺的某些小说上是不合适的。

第三，回顾卡尔维诺的创作生涯，我们会发现有一个主题一直贯穿始终——一个孤独者在茫茫宇宙中对意义的追寻。在这场追寻之旅中，卡尔维诺始终都没有放弃一个知识分子的责任，他始终都是意义的看护者。在《帕洛马尔》

中，当卡尔维诺发现为宇宙赋形，寻找模式之路受阻之后，他没有走向虚无主义。卡尔维诺的宇宙是沉默的，语言在这里，注定是一场失败的尝试。"语言就像一个孤岛，置身沉默无边的海洋中。从远方看去，它整个就像一块斑点，模糊不清；相对于沉默，语言充其量只能算作是'窃窃私语'。"[1] 而这个语言是人的语言，人用人的语言去追问意义，换来的不过是语言的喧哗，意义在这种喧哗中悄然丧失。然而人们又片刻不能离开语言，作为小说家的卡尔维诺也必须通过语言去完成他的叙述。这仿佛是一个无法解决的问题。卡尔维诺没有像后现代主义者认为的那样沉溺于语言的无所指涉当中，而是开始背弃其在《寒冬夜行人》中所开创的语言方向，改用简单而精准的语言，将语言从"狂欢"变为"精确"。在《帕洛马尔》中卡尔维诺借帕洛马尔先生说："一块石头、一个人像、一个符号、一个词，如果我们孤立地看它们，那么它们就是一块石头、一个人像、一个符号或一个词。我们可以尽力按照它们本来的面貌说明它们，描述它们，除此之外就不应该有其他作为；如果在它们的本来面貌后面还隐藏着另一种面貌，那我们不一定要知道它。拒绝理解这些石头没有告诉我们的东西，也许是尊重石头的隐私的最好表示；企图猜出它们的隐私就是狂妄自大，是对那个真实的但现已失传的含义的背叛。"[2]卡尔维诺尽管知道解释永远都牵扯着另外的解释，没有一劳永逸的解，但他并没有因此将意义否定，他用沉默来表达事物的意义，用沉默

　　1　乔治·斯坦纳：《语言与沉默——论语言、文学与非人道》，李小均译，上海人民出版社，2013年，第62页。
　　2　伊塔洛·卡尔维诺：《帕洛马尔》，萧天佑译，见《卡尔维诺文集》，译林出版社，2001年，第291页。

来让万事万物自己说话。他不去追寻所谓的事物背后那唯一的意义，而是学着与万物共处，倾听万物的声音。他不是一个挖掘者、探索者，而是一个倾听者、看护者。因为他深知任何一种形式的挖掘与探索都是意义的丧失过程，而唯有倾听与看护，才能看到事物的意义，即使不存在这种意义，这种沉默也是对事物的尊重。在这种沉默的尊重中，一切都不会变成儿戏，变成碎片的荒原，而是一个充满了原子流动而欢快的世界。

我们发现一个有趣的现象，越是被冠以后现代主义的小说家可能他身上愈是有着深厚的传统特质，与逆时代而动的倾向。后现代主义小说有一个共有的特征似乎是对小说语言的凸显。然而这种凸显不只是后现代主义小说中所独有的，它存在于小说萌生之初以及最为古典的和现实主义的作品中。于是我们得到一个启示，即小说一直都处在一种传统当中，而这种传统远没有像米兰·昆德拉等人认为的存在那么明显的断裂。20世纪中后期的所谓后现代主义小说同样是在这样一种传统中润泽而生，它既不是对19世纪现实主义小说的背叛，也不是对小说最初样态的努力回归，它只是长久以来一直存在的传统浪潮的进一步发展。

九、结语：为混沌赋形，让万物发声

海德格尔在《诗人何为》中说："世界之夜已经漫长到进入夜半，夜半就是时代的贫困、痛苦、死亡、爱的本质都已晦暗不明。"[1]在这个精神贫困的时代，诗人该如何书写？他的书写又承载着什么？意味着什么？

"世间的科学集结成一股巨大的力量，特别是在最近一个世纪里，把圣经留给我们的一切天国的事物分析得清清楚楚，经过这个世界的学者残酷的分析，以前一切神圣的东西全都一扫而光了。"[2]怀疑理性在横扫了神学之后，为我们留下了贫瘠的大地，而理性怀疑的最终指向必然是它自身。在没有神学保证下的理性似乎如同无本之木，找不到自身合理的依据。笛卡尔的先验自我在理性的怀疑中被否定。结果人类认知世界呈现出理性—怀疑—理性—再怀疑的循环往复的怪圈，最终致使我们与虚无相遇，或者说虚无就是怀疑理性的另一种叫法。虚无早已在笛卡尔的怀疑理性中种下了种子。当启蒙主义把理性与人本主义联系在一起，在理性的疯狂扩张中，人最终成为被怀疑的对象。在这个众神隐去的大地上，用什么来填补

1　马丁·海德格尔：《林中路》，孙周兴译，上海译文出版社，2004年，第294页。
2　陀思妥耶夫斯基：《卡拉马佐夫兄弟》，荣如德译，上海译文出版社，2006年，第427页。

这样的虚空呢？

在这样的背景中，西方审美主义崛起。康德、哈曼、席勒、谢林、施勒格尔、诺瓦利斯，走出了一条审美之路。尼采将之推向了极致，审美在虚空的大地发挥着解救作用。

然而问题接踵而来，以审美去对抗虚空，用审美替代神位是否合理，或者说，审美是否具有救赎的能力？审美主义是在神性被摧毁之后的产物，是人们寻找的神性的替代品。然而就像卢卡奇所说："生活的全部内容只有在成为美学的时候，才能不被扼杀。这就是说，世界必须被美学化，这就意味着回避真正的问题，并用一种方法把主体重又变为纯直观，并把'行为'一笔勾销。"[1]审美主义在疗救世界时遭遇了尴尬。审美主义以精神的丰盈来对抗有限的物质世界，然而最终走向了不及物的乌托邦之中。在这样一个尴尬的境地下，人们开始重新反思审美的意义。我们会发现审美拥有两种指向：第一，给人们带来的是一种超脱世间之美的悠游愉悦；第二，重新赋予世间意义，给人们以温暖的救赎。上文对审美的批判集中在它的第一种指向上，而忽略了审美的第二重指向。如果审美只是一种愉悦，那么它自身就存在悖论，但如果是赋予人间救赎之意义，那么它便是合理的。海德格尔也是在救赎层面上提出了诗意的栖居，诗是思的表达方式，是思的源头，或者诗与思是一体的。

然而面对这样一个审美救赎论，我们不禁又会产生疑问。诗人通过书写赋予世界温暖与意义之时，谁来保证这意义的有效性？问题似乎又进入了解释的循环中。在没有有效性的

1　卢卡奇：《历史与阶级意识》，杜章智、任立、燕宏远译，商务印书馆，1992年，第215页。

保证时，一切意义都显得那么轻飘，还谈什么赋予温暖的救赎呢。然而就像陀思妥耶夫斯基痛苦的呼告："人总得有出路呀！""诗人活着可以接受绝望感，甚至可以说，绝望感是一种确证，排除盲目、偏狭、迷拜和无意义的牺牲，赖此确立真实的信仰。但诗人不能生活在绝望之中，更不能因为绝望为诗人提供了一种直观的地平线而抬高它的意义，正如不能因为痛苦或许是人接近上帝的真理，就把它说成是上帝的真理本身。如果不是在绝望的同时力图消除绝望感，在痛苦的同时祈求抹去痛苦的创痕，生命就没有出路。"[1]既然诗人不能够沉沦在自己的书写里，那么必然要求在黑暗中进行对终极价值的追问，即便这种追问看似也带有虚妄的气质。哪怕诗人已经发现了世界没有意义的事实，也依然决绝地赋予世界以意义。诗人要给坚硬的世界以热度，黑暗的世界以光明。书写不再是欢乐的游戏，而是痛苦的仪式。它在这个世界诞生，但又试图超越这个世界。

小说与这个世界紧密相关，它被卢卡奇称为现代心灵的形式，是"罪恶时代的史诗"。小说是这个时代的产儿，正如巴赫金所说的："小说不仅仅是诸多体裁中的一个体裁。这是在早已形成和部分已经死亡的诸多体裁中间唯一一个处于形成阶段的体裁。这是世界历史新时代所诞生和哺育的唯一一种体裁。因此它与这个时代有着深刻的血缘关系。"[2]小说诞生在神被消解的世界，所以小说必然承接着贫瘠时代的种种需求，这是它不可抗拒的运命。那么小说到底是这个时代的再

1　刘小枫：《拯救与逍遥》，华东师范大学出版社，2007年，第73页。

2　巴赫金：《巴赫金全集》第5卷，白春仁、晓河译，河北教育出版社，1998年版，第507页。

现，还是时代的救赎？个人认为小说分为两类：一类与时代完全一致，是时代的缩影。时代的混乱、无序完全呈现在它的形式之中。它沉沦在这种破碎、虚妄的形式之中。另一类在黑暗中坚守救赎之路，背负着虚妄，承受着破碎。它以哲学话语去强行划分灵活多变的小说形式，这样的划分也许存在不合理之处。然而我们可以从传统的现实主义、现代主义以及后现代主义的划分中走了出来。当然，我们也不是要像卢卡奇一样从"总体性"出发去排斥表现主义而维护现实主义，以及摒弃先锋艺术。卢卡奇痛批表现主义的剪接手法，说"它能够迅速地把事实上完全不同的、零碎的、从联系中撕下的现实碎块令人惊奇地拼接在一起，其细节也可能闪烁着艳丽的光彩，然而从整体来看，却像污水泥潭一样"[1]。他认为所谓的不同于现实主义的先锋派的作品最终内容会越来越贫乏，只有注重生活与世界的整体性的现实主义小说才是与这个时代最契合的文学，它具有现代性的救赎。然而现实主义的衰落是不争的事实。小说开始寻找新的与这个世界契合的方式。以新技巧而引人注目的后现代主义小说，与这个世界的关系也绝非游戏或沉迷于意义的碎片这么简单。就如同上文中所划分的两种小说类型，它不是一个时间上的划分。严肃的小说家在小说新形式的探讨中寻找对这个世界的表达。也许正如本雅明对卡夫卡的推崇，在这个经验贫乏的世界，传统的小说书写加剧了经验的贫乏，而卡夫卡不同于现实主义的一种新的小说书写才是这个贫瘠世界的意义所在，它是站在绝望与希望之间的守望者。"它们（小说）追求'完成的时刻'，但同时也描述了这个时

1　卢卡契：《现实主义辩》，卢永华译，见《卢卡契文学论文集》（二），中国社会科学出版社，第18页。

刻在这个异化的现代世界如何不可能实现，因为意义已经从这个世界消遁。简言之，它们提醒我们，在今天，只能用暗示和猜测、用表示经验的其他可能性符号、用表示缺席的讽喻来提供意义。"[1] 可见本雅明不再像卢卡奇一样嘲讽一切新的小说手法，他认为只有这样的手法才能最大意义上保障小说在这个世界上的合法性。以卡夫卡为首的小说家，在以一种迥然不同的方式为世界提供意义，依然坚守着救赎之路，而不是躲藏在碎片背后。卡尔维诺小说书写的旅程正是寻求意义的旅程。

卡尔维诺是一位极具责任感的作家。他的作品大多书写了意义的追寻之旅以及自我与宇宙的关系问题。其实这也是文学最为古老的主题。在无垠的宇宙中，有限的个体该如何去面对这个世界，是每个小说家无法回避的问题。只是卡尔维诺倾向于将个体不断抽离，赋予它一个更宏大的背景——宇宙背景。在这个抽离的过程中，很多人认为卡尔维诺试图远离人类、远离价值，而事实上卡尔维诺的这种对情感的剥离、社会因素的剥离，恰恰赋予了个体本真的面貌，让它走出人的层面，以一种更为宽广的宇宙视野来审视种种问题。卡尔维诺的小说尽管变动不居，但在精神之旅这条线索上始终是完整的。从《通向蜘蛛巢的小路》走出来的皮恩经历了一次次精神之旅，卡尔维诺通过他在寻找人与世界的相处方式。《分成两半的子爵》《树上的男爵》《看不见的骑士》中的人物经历了离奇复杂的人生，体验了世界带给人的困惑与痛苦后慢慢地从琐碎细微的尘埃般的世界中抽离，以一种更宽广的方式在宇宙中游历。他探讨的问题从一种直观的与周围人与物的困惑变

1　理查德·卡尼：《论瓦尔特·本雅明》，刘北成译，见刘北成：《本雅明思想肖像》，上海人民出版社，1998年版，第326页。

成了自我与宇宙的困惑。然而，这种困惑不是解决而是再放大，皮恩也在这种寻找与困惑中渐渐成熟，在数次与这个宇宙冲撞之后，皮恩化身帕洛马尔先生，孩童的青涩褪去，剩下的是一个在经历世事后的老者对宇宙的自白。帕洛马尔先生观察这个世界，为这个世界赋形，而后又发现世界混乱的本质，最后，在经历复杂的精神之旅后，走向了一种通脱、一种新境界。直到最后一刻，帕洛马尔试图学会死，卡尔维诺就让帕洛马尔在这个时刻真的死去。卡尔维诺对待小说是极为严肃的。有人说他是典型后现代主义小说家，小说成为一种游戏。卡尔维诺承认游戏、好玩的确是小说的特质，然而这并不是他小说书写的全部。有一种担当始终贯穿在他的小说中，就如同他对待迷宫的态度，他坦言世界如同迷宫，我们需要详细地绘制这个迷宫的地图，用以对抗迷宫，不然自我将迷失其中。个体的我们不应沉溺于迷宫而是要向其开战。[1] 对于卡尔维诺来说，小说不是一种消遣，而是一种拯救，一种引领人们走出迷宫的方式，一种对抗无序、混乱的方式，一种赋予意义的方式。卡尔维诺说自己不信宗教，这并不代表他没有信仰。真正的信仰也许并不是一种形式，而是一种复杂的精神。它是一个人行动的全部理由和与这个世界相处的方式。信仰最终也许会遭遇虚无，然而在这持久的遭遇中，信仰也许是从虚无的海洋中打捞意义的唯一途径。卡尔维诺曾说如果我们不坚持赋形，那么无序便不再仅仅是我们生存的背景了。因为这种信仰，卡尔维诺进行小说书写，在小说的书写中继续探索。信仰保证了意义的生发。正如学者休姆所说："卡尔维诺

1　Kathryn Hume. *Calvino's Fictions: Cogito and Cosmos*. Oxford：Clavendon Press，1992，p.76.

强迫症般地追寻意义……生命中的意义是件关乎情感的事，而非逻辑。"[1]所以卡尔维诺一点一滴地试图在他的小说中描绘世界，勾勒出一幅认知世界的地图。他相信只要坚持他所主张的小说书写方式，便能在时间与宇宙中搭建意义的岛屿。小说不仅仅是文字游戏，更是一种对意义的表达、守望。与此同时我们必须再次强调，卡尔维诺对意义的坚持并没有使他再次掉进主观主义的泥沼之中。卡尔维诺承认自然是混沌无序的，而一切建立在其上的秩序有可能是人们主观意志强加给的，就如同波普尔谈及自己从康德的作品中看到的一个重要思想：科学理论不是自然本身，而是人们强加给自然的，理智不是从自然中推导出来的，相反是人们将自己的理智或规律强加给这个世界的。那么，"正如康德所说，我们的理论，从原始神话直至进化为科学理论，确实是人造的。我们的确试图把它们强加于世界，而且我们始终可能教条主义地墨守它们，只要我们愿意这么做，哪怕它们是错的。不过，虽然开始时我们必须坚持我们的理论——没有理论，我们甚至不可能开始，因为我们再没有别的东西可以适从——但随着时间的推移，我们能够对它们采取一种更带批判的态度。如果借助它们我们无所获而感失望，那就可以尝试用更好的理论取代它们。于是，就可能产生了一种科学的即批判的思维阶段，在这个阶段之前必然有一个非批判的阶段"[2]。卡尔维诺也是这样认为并实践的。在经历《帕洛马尔》中其对自我与客体的深刻反思之后，卡尔维诺把自己头脑中所有的模式一抹而尽，将自己的信念保存在没有

1　Kathryn Hume. *Calvino's Fictions: Cogito and Cosmos.* Oxford Clavendon Press，1992，p.157.

2　卡尔·波普尔：《波普尔自传：无尽的探索》，赵月瑟译，中央编译出版社，2009年，第64页。

具体形状的流体中，遇到事物具体赋形。虽然，他将模式消除，但并没有消除对事物具体赋形的努力。经过曲折的认识之路后，卡尔维诺小心翼翼地对待"自我"，然而并没有因为对"自我"的努力剔除而放弃对意义的追寻。他借助原子论的世界观，让万物从主观压抑中释放，让万物发声。与此同时，在一个无法人为选择的时刻，自我安静地穿过万物。于是世界与自我都得到了最好的安顿。卡尔维诺的小说以及他的小说理论最终都指向了这个。

从这个角度看，卡尔维诺对小说的未来发展之路是乐观的。他曾在诺顿讲坛开篇就表达了此态度，并勾勒了未来小说的五个特质（"轻""迅速""易见""精确""繁复"），这也正是本书所详细探讨的内容。这五个特质是卡尔维诺从小说在人类生活中担当的重要角色（对意义的追寻与守望）的角度而提出的。这不仅仅是卡尔维诺自己创作的总结，也是对他所欣赏的小说显示出来的突出特性的归纳，更是对未来小说的希冀。而卡尔维诺在这五个特质基础上搭建的对小说的独特理解与他的小说创作形成一种对位性的互补。尽管很多作家都认为小说走到了它的尽头，然而小说没有因为他们这样的末世呼声而消失，小说依然在创作着，甚至在卡尔维诺的笔下更显活力。在卡尔维诺看来，小说其实并未穷尽它的可能性。因为人的幻想是无穷无尽的，所以依托于幻想而生的小说也会是无穷无尽的。与此同时，卡尔维诺认为小说是一种对沉重世界的疗救，是人在精神向度里的超越，同时它还是人们认知世界的一种方式。那么只要还存在人，这种从本性出发对沉重的超越就会一直存在；这种认知方式就一定会发生作用，这是人类的一种独特的智慧，并非少数人的专享。正是因为卡尔维诺如此理解小说，所以他的小说也在传达这种精神。人类世界需要小说智慧，它通过另一种维度对人类世界进行反观。它远离现实，却又背负现实。这就是卡尔维诺的小说理论中所推崇的小说的总体精神。

卡尔维诺曾经这样评价自己的第二故乡都灵："都灵吸引我的，是与我的相亲及我所偏好相去不远的某些精神：不编织无谓的浪漫情怀，对自己的工作全心投入，天性害羞的不信任，积极参与广阔世界游走其中不故步自封的坚定，嘲讽的人生观，清澄和理性的智慧。"[1]这正是卡尔维诺自己的写照，也是他小说的写照，同时也是理解他小说理论的引导。他提出的"轻""迅速""易见""精确""繁复"这五个小说特质是要在积极参与广阔世界而不故步自封的前提下去理解的。卡尔维诺从来都不想给自己或者他的小说以及对小说的理解划上一个界限。他试图以开放性的无限可能去穷尽小说的可能性。他在搭建自己的小说理论时，没有刻意回避传统理论的枯涩与封闭，而是依旧以诗，或者是散文一样的语言，以札记的形式将自己的思想呈现，带有一种感性的领悟，而没有一环套一环的严密的逻辑推理。同时他刻意保持理论的开放性，他在提出一个小说特质的时候，往往也不否定它的反面。例如在"轻"中，他就提到了"沉重"这个文学特质；在"迅速"中，他也谈及了"离题"。他试图最大限度地保持灵活性，而不是偏执于某种观念。这五个小说特质也并非简单指向小说写作，更是卡尔维诺深层宇宙观的展现，包含其对自然的沉思。这五个特质是浑然一体不可分割的，它们以"轻"为核心，向外扩展，最终又回到了"轻"的最终所指，回到了卡尔维诺深层宇宙观

1　伊塔洛·卡尔维诺：《巴黎隐士》，倪安宇译，时报文化出版企业股份有限公司，1998年，第21—22页。

中。"迅速""易见""精确""繁复"是对轻不同层面和不同角度的阐释。它本身的结构就像卡尔维诺所设想的文学理想模式"晶体"，既拥有严整的晶面，又拥有强大的折光性，可以折射万物。同时这几个特质互相渗透，互相指涉，不能简单拆开来看。所以从这个意义上来说，《未来千年文学备忘录》既是对卡尔维诺小说创作的总结，也是他对自然沉思的总结，同时从某种意义上讲，它本身就是一种小说创作。

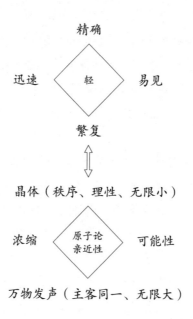

（图中简略勾勒了五个小说特质之间以及它们背后隐藏的要旨之间的互动关系）

"轻"与其他小说特质的交互：可以说"轻"是卡尔维诺独特小说理论的核心，它不仅仅指向小说写作的技巧层面，而更多的是卡尔维诺宇宙观的展现。"轻"是其他四个小说特质的最终所指，其他四个特质从不同维度诠释着

"轻"。而"轻"所代表的卡尔维诺的基本宇宙观（原子论）成就了世界轻的可能，也成为小说必须拥有的特质。这个世界是由原子组成的，而原子有时会发生偏斜，于是形成事物世界是流动的，而不是不变的。事物建立在原子的偶然偏斜的运动之上。这一基本观点支撑了"轻"，而"轻"又支撑了"迅速""易见""精确""繁复"。然而"轻"的特质在小说层面的完成又必须借助其他四个特质，它们是互相支持不可分割的系统。《帕洛马尔》就是其小说理论的完美实践，同时也是五个小说特质相互渗透，不可能分开去解析的作品。《帕洛马尔》与《未来千年文学备忘录》是一体两面、互相阐释的。饱含着卡尔维诺独特小说理论的《未来千年文学备忘录》如同他的小说作品一样，是他作品的一个构成部分而不是其他。

"迅速"与其他小说特质的交互：从某种意义上说，"迅速"是轻的实现方式之一。卡尔维诺喜欢直线而不是绕着弯子、延长、迂回或停滞的讲述方式。各种事件的迅速交替及节奏感让卡尔维诺着迷，因为这里最终呈现的是思维的速度。与此同时，"迅速"里包含了简略与浓缩的艺术。所以卡尔维诺崇尚短篇，他认为短篇是捕捉思维的最佳方式，它小巧，但却是"潜在文学"，它是无限大与无限小的完美结合。而"迅速"的这些内容都是小说"轻"实现的方式。小说通过什么样的形式来呈现自己的"轻"？在卡尔维诺看来唯有"迅速"。同时迅速里隐含了对"精确"的共鸣。卡尔维诺在"精确"中提出的"晶体文学"，正是试图通过无限小把握无限大。而在"迅速"中浓缩的内核其实也有这样的趋势，它跟"晶体"有着共同之所指。比如《帕洛马尔》分为二十七小节，每一节相对独立，类似于札记。而每一个看似十分短小的篇幅里，却包含了卡尔维诺试图对宇宙模式的把握。如"一.二.三.无法计量的草坪"中，从帕洛马尔住房周围的一片草坪写起，最后归结到了宇宙层面："帕洛马尔先生对草坪的注意力分散了，他不再拔草坪上的杂草，也不再想草坪，而想整个宇宙。他要把自己对草坪的这些想法应用到宇宙中。宇宙是规则的、有序的，也许是混乱的、盲目的；宇宙可能是有限的，但是不可数，它没有一定的边界，自身又包括了许多别的宇宙；宇宙是各种天体、星云和尘埃的集，是各种力的场，各种场的集合，各种集合的集合。"[1] 在《帕洛马尔》中，既有浓缩的特质，即没有任何过渡，直指事物的内核，也有晶体的意味，试图通过无限小包蕴无限大。

"迅速"与"精确"互相指涉，同时又指向"轻"。与此同时，它又与"繁复"密切相关。短篇的小说形式是"繁复"小说特质最终实现的完美形式。"繁复"在加达、穆齐尔那里渐渐失去了轮廓与形式，在卡尔维诺看来，因为他们没有找对相应的形式，他们要么陷入无限小，要么陷入无限大，使得小说无法完结。而卡尔维诺所推崇的最具"繁复"特质的小说应该是如博尔赫斯的小说："他的文章都很短小，是语言简练的典范。……由各种可能性构成的网，可以被博尔赫斯压缩到只有几页的故事里，……我认为'长文短写'今天也被长篇小说视为自己的规则。"[2] 可见短篇是"繁复"最好的体现方式，"迅速"同时也是"繁复"实现和展开的最好方式。

1　伊塔洛·卡尔维诺：《帕洛马尔》，萧天佑译，见《卡尔维诺文集》，译林出版社，2001年，第252页。
2　伊塔洛·卡尔维诺：《美国讲稿》，萧天佑译，见《卡尔维诺文集》，译林出版社，2001年，第413—415页。

　　"易见"与其他小说特质的交互："易见"中强调了卡尔维诺对幻想的看重。幻想对小说意味着用之不竭的海湾，而这个海湾便是各种可能性，形式与幻想是不会达到饱和的。小说永远都在这个海湾寻找精神指向，因为它是小说唯一的核心精神领地。"幻想"这个概念里有太多外延，它意味着可能性、自由、另一种维度、模糊性、不确定性，等等。这是小说最根本的一种精神。而这一精神最终指向"轻"。如果小说是可能性的表述，是自由的象征，是另一种维度的展开，充满了模糊与不确定，那么它必然是"轻"的。"轻"让小说的这些维度成为可能，而这些维度同时也是"轻"的具体展开。比如在《分成两半的子爵》中，卡尔维诺便是以鲜明形象为依托，从一个不同于现实的层面去讲述故事，他在寻求小说除了现实主义之外的另一种可能性。小说不再被锁在沉重的现实之中，而是换了另一种角度去观看世界。正如《树上的男爵》，主角以独有的方式在树上生活，他换了一种与世界相处的方式，从另外一个逻辑去思索世界。这既是幻想的展现，同时也是"轻"的展现；或者说"轻"最为内在的特质就是幻想，是幻想为小说插上了"轻"的翅膀。它们本身就是一体两面的。

　　与此同时，卡尔维诺在这里强调的"易见"，不仅仅是从修辞和文学意义上的考虑。它强调视觉，强调清晰。虽然形象来源于幻想，但我们明显感到，在这个众多形象拥挤的世界，如何让一个形象鲜明清晰才是卡尔维诺真正关心的。这里暗含了卡尔维诺对秩序的追寻。他厌恶混沌，希望运用理性给这个世界一个清晰的轮廓，从而赋予其意义。而人类如何给世界赋形，卡尔维诺一直着意于视觉，也就是"看"。比如在《帕洛马尔》中，帕洛马尔运用观察与自然打交道，观浪，看星空，看沙庭，甚至看鸟的飞翔。他与自然的关系是建立在视觉基础之上的，这是一种最原始最根本的关系。所以卡尔维诺才会在"易见"中强调视觉，甚至以自己童年看连环画的视觉经验为例，试图倡导一种视觉上的形象。而这个形象必须是清晰的、便于记忆的、能够独立存在的、栩栩如生的。这与"精确"暗合，在塑造一个形象时，要想达到上述标准，它必然是精确的，而不是模糊含混的。而塑造鲜明形象的最终目的是与卡尔维诺所说的流质世界相对立。流质世界代表无秩序、无意义，而"易见"的形象便是这流质世界的岛屿，意义与秩序之岛。[1] 尽管它最终还是会被无意义的流质世界所吞没，小说家着手建造这样的岛屿，与无序对抗。

　　"精确"与其余小说特质的交互：卡尔维诺认为的"精确"，包括作品构思的精确、视觉形象的精确以及语言的精确。"精确"中包含了"绝对时空的无限与我们凭自己的经验对时空的认识之间的关系问题"[2] 所以我们会关注微小事物，如果对微小事物能够达到精确描绘、精确认识，那么我们就可以借此反观无限。这样，对事物的精确描绘直指"易见"。鲜明的形象一定是经过精确描绘的。与此同时，正因为其对构思、语言、形象的精确要求，最终在作品中呈现的是"轻"的特质。另外卡尔维诺在"精确"中提出的带有象征性的水晶，它具有完美的结构、严整的晶面，具有秩序、意义以及折光性，它是卡尔维诺认为的小说的最佳形式，也是其余小说特质最终汇流之所在。晶体里包含了对短篇小说的向往，

　　1　Pat Boyde. *Science and Literature in Italian Culture From Dante to Calvino.* Oxford: European Humanities Research Centre ，2004，p.262—263.
　　2　伊塔洛·卡尔维诺：《美国讲稿》，萧天佑译，见《卡尔维诺文集》，译林出版社，2001年，第372页。

对"轻"的追逐，"易见"的呈现，以及"繁复"的实现方式，同时它也包含了卡尔维诺对待世界的态度。在这个迷宫或熵的世界里，卡尔维诺没有停止对意义与秩序的追寻。尽管有时候会感到力不从心，会在悖论面前踟蹰不前，然而最终卡尔维诺都没有改变自己的初心。他坚持要求连贯、有风格，要求逻辑，然后借由逻辑向疯狂招手。

"繁复"与其余小说特质的交互："繁复"是指向"轻"的。因为卡尔维诺心目中的"繁复"不是庞大而臃肿的。它结构上清晰、完整，以晶体的方式呈现。所以它是内容上的无限与形式上的有限的一次完美的合作。小说为何一定是"繁复"的？卡尔维诺的答案是：世界本身就是一个无边的关系网。世界是一张大网，卡尔维诺渴望以小说的方式来呈现物自身，也就是所谓的"合一"。在清除作家自我中，尽可能地不去打扰物，还原物的本身。而这也直抵卡尔维诺思维的内核——原子论。在这个原子的世界，轻的世界，唯有这样，才能够倾听物的声音，把世界从自我中解放出来。实际上，"繁复"不过是"轻"的另一种论述方式，或者是原子论的另一种表达。与此同时，卡尔维诺在"繁复"中强调的关系网的特性、认知的功能以及思之所在，是对小说这种文学样式功能的一种极大拓展。这种拓展也必然指向小说最终的特性：可能性之所在。这是"易见"的核心精神。因此"繁复"跟"易见"是互通的。小说有无限可能，它不能被划定在一个领域、一种功能之中。

当然这并不是说，按照卡尔维诺所提出的小说的五个特质书写小说，那么就一定会成功，就能够引领人们走向追寻意义之途。这样恰恰走到了卡尔维诺所希冀的反面。他提出来的小说特质是开放以及包容的，甚至可以包容与他主张相左的东西。他对逸出自己观念之外的小说特质充满了理解与敬意。所以他的小说观没有封闭感，是敞开的，并可以引向其反面。他没有给小说盖棺论定，就像苏珊·朗格所说的："事实上小说仍然没有完成它自己，它还不断地在变化与发展中。"[1]卡尔维诺作为一个小说家，他比谁都清楚这一点。所以他对小说的独特理解不只是对小说的定位、判断，也是对小说的看护与召唤。因而他试图书写小说理论，又多少对理论保持远观。理论永远达不到作品的核心。可以就如上文所探讨的，他的小说理论更像是一种文学写作，是轻盈、幽默与开放的。小说的灵魂是自由的，可以有无尽的尝试和无限的可能。

1　苏珊·朗格：《情感与形式》，刘大基、傅志强、周发祥译，中国社会科学出版社，1986年，第334页。

参 考 文 献

[1] 伊塔洛·卡尔维诺:《巴黎隐士》,倪安宇译,时报文化出版企业股份有限公司,1998年。

[2] 伊塔洛·卡尔维诺:《未来千年文学备忘录》,杨德友译,辽宁教育出版社,1997年。

[3] 伊塔洛·卡尔维诺:《卡尔维诺文集》(1—5卷),吕同六、张洁主编,译林出版社,2001年。

[4] 伊塔洛·卡尔维诺:《意大利童话》,马箭飞、文铮、魏怡等译,译林出版社,2003年。

[5] 伊塔洛·卡尔维诺:《我们的祖先》,蔡国忠、吴正仪译,译林出版社,2001年。

[6] 伊塔洛·卡尔维诺:《通向蜘蛛巢的小径》,王焕宝、王恺冰译,译林出版社,2006年。

[7] 伊塔洛·卡尔维诺:《为什么读经典》,黄灿然、李桂蜜译,译林出版社,2006年。

[8] 伊塔洛·卡尔维诺:《帕洛马尔》,萧天佑译,译林出版社,2006年。

[9] 伊塔洛·卡尔维诺:《烟云·阿根廷蚂蚁》,萧天佑、袁华清译,译林出版社,2006年。

[10] 伊塔洛·卡尔维诺:《如果在冬夜,一个旅人》,萧天佑译,译林出版社,2007年。

[11] 伊塔洛·卡尔维诺：《美国讲稿》，萧天佑译，译林出版社，2008年。

[12] 伊塔洛·卡尔维诺：《疯狂的奥兰多》，赵文伟译，译林出版社，2010年。

[13] 伊塔洛·卡尔维诺：《宇宙奇趣全集》，张密、杜颖、翟恒译，译林出版社，2011年。

[14] 伊塔洛·卡尔维诺：《分成两半的子爵》，吴正仪译，译林出版社，2012年。

[15] 伊塔洛·卡尔维诺：《树上的男爵》，吴正仪译，译林出版社，2012年。

[16] 伊塔洛·卡尔维诺：《不存在的骑士》，吴正仪译，译林出版社，2012年。

[17] 伊塔洛·卡尔维诺：《命运交叉的城堡》，张密译，译林出版社，2012年。

[18] 伊塔洛·卡尔维诺：《看不见的城市》，张密译，译林出版社，2012年。

[19] 伊塔洛·卡尔维诺：《短篇小说集》，马小漠译，译林出版社，2012年。

[20] 伊塔洛·卡尔维诺：《美洲豹阳光下》，魏怡译，译林出版社，2015年。

[21] 伊塔洛·卡尔维诺：《在你说"喂"之前》，刘月樵译，译林出版社，2015年。

[22] 安伯托·艾柯：《开放的作品》，刘儒庭译，新星出版社，2005年。

[23] 安贝托·艾柯：《悠游小说林》，俞冰夏译，生活·读书·新知三联书店，2005年。

[24] 奥维德：《变形记》，杨周翰译，人民文学出版社，1984年。

[25] 奥古斯丁：《忏悔录》，向云常译，华文出版社，2003年。

[26] 埃里希·奥尔巴赫：《摹仿论》，吴麟绶、周新建、高艳婷译，百花文艺出版社，2002年。

[27] 莫里斯·罗伯-格里耶：《为了一种新小说》，余中先译，湖南文艺出版社，2011年。

[28] 阿摩司·奥兹：《故事开始了》，杨振同译，译林出版社，2012年

[29] 托·斯·艾略特：《艾略特文学论文集》，李赋宁译注，百花洲文艺出版社，1994年。

[30] 瓦莱里：《文艺杂谈》，段映红译，百花文艺出版社，2002年。

[31] 比伦特·阿塔拉伊：《达·芬奇的数字迷宫》，牛小婧、邹莹译，中信出版社，2007年。

[32] 波普尔：《波普尔自传：无尽的探索》，赵月瑟译，中央编译出版社，2009年。

[33] 巴赫金：《巴赫金全集》，钱中文、白春仁、晓河译，河北教育出版社，1998年。

[34] 查理·罗蒂：《哲学和自然之境》，李幼蒸译，生活·读书·新知三联书店，1987年。

[35] 崔道怡，朱伟，王青风等编：《"冰山"理论：对话与潜对话》，工人出版社，1987年。

[36] 常耀信：《美国文学简史》，南开大学出版社，2008年。

[37] 戴维·洛奇：《小说的艺术》，卢丽安译，上海译文出版社，2010年。

[38] 蒂费纳·萨莫瓦约：《互文性研究》，邵炜译，天津人民出版社，2003年。

[39] 刁克利：《诗性的拯救》，昆仑出版社，2006年。

[40] 亨利·菲尔丁：《约瑟夫安德鲁斯的经历》，王仲年译，平民出版社，1955年。

[41] 豪·路·博尔赫斯：《博尔赫斯短篇小说集》，王央乐译，上海译文出版社，1983年。

[42] 豪·路·博尔赫斯：《诗艺》，陈重仁译，上海译文出版社，2011年。

[43] 胡全生：《英美后现代主义小说叙述结构研究》，复旦大学出版社，2002年。

[44] 古斯塔夫·施瓦布：《希腊神话故事》，赵燮生、艾英译，花城出版社，2014年。

[45] 格非：《小说叙事研究》，清华大学出版社，2002年。

[46] 耿占春：《叙事美学》，郑州大学出版社，2002年。

[47] 福斯特：《小说面面观》，苏炳文译，花城出版社，1984年。

[48] 费尔迪南·德·索绪尔：《普通语言学教程》，高名凯译，商务印书馆，1980年。

[49] 弗里德里希·席勒：《审美教育书简》，冯志、范大灿译，北京大学出版社，1985年。

[50] 杰姆逊：《后现代主义与文化理论》，唐小兵译，陕西师范大学出版社，1986年。

[51] 吉列斯比：《欧洲小说的演化》，胡家峦、冯国忠译，生活·读书·新知三联书店，1987年。

[52] 纪德：《纪德文集》（卷3），桂裕芳等译，人民文学出版社，2002年。

[53] 黑格尔：《美学》，朱光潜译，商务印书馆，1979年。

[54] 哈贝马斯：《后形而上学思想》，曹卫东、付德根译，译林出本社，2001年。

[55] 胡塞尔：《生活世界现象学》，倪梁康、张廷国译，上海

译文出版社，2005年。

[56] 胡塞尔：《欧洲科学的危机与超越论的现象学》，王炳文译，商务印书馆，2001年。

[57] 哈罗德·布鲁姆：《影响的焦虑》，徐文博译，江苏教育出版社，2006年。

[58] 华莱士·马丁：《当代叙事学》，伍晓明译，北京大学出版社，1990年。

[59] 卢克莱修：《物性论》，方书春译，商务印书馆，1981年。

[60] 罗素：《西方哲学史》，马元德译，商务印书馆，2003年。

[61] 珀·卢伯克、爱·福斯特、爱·谬尔：《小说美学经典三种》，方土人、罗婉华译，上海文艺出版社，1990年。

[62] 卢卡奇：《小说理论》，燕宏远、李怀涛译，商务印书馆，2012年。

[63] 罗兰·巴特：《写作的零度》，李幼蒸译，中国人民大学出版社，2008年

[64] 罗兰·巴特：《罗兰·巴特随笔选》，怀宇译，百花文艺出版社，1995年。

[65] 罗兰·巴特：《文之悦》，屠友祥译，上海人民出版社，2002年。

[66] 罗兰·巴尔特：《罗兰·巴尔特文集：小说的准备》，李幼蒸译，中国人民大学出版社，2010年。

[67] 利奥塔尔：《后现代状态》，车槿山译，生活·读书·新知三联书店，1997年。

[68] 刘小枫：《诗化哲学》，华东师范大学出版社，2011年。

[69] 刘小枫：《拯救与逍遥》，华东师范大学出版社，2007年。

[70] 刘若端主编：《十九世纪英国诗人论诗》，人民文学出版社，1984年

[71] 吕同六主编：《二十世纪世界小说理论经典》，华夏出版社，1995年。

[72] 吕同六：《多元化多声部——意大利二十世纪文学扫描》，社会科学文献出版社，1993年。

[73] 鲁迅：《鲁迅全集》（9），人民文学出版社，2005年。

[74] 李凤亮：《诗·思·史冲突与融合——米兰·昆德拉小说诗学引论》，商务印书馆，2006年。

[75] 陆扬：《德里达——解构之维》，华中师范大学出版社，1996年。

[76] 马丁·海德格尔：《林中路》，孙周兴译，上海译文出版社，2004年。

[77] 马丁·海德格尔：《存在与时间》，陈嘉映、王庆节译，生活·读书·新知三联书店，2006年。

[78] 瓦托夫斯基：《科学思想的概念基础——科学哲学导论》，范岱年、吴忠、林夏水等译，求实出版社，1982年。

[79] 米兰·昆德拉：《小说的艺术》，董强译，上海译文出版社，2004年。

[80] 米兰·昆德拉：《被背叛的遗嘱》，余中先译，上海译文出版社，2003年。

[81] 马克斯·霍克海默、西奥多·阿道尔诺：《启蒙辩证法——哲学断片》，渠敬东、曹卫东译，上海人民出版社，2006年。

[82] 莫里斯·梅洛-庞蒂：《知觉现象学》，姜志辉译，商务印书馆，2005年。

[83] 迈克尔·伍德：《沉默之子——论当代小说》，顾钧译，生活·读书·新知三联书店，2003年。

[84] 马克·柯里：《后现代叙事理论》，宁一中译，北京大学

出版社，2003年。

[85] 马里奥·巴尔加斯·略萨：《给青年小说家的信》，赵德明译，上海译文出版社，2004年。

[86] 马尔克斯、门多萨：《番石榴飘香》，林一安译，生活·读书·新知三联书店，1987年。

[87] 孟德斯鸠：《波斯人信札》，罗大冈译，人民文学出版社，2012年。

[88] 尼采：《悲剧的诞生》，杨恒达译，译林出版社，2008年。

[89] 恩斯特·卡西尔：《人论》，甘阳译，上海译文出版社，2013年。

[90] 乔治·斯坦纳：《语言与沉默——论语言、文学与非人道》，李小均译，上海人民出版社，2013年。

[91] 乔叟：《乔叟文集》，方重译，上海译文出版社，1979年。

[92] 叔本华：《作为意志和表象的世界》，石冲白译，商务印书馆，1982年。

[93] 桑塔亚那：《诗与哲学：三位哲学诗人卢克莱修、但丁及歌德》，华明译，北京大学出版社，1991年。

[94] 苏珊·朗格：《艺术问题》，滕守尧、朱疆源译，中国社会科学出版社，1983年。

[95] 苏珊·朗格：《情感与形式》，刘大基、傅志强、周发祥译，中国社会科学出版社，1986年。

[96] 萨义德：《东方学》，王宇根译，生活·读书·新知三联书店，1999年。

[97] 陀思妥耶夫斯基：《卡拉马佐夫兄弟》，耿济之译，人民文学出版社，2004年。

[98] 维科：《新科学》，朱光潜译，人民文学出版社，1997年。

[99] W.C.布斯：《小说修辞学》，华明、胡苏晓、周宪译，北

京大学出版社，1987年。

[100] 威廉. 巴雷特：《非理性的人——存在主义哲学研究》，段德智译，上海译文出版社，2012年。

[101] W.海森伯：《物理学与哲学——现代科学中的革命》，商务印书馆，1981年。

[102] 王钦峰：《后现代主义小说论略》，中国社会科学出版社，2001年。

[103] 汪民安：《谁是罗兰·巴特》，江苏人民出版社，2005年。

[104] 王岳川、尚水主编：《后现代主义文化与美学》，北京大学出版社，1992年。

[105] 王宁，顾明栋主编：《诺贝尔文学奖获奖作家创作谈》，北京大学出版社，1987年。

[106] 希利斯·米勒：《文学死了吗》，秦立彦译，广西师范大学出版社，2007年。

[107] 亚里士多德：《诗学》，陈中梅译，商务印书馆，1996年。

[108] 伊恩·P.瓦特：《小说的兴起》，董红钧译，生活·读书·新知三联书店，1992年。

[109] 雅克·德里达：《论文字学》，汪家堂译，上海译文出版社，1999年。

[110] 伊夫·瓦岱：《文学与现代性》，田庆生译，北京大学出版社，2001年。

[111] 以赛亚·柏林：《自由及其背叛》，赵国新译，译林出版社，2011年。

[112] 以赛亚·柏林：《浪漫主义的根源》，吕梁等译，译林出版社，2011年。

[113] 余虹：《思与诗的对话——海德格尔诗学引论》，中国社会科学出版社，1991年。

[114] 杨周翰、吴达元、赵萝蕤主编：《欧洲文学史》，人民文学出版社，1997年。

[115] 张文喜：《自我的建构与解构》，上海人民出版社，2002年。

[116] 张大春：《小说稗类》，广西师范大学出版社，2004年。

[117] 张世华：《意大利文学史》，上海外语教育出版社，1986年。

[118] 张汝伦：《现代西方哲学十五讲》，北京大学出版社，2001年。